昆明
瀾滄江
雲南
孟連
緬甸
越南
金三角
寮國
滿星疊
泰國

吳建國、梅洛琳 著

毒梟、馬幫、美軍、解放軍、國軍，
揭祕兩岸情報工作的最後一場激戰

最後的交火

THE LAST CROSS FIRE

根據眞實事件改編

Based On Actual Event

目錄
CONTENTS

作者序　遠離戰爭、永享和平——「最後的交火」真摯的願望　007
第一部　一個還沒有開始就結束的任務　009
第二部　台美決定人道救援　087
第三部　北京將計就計　113
第四部　大逃亡與大追捕　125

第五部 毒梟、馬幫、美軍、解放軍的混戰 185
第六部 世外桃源女兒村 285
第七部 亡命之徒在天涯 339
第八部 脫險與被捕 365
尾聲 I 423
尾聲 II 431
尾聲 III 437

作者序

遠離戰爭、永享和平——「最後的交火」真摯的願望

吳建國

當我在二〇一四年初，從我以前擔任校長的國立高雄工業專科學校（即現在的國立高雄科技大學）畢業校友許同學（他本人很低調，不願真實名字曝光，造成困擾）口中，得知他曾親身參與了發生在一九七八年初，一場為營救台灣在大陸雲南西南情報站失事情報員的艱困任務，當時台灣的國防部情報局接受了美國中央情報局全力的支持，派出了負責營救的空降突擊隊與負責接應的海軍陸戰隊，相當可觀的兵力。結果在內部潛伏共諜的通風報信下、台灣出師不利，造成幾乎全軍覆滅的悲慘命運。

許同學當年在服兵役時，由於其台灣原住民布農族的出身，具備體格健壯的條件，被選拔為情報局直屬的特種部隊隊員，因緣際會的成為這次營救任務的空降突擊隊員。經過九死一生的拼搏、求生與逃亡過程，他僥倖的成為極少數生還人員，回到台灣，埋名隱姓的開展了一個截然不同的人生。

因此，當我聽到許同學的經歷後，直覺的反應就是應該將這段無人知道、精彩、刺激又悲哀的故事，留下紀錄，為兩岸過去七十餘年情報工作的勾心鬥角、爾虞我

詐、你死我活等諸多殘忍情節做見證，並誠摯盼望那場戰爭會是兩岸「最後的交火」，確實實現兩岸人民的和平共存與繁榮發展。

我將這個故事的概要與寫作的想法，與台灣時報文化出版公司的趙政岷董事長分享後，他立即脫口而出：「這是一個很好的電影題材。」就這樣，當二〇二〇年初，疫情開始在全世界蔓延的時候，經由趙董事長介紹的知名作家梅洛琳，就與我分別在桃園、上海兩地，開始了我們的寫作計畫。

歷經近兩年的努力，我們在二〇二一年底完成了寫作。新年過後，時報文化出版公司就著手編輯，預計二〇二二年五月在台灣正式出版發行。

正當我們慶幸這本命名為「最後的交火——毒梟、馬幫、美軍、解放軍、國軍，揭祕兩岸情報工作的最後一場激戰」新書即將問世之際，二月二十四日卻傳來俄羅斯與烏克蘭開戰的消息，一時之間，「今日烏克蘭，明日台灣」的說法，甚囂塵上，令人不安。尤其，近年來，兩岸關係在缺乏政治共識的情形下，屢屢傳出大陸極可能會以武力統一台灣的說法，台灣甚至被一些國際媒體形容為「世界上最危險的地方」，就更加令人憂心。是以，我們兩位作者誠懇的盼望，兩岸人民要格外珍惜所擁有的和平，要選擇遠離戰爭的威脅，這應該是兩岸人民共同的願望。

但願：發生在四十四年前的那場戰爭，能夠真正成為兩岸「最後的交火」！

——完稿於二〇二二年三月二十四日

烏克蘭戰爭爆發一個月後

第一部

一個還沒有開始就結束的任務

這不該發生的。

阿晃低頭往下看，看到他的一雙腿懸在高空，此刻，他正處於一千多公尺的高空，腳碰不到地，背後掛的降落傘使他在空中可以迎著氣流逐漸下降，而地面那幾十來挺的機槍、大砲正阻止他落到地面。

他的身上有武器裝備，像是匕首和衝鋒槍、手槍，但是人還沒落地，手腳施展不開，就算身負武器彈藥也無用武之地。甚至，許多同袍在空中就被炸得四分五裂，連慘叫也來不及，身體就化成碎片，拋散在空中。

不該這樣的……

一時之間，阿晃不知該做何反應，就算他們平常再訓練有素，現在根本毫無能力反擊，只能眼睜睜看著自己成為被別人打靶的目標。

即便執行任務前，已經立了遺囑，但誰都沒有想到，人還沒到達目的地就直接面對戰爭。他的九點鐘方向，三個降落傘瞬間變成了破布，不斷射擊的砲火造成氣流不穩定，有的人因而在空中飄來盪去，有的則瞬間墜地而亡。

在這種時候不是生、就是死，生命的跑馬燈很快地在腦海中轉了一遍。阿晃集中精神，即使死亡已經在他面前佈下天羅地網，但什麼都沒做就等死，他怎麼樣也不服氣，起碼要奮力一博才甘願。

攜帶的槍枝彈藥都在身後，根本取不出來，地面的砲火少說上百挺，眼見同袍一個個的被擊落喪命，阿晃忍不住罵了句髒話！

吃力掏出腰間的手槍，阿晃將槍口往上，朝自己的降落傘連續發射了好幾槍，傘面被打破了幾個洞，頓時失去作用，載著阿晃在空中轉了兩、三圈，然後加速而下——

他緊閉雙眼，不管耳邊砲火隆隆，也無視其他人的慘叫，身子因為地心引力而不斷下墜，降落傘的阻力雖不至於讓他與地面直接撞擊，但這種速度仍有失去性命的可能。

阿晃知道，他沒有選擇。這一刻，只能聽天由命了。

在下墜的時候，阿晃看到底下是一處樹林較為濃密的地方，他只能祈禱祖靈不要讓他太快投入大地的懷抱——

他閉上眼睛——

阿晃感到身子掉入枝葉濃密之處，減輕下墜的力道，不斷有東西從他的臉上、手上劃過，銳不可當，甚至把他的衣服劃破了幾處，因為太快了，他感覺不到疼痛，這急速下墜的力量是他所無法掌控的。

如果真的小命不保的話，他只求個痛快……

停了。

一切，都靜止了。只是耳邊隆隆的槍炮聲仍然轟得他六神無主。

除了地心引力的作用之外，他的身子被另外一股力量拉扯，原本閉著眼睛的阿晃張開眼睛，如他所願，他掉到了樹林中。

他還活著。

阿晃吁了口氣，他從濃密的樹葉間落下，大量的樹枝和茂密的葉子減緩了下墜的力道，傘繩在最後一刻拉住了他，他卡在樹上。

看來死亡沒有得逞。阿晃深吸一口氣，他還有一點時間能夠喘息。但他知道不能拖太久，要不然更大的危機會來臨。槍炮聲仍然如此刺耳。

忍著身子的不適，他努力取出繫在腰間的刺刀，再將身上的傘繩割斷。現在的他距離地面不過五、六公尺，這點程度的高度，對受過訓練的他來說不成問題。

在最後一條傘繩也割斷之後，他已經失去了依附，阿晃立刻蜷起身子，保護好自己，墜地之後，在地上滾了好幾圈，最後，趴在地上大口喘著氣。

他忍不住想擁抱大地，親吻土壤，他的四肢……都還在。

歷經一番掙扎，他總算還活著。

他看著四周，知道還沒有脫離險境，砲火仍在耳邊作響，顯見敵人就在不遠處，而且敵軍一定會看到他墜下來，他得迅速離開這個地方才行。

來不及檢查身體是否受傷，阿晃勉強站了起來，除了身子有些痠痛，他的四肢均能活動自如。於是，他將掛在腰間的手槍拿在手上，奮力的往前跑。

會選擇落在樹林裡，除了可以利用樹木做為落地的緩衝，還有另外一層原因，來自山中的他，在山林之間，自然比較悠然自得。

再怎麼說，他是山的孩子。

山林曾經孕育他、陪伴他，像是他的母親，現在，就看遠方的母親會不會保護他了？阿晃不斷奔跑，朝遠離砲火的方向離去。但抱著跟他同樣想法也大有人在，方才他做出決定，射擊降落傘之前，也看到好幾個同袍都想辦法往樹林方向下墜，敵軍勢必已經看到，那麼，說不定已經派人往這個方向來追殺他們了。

他喘著氣，靠在一棵樹上略為歇息，趁這時候，眼力不錯的他發現前面有士兵……是解放軍沒錯。

他們這次的突擊行動是軍事最高機密，怎麼會洩露出去？並且解放軍準備了龐大的部隊與強大的地面火力，還有戰車，早在他們準備降落的地點，好整以暇，守株待兔，阿晃知道這趟任務勢已注定失敗了。

阿晃不斷奔跑，這裡他雖然陌生，卻又感到熟悉，雖然地理位置隔了十萬八千里，但是這山、這樹，都是他所熟悉的事物啊！大地粗糙的感覺，還有這風，以及山林裡的味道……他順著大地的起伏，不停地奔跑。在解放軍看不到的時候，他躲進了草叢間。

他把身子壓得很低，免得被發現。

「他在哪裡？」

「明明看到往這裡跑，快找。」

那些人就在他的身邊，只要一個動靜，就會被他們發現。阿晃看到約有五、六個解放軍，手上都拿著衝鋒槍，而他除了匕首與手槍，其他的裝置及配備都丟在樹上了。

他不敢喘氣，呼吸也格外謹慎，而這時候，他感到腳邊有奇怪的動靜，他身子不動，視線往地上掃去……

他的呼吸頓時停止。

一條眼鏡蛇正在他腳邊游移，並且滑過他的腳掌。阿晃整個人都僵住了，他的身體雖然沒有動彈，但腦袋不停地思索，他現在不是被蛇咬死，就是被敵人捉住，他拼了命從空中下來，不是想要這樣的結局。

這時候，後面傳來腳步聲，而眼鏡蛇也變得敏感起來，昂首吐信，此刻，阿晃迅速捉住了牠！

一名解放軍發現了他，舉起步槍，正準備掃射，阿晃將那條蛇，奮力地往他身上一丟！

「啊啊啊！」

隨著慘叫，接著是擦槍走火，所幸未傷到阿晃，但解放軍聽到槍聲，全往這邊集中，面對那條蛇也目瞪口呆，最後想辦法將蛇撥到地上，然後給了牠三、四顆子彈，送牠歸西。

而這時候，阿晃已經逃離了二、三十公尺，進入叢林間。

看來，那條蛇是祖靈派來救他的。

平常在山裡的他，對於這些生物，能夠不招惹就盡量不去招惹，基本上他們與萬物是和平相處，互相尊重。不過情況危急時，也沒有辦法，還好那些人對蛇招架不住，讓他趁機逃離。

一直到他確認安全後，阿晃才有空真的喘口氣。

現在，他是一個人了。跟他一起來的那些同伴，不知道怎麼樣了？想到剛才，阿晃覺得身子在抖，現在才感受到害怕。嚴格的軍事訓練，成長時的孤寂，他都熬過來了，但是……跟他一起來的一百多人，全都死了嗎？

想到這裡，他忍不住跌坐在地。

那些人，全都是隊裡的弟兄，有熟稔的，也有點頭之交，不管關係親近還是一般，那些人……竟然在空中的時候，就被砲火消滅殆盡？

在飛機上的時候，坐在他左邊的阿成還跟他說，等到任務完成，要一起回家，而現在，不只阿成，還有其他的弟兄們幾乎全都死了。

一百多人啊……

眼睜睜看著那些跟他說過話，說說笑笑的人，一個一個在空中就被擊滅。那些人都是鮮活的生命啊……

在發現淚水爬滿臉之後，阿晃用袖子用力抹了抹臉，這時候，他才感到他的臉又刺又痛，原來下墜的時候，他的臉被銳利的樹枝或葉片擦過，而衣服也被割破了許多地方。

縱然再傷痛，他也不得不打起精神，畢竟，危機還沒有解除，解放軍隨時有可能會再出現，阿晃抹去淚水，勉強振作起來。再者，身上的傷口雖然不大，還是要處理一下。這荒山野地要去哪找醫療資源？阿晃坐在原地，用感官去搜尋，兩分鐘後，似乎聽到細微的水流聲。

他站了起來，往聲音的方向前進，果不其然，走了二、三十公尺，就見到一條細得跟皮帶似的小溪，藏在林蔭之間。雖然流量不大，但已足夠讓他清洗身上的污穢，他湊了過去，掬起一把清泉送進嘴中，順勢清洗臉龐。

這時候，後頭傳來腳步聲，阿晃心頭一驚！莫非那些人追過來了？

他的心跳大作！聽這聲音……應該只有一人，他還應付得了。他不動聲色，繼續洗臉，等到來人站在他的身後時，他一個轉身，用力撲倒了對方，正準備動手時，赫然發現——

「小維？」他脫口而出！

阿晃激動地抓住了他！在歷經生死劫難之後，還能夠遇到熟人，他的心頭相當激動！一時間，阿晃不知道該哭還是該笑？

能夠在這相見，命都算是撿來的。

小維看著他，一動也不動，任憑阿晃揪住，最後，忍不住拍了拍他，道：「你很重欸！」

阿晃聽了，才驚覺把他壓制在地上很久了，他連忙側身，讓他站起來。小維走到水邊，做個簡單的清洗，然後在地上坐了下來。

阿晃開口：「你怎麼活下來的？」

「炸彈過來的時候，我就跳到樹上了。」小維平靜的道。當地面數十發，甚至數百發的炮彈向他們攻過來的時候，他眼睜睜看著大部分的人在空中就屍首無存，有的就算保有一條命，從那個高度直接掉到地面，小命自然保不住，唯一能活命的機會，就是利用樹木取得緩衝，取得多一線的生機。

看來小維也跟他一樣，都選擇掉在樹上，才不至於送命。能夠在這裡遇到熟悉的人，實屬難得。因為他們掉落的地方，並不是什麼安全的地方，而是烽火連天處。

阿晃在石頭上坐了下來，雖然現在不是聊天的時候，不過一時也不知道該去哪裡？他問：「你還有看到其他人嗎？」

小維搖搖頭。

阿晃看著天空，那裡還有些煙硝，是攻擊他們的痕跡。現在除了淡淡的灰煙之外，已經沒有任何生物。都被擊落了嗎？還是有幾個跟他們一樣，幸運的碰到了彼此？

阿晃不免升起了一點希望。

「死了……」小維開口。

「什麼？」

「阿忠、漢宇……他們都死了……」小維說著熟悉的名字，從他嘴裡泛出的每個名字，都帶著疼痛。

阿晃感到難受，小維口中的那些人，他全都認識。

忍住逐漸泛濫的情緒，現在還不是讓感情放肆的時候，為避免解放軍追來，阿晃提議：「這裡還不安全，我們先離開這裡吧！」

「嗯。」

阿晃和小維在林間行走，荒山峻嶺，前不著村、後不著店，根本無法確定自己的位置在哪？本來每個人還有個小羅盤，不過從樹上摔下來的時候，失去了大多數的裝備。現在，只能靠他們原來在山林生存與野外求生的本事了。

阿晃持續在林間走著，小維開口了：「我們現在……該怎麼回去？」

「我們的任務還沒結束呢！」

阿晃發現小維並沒跟上來，他停下來，轉身見到小維正看著他，有點不明所以。

「就我們兩個，要去完成任務嗎？」小維冷冷的說。

阿晃知道小維說的沒錯，客觀上來看，出動一百多人執行的任務，怎麼可能由他們倆就能完成？

可是，如果不把任務完成再回去，那就有負所託，他也無法給中隊長陳薰一個交代。

當初他剛進部隊服役，受到排擠時，陳薰還不是中隊長，替他化解了不少麻煩。之後，陳薰到哪裡，他就跟到哪裡，陳薰升遷之後也不忘提拔他。在他心中，陳薰亦師亦父，不管陳薰說什麼，或是要他做任何事，他都絕對服從。

即便有些事情會跟死神打交道，他也沒有其他選擇，反正他從小就是個孤兒，沒有家累，除了完成上面交代下來的任務，他也不知道還能做什麼？

只是……就這樣回去嗎？

「如果我們就這樣回去，以後……還抬得起頭來嗎？」出師不利，的確是很大的失敗，但現在就打道回府，一切都是場空。

「其他人……你都看到了……」小維做了個深呼吸。他所經歷的，跟阿晃是一樣的。

「你說的沒錯，靠我們兩個去完成任務，的確是太困難了。但是我們出發前，不是就已經知道這次的任務，沒有那麼簡單嗎？」

小維冷冷的說：「你以為憑你能夠幹出什麼大事嗎？」

「我只是做我該做的事。」

「你該做的事？你是什麼人？以為可以拯救全世界嗎？你也太抬舉你自己了吧？」

阿晃再好脾氣，這時也忍不住發作。「你在說什麼？」

「如果只靠你一人，就可以完成任務，幹嘛還要派出整個中隊的人，你以為靠你一個人，就可以完成這項不可能的任務嗎？」

「你這什麼意思？」阿晃開始動怒。

「我說你沒腦袋，把什麼都想得太簡單了，簡直是四肢發達……」

阿晃的脾氣也上來了！九死一生之後，看到同袍其實是開心的，但小維的話卻讓他十分不悅，他明明知道，這時候不適合決裂，然而，方才歷經砲火洗禮，加上小維的話實在太難聽，他氣不打一處來，本來只是想給小維一個警告，沒想到小維動作更快，直接揍了他腹部一拳！

「你……」

「呀！」小維滿腔怒火也沒處發，他捉住阿晃，送他就往樹上一撞！阿晃更為氣惱，不客氣的跟他打了起來！兩人你一拳、我一腳，在空曠的山林裡打著架！

小維喊著：「你覺得沒死不甘心，要去送死是不是？」

「我們來這裡的目地，本來就是……」阿晃也嘴倔。他不是沒有回家的念頭，只是還有另外一股信念支撐著他。

就這麼回去，之前的努力不就都化為烏有……

「你在出生的時候，到底有沒有把腦袋帶出來？」

這話更激怒了阿晃，阿晃一聲嘶吼！不再論情面，給了小維更猛力的一拳！

兩人你來我往，打得氣喘吁吁，打得筋疲力盡，打得忘了現在的處境，甚至打在地上還不停歇，其實他跟小維哪有什麼深仇大恨？只是方才歷經失去同袍的痛楚，滿腔的情緒無處發洩，趁著這時候，痛痛快快的宣洩一番。

一直到旁邊傳來奇怪的聲音，兩人停止了打鬥，順著眼角餘光望過去，看到有個人就在他們不遠處，手上還拿把槍，兩人趕緊往旁邊一滾，躲到一塊大石頭的後面。

看來兩個人都沒帶上腦袋，才讓自己曝於險境。兩人藏到大石頭後面，互望一眼，都有點後悔方才不該把所有的體力，浪費在打架上面。

那個人喊著他們聽不懂的語言，並且有子彈上膛的聲音。

「那是什麼人？」阿晃發問，對方衣著簡單，看起來並不像是解放軍。

「不知道，但對方有槍。」小維氣喘吁吁。

阿晃調整好呼吸，他謹慎的側身，再仔細看對方，只見他頭髮及肩，留著落腮鬍，舉著槍，對著他們的方向，用他們所聽不懂的語言高叫。

「你聽得懂嗎？」阿晃發問。

「當然聽不懂了。」小維掏出腰際的手槍，那是他們僅有的武器。他們雖然受過訓練，還學過英文，因為他們有時候會跟美軍打交道。而半個月前，突然要他們學泰文，他們還不明所以，現在回想起來，那時候應該就是要出這個任務前的徵兆吧？他們直到要出發的前一刻，都不知道要到哪去呢！

只是……當對方講的，既不是英文，也不是泰文，他們所學習的語言就無用武之地了。

對方又嘰哩呱啦的大喊，阿晃看了一下，悄聲的道：「對方只有一人。」

「那好，我們去把他制服。」如果對方人數不多，那他們就有勝算，畢竟子彈很珍貴的。

「等等，再看一下情況。」

對方舉著槍朝他們過來，等對方靠近的時候，他給小維一個眼神，雖然剛才兩人打得眼紅，像要把對方吃掉似的，但這時候，兩人極有默契，阿晃撲上前絆住他的腳，而小維則捉住他的手將槍口高舉！

對方受到驚嚇！擦槍走火，轟隆一聲，附近正在樹林中歇息的鳥群，受到驚嚇，發出嘩的一大聲，全都飛走了！

在兩人如雷的行動下，制服了對方，阿晃將對方壓制在地，而小維則奪走了槍，指著對方的腦袋，對方還在叫嚷！

小維撥開了保險栓，阿晃問道：「你在幹什麼？」

「殺了他！」

「等一下！說不定他只是普通的老百姓……」

「老百姓？老百姓會有槍？」

阿晃知道他說的沒錯，在這個地方，非友即敵，更何況對方還拿著武器。如果他跟解放軍有關的話，那他們就危險了……

「放開他。」這時候，有人操著生硬的北京話，而且還是個女人的聲音。

阿晃和小維轉過頭，見到一個皮膚黝黑，長得很有個性的女人，頭髮束成馬尾，穿著簡單，背著一挺機槍，腰間有兩、三把小刀，而她的四周少說有十來名壯碩的男子，而那些人手中的步槍，全都對著他們。

阿晃和小維互望了一眼，看來……他們惹到不該惹的人了。

阿晃和小維兩人被槍抵著，跟著那些人走。同時，他們身上的武器也全都被沒收了。

兩人被帶著走了一段路，進到一個村莊，這倒讓阿晃有點詫異，山裡居然還有這等具規模的村莊。簡單的木造房子，還有狗跟公雞跑來跑去，一個四、五歲的孩子，穿著過大的衣服，正跟在一隻雞的身後跑，看到他們，好奇的停了下來。

他們再往前走，又看到一個四、五十歲，只有一隻左手的男人，正用力搗著像是米的東西。

另外一個人，左眼已經瞎了，右眼銳利的看著他們。

還有些人或坐或站，手上都不得空閒，男人們忙著建設、女人們則忙著勞務，見到他們，也沒停下手中的活。

而那個女人進來之後，嘴裡不知道對著那些人講些什麼，儼然是個頭目模樣，隨後，阿晃和小維被帶進一間屋子，膝蓋被踹，兩人吃疼，都跪了下來。

兇狠。

「你們……又想騷擾我們到什麼時候？」女人的北京話雖然不怎麼樣，語氣倒是

阿晃和小維彼此望了一眼。

「妳在說什麼？」阿晃才剛開口，旁邊的人毫無預警用槍托打了一下他的左臉，這一下又清脆、又響亮！

「回去告訴那個人，不要再來騷擾了！」女人怒叱著。

「等一下！」小維開口了，在這氣氛之下，他還有本事笑嘻嘻的，說：「是不是有什麼誤會？」

女人身邊有個落腮鬍的男子，他的北京話更生硬了，還帶著特有的音調：「你們是不可饒恕的！」

「我們認識嗎？如果不認識的話，就不能說我們在騷擾你們嘛！」小維又開口了。

女人停了下來，她和落腮鬍男人兩人交頭接耳，阿晃和小維聽不懂他們在講什麼。最後，女人吩咐其他人將小維和阿晃兩人拉起來，走了出去，阿晃和小維只能暫時先順從。看來那兩人對怎麼處置他們意見不同，暫時還沒有定論與共識。

驀地，一陣哭喊聲傳了過來！阿晃和小維不由得把頭轉了過去，看到方才那個追著雞到處跑的小孩子，躺在地上，他身邊圍了一些人。本來押解他們的三、四名大漢，此刻也只留下一個用槍抵著他們，其他人都跑到那個小孩的身邊去了。

「好像有狀況……」小維輕聲的道。

「不太對勁……」阿晃仔細看著，看到那個小孩雙手握住脖子，臉色發青，而他身邊的人也十分焦急。

方才審問他們的女人和大漢也從屋子裡衝了出來，特別是女人，直接衝到那個小孩的面前，十多個大人對著一個躺在地上的孩子，竟然無計可施？

女人抬起身子，不斷高聲叫著，像是在找人，而她要找的人不在，眼看那孩子就快沒了呼吸，阿晃往那個孩子走去。

押著他的人叫了起來，阿晃也不予理會，見他看似脫逃，卻又沒有脫逃之意，那人也就沒有太大的動作。

阿晃走到旁邊，對著那個女人說：「你們還在幹什麼？沒有看到他快不能呼吸了嗎？」

女人轉過頭，一臉焦急，看到阿晃過來，又感到憤怒。

「你要做什麼？」

「讓我看看他。」阿晃說著。

女人和落腮鬍男人彼此望了一眼，兩人迅速的交談，阿晃等不及他們的結論，已經蹲了下來，眼見那個孩子呼吸已經快停止，他把旁人趕走，那些人還不明所以，想要制止他，反被女人阻擋，不過，那個女人從頭到尾一直盯著他。

阿晃抱起小孩，在他的身後，為他實施哈姆立克急救法。這個急救法是美國醫生哈姆立克在一九七四年所創立的緊急救生方法。在隊裡的時候，這個急救方法剛引進不久，他們所能練習的對象，就是隊裡的成員。

阿晃沒有忘記這只是個小孩，力道不敢太大，他以拳頭擠著小孩的橫膈膜下方，一擠之後，小孩立刻從口中吐出一團黏呼呼的東西，緊接著，孩子哇哇大哭起來。

一名看起來像是孩子母親的女人，見到孩子哭，也跟著哭了起來，她從阿晃的手中，搶走了小孩，將他抱在懷中，兩人哭成一團。

阿晃鬆了口氣，而女人也凝視著他。

「我是在救他……」阿晃解釋著。

「我知道。」女人認真的看著他，沉默了半晌，才道：「你們真的不是昆沙的人？」

阿晃不是沒聽過這個名字，誰跟這個名字的主人沾上一點關係，沒有好下場。他還是保守點好。

「我真的不知道你在說什麼？」

女人盯了他良久，才道：「李玉仙。這是我的名字。」女人回答。

這算是釋放出善意？阿晃也沒有要與她為敵的意思，他也道：「妳叫我阿晃就可以了。」

李玉仙示意其他人將槍枝收起來，落腮鬍男子對她搖了搖頭，李玉仙不知道對他說了什麼，落腮鬍男子勉為其難點了點頭，並讓其他人將槍收了起來，同時，也讓押著小維的人將他帶過來。

「你們是從哪裡來的？」李玉仙望著他們身上的衣服，雖然他們已經在飛機上換過裝，但敏感的李玉仙從他們的談話腔調，還有手槍型式，開口問道：「你們是……台灣國民黨的？」

阿晃對她能認出他們的來歷身分感到訝異，沒有回應，小維也沒有回答，兩人不確定對方在知道他們的身分之後，會有什麼反應？

李玉仙盯了他們半晌，最後，示意其他的人收起槍枝，全都退下，只剩下落腮鬍男子，而落腮鬍男子雖然臉上一大把鬍子，看不太清楚表情，不過臉色也緩和許多。

「你們應該早點說你們是國民黨的人。」李玉仙說。

阿晃苦笑著，他摸了摸左臉，方才被槍托打的地方，隱隱還傳來麻麻的感覺呢！

小維有些挖苦：「剛才你們根本不給我們開口的機會啊！」

李玉仙有些尷尬。

「既然是國民黨的人，我請你們喝酒。」

聽到喝酒，加上李玉仙明顯的善意，阿晃和小維彼此望了一眼，兩人答應了。

這酒……好不對味啊！

阿晃喝著酒，覺得這酒不太合他的口味，但李玉仙和鮑大平似乎喝的很開心。

跟剛才比起來，現在已經是天堂了。況且他們才歷經生死關頭，一番折騰下來，肚子忘了飢餓，而現在有麵食，還有雞肉可以吃，阿晃和小維兩人邊喝酒，邊吃肉，覺得活著真好。

「國民黨的人……怎麼會來這裡？」李玉仙又問。

阿晃和小維互望了一眼，小維轉移了李玉仙的注意力：「你們為什麼說我們在騷擾你們？」

只見她氣憤難平！

「還不是昆沙！一直要我們成為他們的人，我們不肯，他就一直派人過來騷擾。」

阿晃恍然大悟，所以第一次見面的時候，才那麼不友善。小維和他互望了一眼，沒有再說什麼，他們早就聽說，昆沙跟國民黨有著關係。

一九四九年國共內戰之後，部分的國軍從雲南退到了緬甸，有八軍七〇九團的李國輝，還有二六軍二七八團的譚忠，他們的部隊或直接、或間接干擾了緬甸政府與民間的勢力。一九五五年，緬甸在聯合國正式控告國民政府部隊侵犯了緬甸的領土主權，亦跟大陸簽訂協定要消滅這支軍隊。在國際的介入下，這些部隊不得不撤退。

一九六一年，在蔣介石的軟性撤退下，國軍自緬甸撤退，但並沒有完全消失。而這已足夠讓緬甸政府要求各民族所組成的自衛隊解散，昆沙不服，據地為王，並拓展毒品市場。從此，成了緬軍，還有美國政府頭疼的對象。

雖然他曾經被緬甸軍方誘捕，但後來被張蘇泉救了出來。之後，昆沙更是聲名大噪，他所提供的海洛因質地精良，讓各地的毒販趨之若鶩。提起昆沙，還有他的部隊，令人聞風喪膽。

「成為他們的人？是成為他們的部分勢力嗎？」阿晃皺著眉頭。

「沒錯。」李玉仙氣憤的道：「他認為我丈夫不在身邊，就想吸收我們這邊的人成為他的部隊，我不會讓他如意的。」

道不同，不相為謀。

「在大哥回來之前，我會好好保護大嫂的。」鮑大平也道。

阿晃和小維已經知道這個落腮鬍的男人叫鮑大平，一直跟在李玉仙的身邊，唯李玉仙是從。聽到他嘴裡吐出另外一個人，阿晃謹慎的問道：「大哥是……」

「是我丈夫。」李玉仙道：「他現在被捉，昆沙又一直來找我們，所以……我們才會認為你們是昆沙的人。」

阿晃恍然大悟，所以李玉仙一開始才會對他們那麼不友善。

「這些人……都是你在管的？」阿晃指著外面那些拿著槍走動的男人，有幾個臉色還很兇狠，令人看了不寒而慄。

「對。」

看來，李玉仙背著很大的擔子啊！

「我們跟昆沙沒什麼關係……」阿晃再次聲明。此刻，有個女人在外探頭探腦，李玉仙見了，將她叫了進來，阿晃見到是方才那個小孩的母親，女人一進來之後，笑嘻嘻講了一連串阿晃聽不太懂的話，又把手中的雞腿塞進阿晃的手中。

阿晃疑惑的看著她，李玉仙則道：「她要感謝你救了阿吉，你不收，她會生氣的。」

阿晃知道這是孩子母親的謝禮，語言不通，只好微笑的收下，阿吉的母親開心的走了。

酒足飯飽之後，李玉仙安排屋子，讓他們暫住一晚，而在這個夢中，阿晃睡得很不安穩，彷彿他還在半空，還沒落地，彷彿他還在樹林間奔跑，而解放軍在後面追。夢中，他轉頭，看不清解放軍的臉，只看得見槍桿子，而那槍口正對著他的臉，子彈飛了過來……

他醒了過來！覺得胸口跳得好快！

那麼多人死了，他應該感到悲傷，不過，悲傷的情緒似乎出不來，他明白現在還沒有脫離險境，看了一下身旁的小維，他們還處在離家十萬八千里，又稱金三角的煙硝之地，稱不上安全。

他們只是碰到了李玉仙，艾小石的妻子。國共戰爭後，國軍退到緬甸，和當地的少數民族自衛隊結成同盟。而以李國輝為首的八軍七〇九團，幫艾小石對抗緬共，並多次救援，而艾小石也協助李國輝，雙方交情頗深。

只是這麼多年，形勢變得如何？艾小石後來被緬共抓走，留下他的妻子在這片山林，守著他們原來的天地。

聽李玉仙說，她現在不能跟任何有勢力的人扯上瓜葛，要不然，她的丈夫性命就很危險……

外面突然相當吵嘈，阿晃離開房門，看到廣場上沒有小孩，雞犬也都消失，只有大人拿著槍，氣氛緊張。

他走到村外，看到李玉仙帶著她的人，面前站著一幫人馬，李玉仙手中的槍舉得老高，似乎頗為憤怒，而她面前的那幫人並不在意，還笑嘻嘻的，李玉仙發動攻擊，她射出子彈，並沒傷到任何人，那些人受這一嚇，才知道李玉仙不是跟他們鬧著玩的，收斂起笑容。

「滾開我的地方！」

「嫂子，何必這樣呢？大家都是一家人。」其中一個人試圖跟她溝通，也是說著北京話。

「誰跟你是一家人？」李玉仙怒道。

「妳如果跟我們合作，不就是一家人了？而且還少不了好處……」

「閉嘴！」
「何必這麼倔強呢？妳一個女人帶著這麼大票人，不累嗎？跟我們一起合作，妳也輕鬆……」
「滾開！」
「妳先生跟我們可有關係……」
「去！他跟李團長是好友，可不是跟你們！」
「嫂子，妳這麼說就傷感情了。」對方還嘻皮笑臉。
李玉仙乾脆把槍口直接指著他的臉，對方一驚！他知道李玉仙不是說著玩的，真要拿起槍、耍起狠不輸男人，他轉頭，朝後方的人看了一眼，其中一名男人長相方正、相貌威武，那眼神像是在盤算著什麼，見交涉無果，也沒說什麼，只淡淡的道：「回去了。」
李玉仙把槍對著他，男人也無所畏懼，他緩緩的離開，他的手下也跟著他走，直到離開他們的視線，李玉仙做了些交代，身邊的人馬散開來，並未放鬆警戒，才和幾個親信回到村內。
「那些人是誰？」阿晃問著鮑大平，他覺得現在的李玉仙不是好惹的。
「昆沙的人。」
「他們來做什麼？」
「大事沒有，麻煩一堆，說什麼要獨立，根本是來亂的。」鮑大平嘴裡念著，也不以為然。

「獨立？」

「是啊！一直要我們加入什麼撣邦革命軍，誰知道他是不是想拿著這個藉口在這裡稱大王……」

此刻，突然傳來一聲爆炸，威力不大，但還是炸毀了雞舍，裡頭養的雞受到驚嚇，全都跑了出來，四處亂竄，村裡的人和雞全都亂成一團，鮑大平見狀，不知道說了什麼，想來也不是什麼好話，阿晃只能跟著村裡的人幫忙抓雞，亂成一團。

一陣哭喊聲傳了過來，阿晃看到小維從雞舍中跑出，他的手上抱著阿吉，阿吉在小維的懷中，哭得驚天動地、撕心裂肺，而他的左腳鮮血淋漓，阿吉的媽媽見狀，哭得比阿吉還厲害。

「這是怎麼回事？」阿晃跑到小維旁邊，驚懼的問。

「我看他走進雞舍，然後就發生爆炸。」小維滿臉狼狽。他的身上不只有煙硝，還有雞屎。

原本他就不打算跟這裡的人有什麼深交，畢竟，他們原本就沒太大的關係，只是雞舍突然爆炸，而且事發之前，他還看到阿吉進去……控制不住自己的雙腳，小維衝進去將他救了出來。

李玉仙見狀，急忙跑了過來，看到阿吉的右腳整個炸爛，她流利的抛出一段話，有救護人員過來把阿吉抱過去搶救，阿吉的母親也跟了過去，而李玉仙帶著幾個人，氣沖沖的就往村莊外面跑！

阿晃也想到了，難道是聲東擊西？爆炸的威力不算大，目標又在雞舍，看來對方意在警告，不在傷人，然而還是傷及了阿吉。想到無辜的小孩，阿晃也不禁動怒，他跟了上去！

李玉仙沒心思去理會他，隨手交給他自己的手槍，也不再囉嗦，快速往前，很快地，他們追上了昆沙那幫人。

李玉仙大喊了一聲，朝著他們射了一槍，昆沙那幫人受到驚嚇，全都就地找掩護。

「嫂子，妳這樣不行啊！我們可是什麼也沒做呢！」方才嘻皮笑臉的那個人躲在石頭後，大聲嚷著。

「炸彈是你們安裝的吧？」李玉仙怒道。

「等一下！」那記威嚴的聲音再度響起，很快的，那個相貌威武，目光深沉的男人走了出來。「什麼炸彈？」

這就是昆沙？阿晃盯著他，他身上有軍人的氣息，同時也是各國頭疼的對象，此刻，他手無寸鐵，和李玉仙對視也毫無懼意，氣勢凌駕於眾人之上。

「你們幹的好事！」李玉仙憤怒的道：「阿吉斷了一隻腳。」

昆沙眉頭一皺。「什麼？」

「你們把炸彈安裝在雞舍，還傷了阿吉，有什麼事就衝著我們來，對一個五歲的小孩下手做什麼？」

昆沙的眉頭皺得更深了。「等一下！」他轉頭。「金皓。」

那個嘻皮笑臉的男人走了上來，眼底帶絲恐懼。「在……」

「這是怎麼回事？」

「這個……」那個叫金皓的男人目光流轉，就是不敢看昆沙。

「說！」

「是、是，我說！」金皓吃了一驚，連忙供出：「我是想說，這幫人您勸了這麼久，都不聽話，才想嚇嚇他們，就派人在他們那邊裝了個炸彈……傷不了人的！我裝在雞舍……」金皓陪著笑道。

「混蛋！」昆沙往他的臉打了過去，這一舉動，讓所有人都愣住了！「我不是說過，不能傷人的嗎？」

「那是雞舍啊……」

「阿吉的腳都斷了！」李玉仙憤怒的道。不管是大人還是小孩，都是她的人啊！

「左腳還是右腳？」昆沙問道。

「什麼？」

「左腳還是右腳？」昆沙又問。

一旁的阿晃怒道：「右腳。」

昆沙掏出腰際的手槍，李玉仙等人一驚，以為他要動手，所有的槍口都對著他，而昆沙的確是動手了，只見他直接朝金皓的右腳開了兩槍，鮮血淋漓，金皓痛得在地上抱腳哀嚎！

阿晃吃驚的盯著昆沙，他面不改色，道：「告訴阿吉，欠他的，我還給他了。」

眾人都被昆沙的舉動怔到，李玉仙一時也不知道怎麼反應？

這舉動並沒消弭阿晃的怒氣，他反而感到憤怒，脫口：「就算這樣，阿吉的腳還是回不來。」

昆沙聞言，死盯著他，他跟李玉仙打交道多次，沒有印象看過這個人，而且這個人口音也不太一樣……

李玉仙站在阿晃面前，說：「你底下的人幹的好事，就算在你頭上。」

「妳說的沒錯，是我沒有管好他們，他們欠的，我會還……如果想要他的命，也得問問我。」這次，昆沙把槍對著李玉仙。

李玉仙底下的人見了，全都舉起槍，李玉仙再惱怒，也知道得罪了昆沙是什麼樣的下場。他不停的騷擾他們，就是希望他們能夠跟他合作，並不是要消滅他們。拿金皓的腳還他們，算是很大的誠意了。

她還不能破壞跟昆沙之間的平衡，正式開火的話，吃虧的是自己。

李玉仙忍下怒氣，道：「好，你們可以回去了。」離李玉仙最近的一名男人喊了起來，他不知道講了什麼，李玉仙喝斥了他，男人退了下去，不過他的眼神充滿憤恨。

昆沙聞言，示意底下的人過來扶起金皓，李玉仙也沒有繼續為難，讓他們離開。而剛才跟李玉仙講話的男人，卻突然拿起槍，朝金皓射了過去！只聽到金皓慘叫一聲，立刻倒地！

所有人都愣住了！李玉仙急忙搶下他的槍，旁邊的人也制止了他，那個男人似乎還不滿意，對著昆沙就是一陣咆哮。昆沙不是省油的燈，他底下的人都受過專業的訓練，在他指揮一聲令下，全都處於備戰狀態，李玉仙見狀不對，帶著所有人邊戰邊撤。

在槍聲的吸引下，更多昆沙的人出現了，而方才射殺金皓的人似乎才意識到自己做錯了什麼，感到後悔。

原本可以避免更多的傷害，現在卻免不了了。

阿晃看到昆沙的人越來越多，李玉仙的人馬雖有火力，但也難有獲勝把握。他拿著李玉仙給他的槍，跟著眾人，且戰且退，而槍聲早已傳到村裡，阿晃跟著眾人退到半路，鮑大平帶著人馬來支援，李玉仙等人進到村子，昆沙並沒有趕盡殺絕的意思，在他們進村之後就熄火了。

才剛踏進村內，李玉仙朝著那個開槍的男人破口大罵，男人眼睛泛紅，也朝著李玉仙大吼大叫！最後，三個男人將那個男人強行帶走。

李玉仙看起來心情不佳，悻悻然離開了。

阿晃心裡繫著阿吉，他把槍收好，跑到阿吉家裡，想要知道他怎麼樣了？而剛才挑起戰火的男人衝了進來，坐到床上，看著阿吉，痛哭失聲。

阿晃明白了，這男人……是阿吉的父親啊！

兒子的腳斷了，所以他的父親想要報仇，就可以理解了，只是昆沙不是好惹的，如果昆沙真的計較的話，李玉仙他們……不知道會怎麼樣？

阿晃悄悄退了出去，找了棵樹，在底下坐著，如果……他也有一個像阿吉那樣的孩子，不知道是什麼樣的滋味？

小維來到他的身邊，坐了下來，揶揄道：「你還真會給自己找麻煩。」

阿晃看著他，沒有回答，反問：「阿吉怎麼樣了？」

「以後不能走路了。」

雖然早就知道，但聽到答案時，心裡還是不太好受。才五歲啊……阿吉還那麼小……

阿晃忽然想起，當他們剛進村子時，看到那些不是獨眼，就是拐著腳的人，以後阿吉就會帶著殘缺的身體，不管成長或衰老。他的心頭像根弦線，忽然繃了起來。

「你們先走吧！」李玉仙把原本從他們身上沒收的手槍和匕首還給了他們。

阿晃看了她一眼，他們雖然沒打算在這裡久留，但李玉仙要將他們趕走，必有原因。

「是因為昆沙嗎？」阿晃吐出。

「沒錯。」李玉仙也很乾脆。「他們的人死了，事情沒有那麼容易就結束。雖然他現在沒有動靜，但是……未來很難講，你們還是離開這裡吧！」

阿晃沒有反對，他們本來就帶著任務而來，現在任務無法完成，又無法回去，留在李玉仙這裡，也只是走一步算一步。

「那你們呢？」

「我們？」李玉仙苦笑著。「這裡是我們的家，我得在這裡等我的丈夫回來。」

阿晃還在思索，小維很快的道：「我們也打算回去。」

「你們打算怎麼回去？」

「如果可以到泰國的話，我們自有辦法。」小維沒有說明太多。

檯面上，泰國和台灣在一九七五年七月正式斷交，和大陸建立了外交關係。不過，這並不代表台、泰雙方私下完全沒有聯繫，彼此還是存在一定的善意與友誼。更何況這次的任務完全由美國中央情報局主導，泰國高層則是暗中全力配合。

李玉仙思索了會，忽然道：「我讓你們與留在這裡的國民黨會面吧！」

「什麼……是留在這裡的國民黨？」阿晃不太理解。

「其實……這裡還有國民黨的人。」

當初的撤軍並沒撤得乾淨，這也是當時蔣介石預留的伏筆。在大陸與泰、緬邊界留點部隊，等要反共時，也好有個火種在此製造混亂，讓大陸當局頭痛。只是這個心願，一直到一九七五年，他過世之前都還未能實施見效。

「那些人都在什麼地方？」小維又問。

「有的在北邊，有的在東邊。」李玉仙說明。

「也有的……被解放軍抓走了。」一旁的鮑大平像是想到什麼，補充了一句。

李玉仙瞪了他一眼，像是覺得他多嘴，這種事就不必多提了。

「我們要怎麼跟他們會面？」

「我會派人送你們過去。」李玉仙道：「我就送你們去那個地方吧！」

阿晃和小維離開了村子，李玉仙派了兩個人帶著他們走出山頭，在這偌大的山區，如果沒有人帶領，速度一定緩慢許多，幸好他們遇到的是李玉仙，而不是緬共或是解放軍，要不然可真的吃不完兜著走。

李玉仙派的人雖然會講一些北京話，但不甚流利，除非必要，否則阿晃和他們根本沒什麼交集。

臨行之前，李玉仙給了他們一些乾糧和水，餓了就吃、渴了就喝，走走停停，阿晃他們的腳程不算慢，但泰緬交接地幅廣大，說不定還會走到寮國，走著走著，頗有種地老天荒的感覺。

李玉仙派的人在前面走，阿晃和小維在他們身後，忽地，前面兩人停止了腳步，其中一個轉頭，示意他們噤聲，阿晃和小維很快的安靜下來。

是昆沙嗎？

不，不是昆沙，是緬軍，見李玉仙派的人緊張的樣子，看來那些人對他們來說是威脅。

阿晃和小維盡量蜷伏身體，避免發出聲音，等那些人走後，才探頭出來。

四個人加快腳程，又折騰了好些時間，幾小時後，來到一處陌生的地方，那兩人停了下來，其中一個將手指放到口中，吹出又長又亮的口哨，沒一會兒，也從遠方傳來悠遠的哨聲。

緊接著，出現一名眉清目秀，看起來十分靈活，臉上戴著眼鏡的男子，他見到那兩名男子也不緊張，倒是看見阿晃和小維，臉上露出訝異，在和李玉仙派來的人交談起來，知道來意，那名男子走到阿晃和小維面前，露出笑容：「你們從台灣來的？」

「對。」

「先跟我來。」

李玉仙派來的人見任務結束，先行離開，而阿晃和小維雖然滿腹疑竇，不過還是跟在對方身後。

「這裡是什麼地方？」阿晃發問。

「我們所在的位置是台灣設立的西南情報站。對了，我叫陳哲，你們兩位叫什麼名字啊？」

阿晃他們各自報上了名字，陳哲感嘆的道：「在這裡可以看到台灣過來的人可不容易啊！」

兩人跟著陳哲，來到了幾間房子前，與其說那是房子，不如說那是在廢墟中重新搭建起來的屋棚，說是屋子都還名過其實，至少是個能夠遮風蔽雨的地方。

他們環視四周，隱約可以看出當時在這裡聚集的菁英所生活的狀況。聽到聲響，從屋子裡走出兩名男子、一名女子。

「這是唐允禮、這是曾冠良。」陳哲介紹著。

唐允禮的年紀和陳哲差不多，曾冠良是當中年紀最大的，看來約有五十多歲。

陳哲指著女子道：「還有這位是蘇瑾，我們都叫她小瑾。」

阿晃看著小瑾，她的面孔娟秀，眼睛明亮，眉宇之間頗有幾些傲氣。小維不禁脫口而出：「真漂亮啊！」

小瑾臉色一變，覺得小維太過無禮。

「貧嘴！」

陳哲連忙緩頰：「他們是從台灣來的。」

「台灣來的？台灣來的就可以這麼放肆？」小瑾俏臉發怒。

陳哲正打算講些什麼，曾冠良眼睛一亮，連忙問道：「台灣過來的？你們在那邊過得好嗎？」也沒待他們回答，曾冠良又悠悠的道：「委員長之前要副團長撤退，也不知道那些到台灣的人，後來過得怎麼樣？哎……那都十多年前的事了。」

「冠良兄很早之前，就跟著譚忠團長來到了這裡，當初可以撤退的時候，他沒有撤，就是在想，什麼時候可以回家？這裡，離他的家鄉近多了。」陳哲邊說，邊將阿晃和小維帶進屋子，倒了水給他們兩個。

「家？」

「冠良兄是四川人，你說，這裡回去，是不是近多了？」

這間屋子算是比較完整，裡頭除了有些民生用品，甚至還有無線電，阿晃向裝備瞄了一眼。

「那是唯一能用的。」陳哲說明：「上個月解放軍過來的時候，這裡很多東西都壞了，他們來的時候，除了擄人，還破壞了很多東西，在緊急時刻，我跟冠良兄，還有允禮，帶著小瑾從地道逃走，我們把能帶的、絕對不能交給共產黨的東西都帶走了，不能帶走的，就破壞了。」

「解放軍怎麼知道這個地方？」小維看著保留下來的無線電問。

「我想……他們也注意我們很久了吧？」

小維沉默了起來，阿晃覺得奇怪，問：「怎麼了？」

「我只是在想……在出發之前，我們的行蹤應該早就被發現了，不然解放軍怎麼能那麼準確的知道我們降落的位置？連我們都是在上了飛機之後，才知道這趟任務的，那為什麼我們才剛從泰國美軍基地起飛沒多久，就被發現了，而且還犧牲了那麼多弟兄？」

陳哲聽了，有點詫異。

「什麼意思？」

「我們來這裡，就是因為聽說這裡的情報站被破獲，人員被抓，所以才派我們過來救人的。沒想到剛抵達預定跳傘的地點，就被發現了。」既然是西南站的人，小維也就把話講開了。

陳哲一驚！「這是怎麼回事？」

小維用力喝了口水，死的那些都是跟他朝夕相處的人，看著他們在空中被打死、炸死，而自己活著……如果自己當時也死了，是不是就不會這麼難受？

「你們知道被抓走的那些人，被關在哪裡嗎？」阿晃開口。

陳哲詫異的道：「你想做什麼？」

「我們來這裡，就是要救那些人。只是，我們遭到襲擊，幾乎全軍覆沒，我們兩人僥倖死裡逃生，在逃亡的路上，才遇到李玉仙他們。」

西南情報站的人驚訝的看著他們。這個消息讓他們吃驚，也不能說意外，因為，正是他們通知台灣有關西南情報站被破獲的消息，同時，也一直在等待救援，只是沒想到會透過這樣的方式跟阿晃、小維兩人見面，更沒想到派來救援的一百多人幾乎完全犧牲了。

為了反共，在金三角這塊地區其實並不平靜，即使國軍退出了緬甸，但還是有不少人志願留下，在這裡為了信念而繼續努力奮鬥。

李國輝、譚忠率領孤軍打敗緬軍，引起了國際注意，蔣介石知道還有這支部隊，於是指派李彌將軍負責在滇緬一帶發展武裝力量。而在同時，為了讓李彌成為有實力的第三勢力，牽制在朝鮮與以美軍為主的聯合國軍激戰的大陸志願軍，美國也援助了當時的孤軍。

一九六四年，鄧文勳受到指派，來到了泰國，設立了西南情報站，情報站的人員和國軍部隊分開行動。

雖然兩邊行動不一樣，但卻是同調同步的，偶爾還會互相奧援，一九七五年，蔣經國同意光武部隊解散，西南情報站成了中共打擊的目標。

在聽到阿晃簡單的敘述，陳哲才知道他們能夠碰面，還有一番曲折。

「你們……是派來救我們的？不過……我們這裡並沒有收到任何通知。」陳哲疑惑的道。

「看來……是有人在阻攔消息。」唐允禮開口了。

「阻攔？」阿晃又問。

「是啊！整支部隊差點被全盤殲滅，還有，我們也沒收到台灣方面的訊息，這太詭異了……」

「誰在阻攔，我們根本不知道。」小維打岔：「既然對方想要置我們於死地，就不會讓我們知道他是誰？倒是我們現在要怎麼做？」計畫趕不上變化，他們完全不知道下一步該怎麼進行……

「當然是要繼續執行未完成的任務，去救人啊！」小瑾突然蹦出這句話。所有的人都望著她。

「就我們這幾個人嗎？」小維開口。

小瑾看著四周，他們加起來也不過六個人，又沒有火力，要怎麼救人？以現實面考量，這的確是個不可能的任務。

「難道就讓那些被抓走的人，被共產黨折磨嗎？」小瑾站起來怒叱。

「我們現在去的話，不過是再多死幾個人。」

「既然這麼貪生怕死，為什麼要過來？」

小維忍不住站了起來，他嘲諷的道：「妳有跟解放軍正面交手過嗎？其他人在面對生死關頭，妳有出來營救嗎？情報站被破時，妳人在哪？妳能夠站在這裡說話，妳也沒什麼資格說別人吧？」

小瑾臉色一變！她開口，想要說些什麼，只見她抿緊嘴唇，臉色忽紅忽白，最後，她一拳擊在桌子上，原本就不甚牢固的桌子，發出近乎拆解的聲音。小瑾跑了出去。

唐允禮見狀，連忙追了出去，而陳哲望著他們，悠悠的道：「你這麼說，對小瑾也不太公平……她的丈夫也被抓走了。」

曾冠良嘆口氣，看著兩人：「年輕人，你什麼都不知道……當初小瑾進到地道時，嚷著要出來，是我跟陳哲，還有唐允禮三個大男人死拖活拉，才把她帶走的。」

「她的丈夫也是情報站裡的人？」阿晃好奇的多問了一句。

曾冠良沉吟了會，決定公開：「當初為了完成任務，我們情報站的站長程耀中和這裡的人通婚。你們應該看得出來，小瑾跟我們長得有點不太一樣，她可是土司的女兒呢！本來耀中不想把身分跟她說明，但小瑾太聰明了，被她發現耀中的身分，她又愛死了他，最後也跟著加入情報站了。」

「在這裡為了執行任務，就與當地少數民族通婚？」

陳哲沉吟了會，道：「如果想跟這裡的人打好關係，有些犧牲是必要的，況且如果兩人真心相愛，就談不上什麼犧牲了。」

阿晃不禁好奇起來，是什麼樣的人，讓小瑾甘願為他冒險？而小維望著小瑾離開的身影，沒有再說什麼。

「我們現在在這裡，那些被抓走的人，沒錯的話，會先送到那裡，然後再送往北京，也有可能直接在當地接受審訊。」陳哲在桌面攤開地圖，指了指他們的所在地，還有雲南西南角上。

阿晃看著這幅滇緬泰寮邊界的地圖，繪製的相當細膩，不管是山川大地還是河流也相當清楚，甚至在國界交界之處，還有不少註明。紅筆、藍筆都有不同標示，看似複雜，其實一目了然。字體雖小，卻蒼勁有力，毫不馬虎。

「這是誰畫的？」他好奇的詢問。

「是耀中畫的！」陳哲嘆了口氣。

阿晃也不再多問耀中的事，他看著地圖，說：「我們所在的位置，離雲南還有一段距離。所以解放軍有可能跟緬方合作，往這邊攻擊？」他指著當初他們預計降落卻遭悲慘殲滅的地點。

「可能性極大，這點中共當局辦得到。然後再利用與緬甸軍方的密切關係，將所需攻擊的槍砲，佈置在你們預定的空降地區，在你們還在空中飄盪、毫無反擊力的第一時間，殲滅你們。」

雖然阿晃也猜得到實際發生的狀況，但聽陳哲這麼說，還是有點難受，打從他們上了飛機，就注定是場失敗的死亡之旅，只是他們是如此的無力。

他跟小維這條命，都是撿來的。

只是確認之後又能如何？他們肩負任務，卻也明白憑一己之力，沒辦法前去救人，而他跟小維的意見還是分歧的。理智上，他是贊成小維，到泰國再找方法回台灣。只是，使命感又是另外一回事。

「還好你們虎口逃生之後，遇到的是艾將軍的人。」陳哲慶幸的道：「不管是艾將軍，還是他的妻子，跟李國輝還有馬俊國將軍的交情一直不錯，先前我們在這裡跟各個部落，或是村子的人發展武裝力量，他們一直很幫我們。」

「馬俊國將軍？」

「是啊！他本來是第五軍的人，他的部隊番號是滇西行動縱隊，當時他和台灣的人聯絡上，相中了我們現在這個位置，成立了基地。」

「這個艾將軍究竟是什麼人？」在李玉仙的地盤時，阿晃不好發問，現在可以問的暢快了。

「他們是永泰部落的人，稱呼艾將軍是客氣了，算是對他的尊重，艾小石是永泰的頭目。」

「他們的北京話說得很好。」阿晃開口。

「北京話也是馬俊國將軍教他們的。不過，去年艾將軍被緬甸軍政府捉住了，他的妻子也不敢亂動，怕傷了丈夫的命。她願意送你們過來，也是冒了很大的風險。」

「據我所知……昆沙一直在找他們的麻煩？」阿晃想起那張臉龐，看似相貌堂堂，卻是金三角的大毒梟。

「是啊！他想統一撣邦，搞了個撣邦革命軍，想借用艾夫人的力量，不過，艾夫人的想法跟他不一樣，她只想等艾將軍回來再說。」陳哲說著。

阿晃看著方才陳哲指的他們所在的位置，又道：「如果……我是說如果要到雲南，從緬甸這裡穿過去是最快了。」寮國的地理風險較低，但太遙遠。況且，寮國內部其實也不太和平。

陳哲開口：「沒錯，但是緬甸一直以來，對我們並不友善，現在也是一樣。如果被他們發現，事情就難辦了。況且，這裡的人是敵是友也說不準，不是每個人都跟永泰部落的人一樣站在我們這邊，所以直接穿越的話，不是不行，只是風險很大。」

「這條河呢？」阿晃指著湄公河。

「我們沒有船可以往上通行，而且從那裡過去的話，距離關著我們人的地方，也有段距離。」

「我們的人到底確切被關在哪裡？」原本標記位置的資料，都在掉下來時，從砲火中消失了。

「差不多在孟連附近。」陳哲指著緬甸的右上方，位於雲南左下的位置。「這裡西盟軍區曾經突擊過，冠良兄當初也跟著西盟的人一起攻過去。」他指了指曾冠良。

阿晃把頭望向了曾冠良，他一直坐在旁邊聽他們講話。

曾冠良咧嘴而笑。「別看我這個烏龜樣，我打的仗可不少。那時我可是尹戴福團長底下的得意門生呢！」

陳哲看著地圖，嘆了口氣，他把地圖收起來，悠悠說道：「就算知道人在這裡又如何？憑我們幾個勢單力薄，除非再讓台灣派部隊來，否則……」

現場一片沉默，最後，曾冠良嚷了起來，說：「肚子餓死了，小瑾不是做了豌豆粉？他們遠道而來，一定要給他們嚐嚐。」這一喊，氣氛似乎活絡許多，連一直坐在旁邊一聲不吭的小維肚子都有了反應。

「對，先吃飯吧！不管有什麼事，吃飽再說。」陳哲把地圖收起來。

「豌豆粉來了。」曾冠良捧著一大碗豌豆粉走了進來，唐允禮跟在後面，手裡拿著碗，陳哲熱心的招呼。

「先坐，坐著吃。」

吃飯皇帝大，有什麼事，先填飽肚子再說。

之前都吃乾糧配清水，現在吃到真正的料理，又香味撲鼻，阿晃迫不及待想要放入嘴裡，見到碗裡綠綠滑滑，又有花生，又有辣椒的料理，不禁好奇的問：「這是什麼？」

「這是豌豆粉，小瑾自己做的，你吃吃看。」曾冠良解釋。

阿晃還沒開口，旁邊的小維突然嗆咳起來，原來他剛舀了一碗，立刻吃了起來，吃得太急，辣椒直接進到喉嚨，咳個不停，唐允禮連忙倒了杯水給他，說：「忘了說，這個在我們這邊是吃習慣了，你們要是不習慣，就……慢慢吃，啊？」

小維點點頭，表示知道了。

而在一旁沒有說話的小瑾，看到這個狀況，臉上似乎舒坦許多，還露出得意的微笑。

阿晃看著這滑溜滑溜的豌豆粉，用筷子怎麼也夾不起來，他好奇的問：「這到底怎麼吃？」那模樣逗得小瑾笑了起來。阿晃更無措了，該不會太久沒拿筷子，他不知道怎麼吃飯了吧？

「傻小子，夾不起來，不會直接倒進嘴裡嗎？」曾冠良拿起碗，稀哩呼嚕，沒三口就把碗裡的食物吃了個精光。

阿晃見狀，也學了起來，他小心許多，免得跟小維一樣被辣到，用完餐後，小瑾收著碗，唐允禮陪同她，阿晃則在四周走著，找了一塊角落坐了下來。

方才看了地圖，路途遙遠，如果還要繼續執行任務的話，非常困難。雖然逃離砲火，阿晃還在想著這件事。

不過，一百多人都做不到的事，憑他一個人根本沒辦法完成，就算小維，還有眼前的這些人也參與進來，真的能夠完成使命嗎？最好的方式，就是跟台灣聯絡，請他們再派人來執行任務。

不過……如果台灣政府高層真的有共諜，那他們這樣聯絡，會不會又讓後面派來的弟兄憑白損失？

難道……真的無計可施？

阿晃正在兩難，小瑾突然在他旁邊坐了下來，由於太過接近，把阿晃嚇了一跳！

「怎麼了？我很可怕嗎？」小瑾看到他的表情，似笑非笑。

「沒、沒有……」不說不覺得，其實他臉上熱熱的。

他無父無母，寄居在舅舅和舅媽家，除了表妹小貞和舅媽，這一路上的成長，甚至在部隊，幾乎沒什麼機會接觸到女生，兩人坐這麼近，他有種異樣的感覺。

「你們是來救人的？」

「對。」阿晃點頭，臉頰發燒。

「什麼時候要救？」小瑾眼睛異常明亮。

阿晃一怔，不太清楚小瑾這時候問這問題的用意？他說明：「妳也知道我們發生的事，我們來的人幾乎都被打下來了……」

「所以你們不打算救人了？」小瑾語氣一冷。

「也不是這麼說……」

「那你到底有沒有打算要救？」

迫於小瑾的壓力，阿晃解釋：「救！當然要救，只是想要攻堅的話，也要有火力……」他的話都還沒說完，小瑾又笑顏逐開。

「所以你們會打算救囉？」

「救……當然要救……」

阿晃覺得，他如果不這麼說的話，恐怕沒死在解放軍手中，也會死在小瑾的眼神裡。

「那你們如果要出發的話，跟我說一聲。」

阿晃愣了一下。「什麼?」

「小瑾!」唐允禮走了過來，臉上有著怒意。「妳在幹什麼?」

「沒事，聊個天而已。」小瑾避重就輕。

「她跟你說了什麼?」唐允禮詢問阿晃，阿晃覺得他不適合待在現場，說:「你們忙，我先出去走走。」

「等一下!」小瑾想要喚住他，唐允禮不滿的道:「妳這個念頭太危險了。」看來，方才的對話，他都已經聽到了。

「難道被捉起來的那些人就不危險了嗎?」小瑾滿臉怒容。

「救，當然得救，但是犯不著妳去冒險……」

「好歹我也是台灣情報局的一分子，你憑什麼不讓我去救我的丈夫……」小瑾的聲音尖拔而激昂起來。

「如果耀中在的話，他也不會讓妳去冒險的……」

阿晃聽著聽著，覺得這就像是他們的家務事，他並不適合待在現場，快速離開。

「這裡是我們放置彈藥的地方。」陳哲帶著阿晃還有小維，來到了他們的彈藥庫。說是彈藥庫，不過是個臨時的倉庫罷了。陳哲進去之後，將油燈放在門口旁的檯子上。

小維進來之後就不停的打量，這裡空間狹小，他們三個人進來有點擠了。有幾把步槍放在角落，櫃子上還有子彈和手榴彈，雖然不多，但如果遇到敵人，或可自保。

「這裡是……」

「在解放軍突襲之前，這些槍枝正在做保養，所以我們先把它放在這裡，想說保養好了再拿回去，沒想到，解放軍突然突襲，抓走了很多人，我們的人為了避免彈藥落入對方的手中，就自行炸掉了，只剩下這些。」陳哲說明。

小維拿起M一加蘭德步槍，還有M一卡賓槍，陳哲也沒有阻止，小維操作了一下，覺得不太上手，說：「這些有些卡，不過，上油之後應該就能使用了。我來幫它們上油吧！」武器向來是他的興趣，在部隊的時候，他在槍枝的操作運用上，表現可是非常突出呢！

「好，不過不要給小瑾碰這些。」陳哲提醒。

「怎麼了？」

「我怕她……會出事。」陳哲道：「既然你們來了，這些先交給你們，我們這幾個除了冠良兄，沒有人直接跟解放軍打過仗，所以只好先將這些槍枝安置在這。」雖然在來之前都受過訓練，不過，實際跟解放軍交手，又是另外一回事了。

「把它拿出去吧！」看槍枝像被廢棄在這，小維覺得有點難受，每把槍枝對他來說，都是寶貝呢！

兩人協助他把槍枝拿出去，找了塊空地，小維坐在地上，仔細檢查每把槍枝，看它外部有沒有裂痕，再檢查準星，陳哲拿了油過來，小維拿起了布開始擦拭。

阿晃也坐了下來，一同檢查，由於這些槍在一個多月前就塵封，難免卡著灰塵，為免遇到狀況，必須仔細檢查。

他們正在上油時，聽到背後有腳步聲，兩人轉頭。

「你們在做什麼？」小瑾朝他們走了過來。

「在檢查槍枝啊！」阿晃說。

小瑾走到他們身邊，眼神落在腳邊的槍枝上。「這些……不是你們帶來的槍吧？」

「是陳哲讓我們幫忙保養的。」阿晃說明。

小瑾蹲了下來，伸出手，被小維阻止了。「妳要做什麼？」

「我只是看看……」

「危險。」阿晃警告。

不顧他們的警告，小瑾拿起了一把槍，指著前方，看她的架勢，並非弱不禁風。

「妳碰過槍？」小維發問。

「在這裡誰不碰槍？」小瑾冷冷的道。

阿晃不明白，如果小瑾拿槍枝沒問題的話，陳哲為何會說出那些話？

小維走到小瑾身後，頓時覺得體溫升高，他脾氣的確不太好，但小瑾更容易使他失控，他強迫自己冷靜下來，說：「妳拿得很好，可是有個缺點，妳這樣的姿勢，很容易歪掉。」他伸出手，捉住小瑾的手，溫度，更燙了。

他調整小瑾拿槍的角度，語氣也溫和起來，對她說：「妳必須要這樣子，才容易打中目標。」

小瑾恍然大悟，小維指出她與目標之間拋物線的問題。

「原來如此！」

這時候的小瑾，已經不再冷冰冰了，她像個好學生，不斷地向小維提出問題，彷佛之前的不愉快，完全沒發生過，關係融洽了許多。而小維也將他在使用各式槍枝上的知識，一一跟小瑾說明。

阿晃見他們和平相處，吁了口氣，大家都是為國家做事的，何必為了一點小事吵來吵去呢？他低下頭，繼續檢查下一把槍。

阿晃醒了過來。

他張開眼睛，四周還是一片黑漆漆的。而小維在他的旁邊，還可以聽到他微微的鼾聲。

自從他們降落到這地帶之後，弟兄們慘死的場景，還停留在他的腦海裡，有時候睡著睡著，就會驚醒，以為自己還在高空中，以為自己還從飛機上剛跳出來……

除了他們，究竟還有多少弟兄活著呢？

阿晃用手抹了一下臉，做了個深呼吸，察覺四周的變化，方才他會驚醒過來，除了夢中的場景，還有別的動靜……

有人在外面！

阿晃正準備叫醒小維，一轉頭，小維張開了眼睛，而且睜得好大。看來，他也聽到動靜了。

「外面有人。」阿晃悄聲的道。

小維坐了起來，兩人悄悄的下了床，躡手躡腳來到外面，看到外頭的黑影，不太像是解放軍。如果是解放軍的話，應該直取他們的性命或是立即捉捕他們，而不是在黑暗中到處移動。

阿晃張大了眼睛，看著那些黑影，有個熟悉的身影，他不禁脫口而出：「那是……小瑾嗎？」

小維也看出來了，兩個人還沒有動靜，這時候，就聽到一個氣急敗壞的聲音：「小瑾！」

是曾冠良！他衝了出來。

那些黑影全都停了下來，而阿晃和小維知道她已經發現有人，索性也站了出來。

原本烏雲遮掩的天空，也露出月亮的光輝。

小瑾的臉孔，比月亮還要皎白。

在小瑾的身後，站著數名大漢，每個人身上都有武器，阿晃等人不敢大意，高度警戒。

「妳在幹什麼？」曾冠良走了上去，幾乎是用吼的！

這時候，陳哲、唐允禮也都跑了出來。

既然已經被發現了，小瑾也不再躲藏，道：「對不起，這些東西……我先帶走了。」

阿晃還有點迷惑，這時候，陳哲的臉孔變得慘白。

「妳……妳要把武器全都帶走？」

阿晃連忙摸了一下他的腰際，還好，他的手槍還在身邊。但是他們幫忙陳哲保養的槍枝，全都落在那些人的手中。

「我知道你一直不想讓我碰它，可是，你也知道我需要它。」小瑾拿起手中的卡賓槍。

「妳怎麼……」陳哲說不出話來。

那些槍，在阿晃和小維兩個人保養完後，全部都收起來，而藏放槍枝房間的鑰匙，則是由陳哲保管。不過，這點對小瑾似乎不是問題，她輕易的取得鑰匙，甚至找了幫手來將這些武器拿走。

「我知道你是為了我好，不過，我還有事要做。」

「為了耀中嗎？」陳哲沉痛的問。

小瑾沒有回答，她的表情透露了答案。阿晃清楚的聽到唐允禮發出痛苦的聲音。

「不要過來，我並不想傷害你們。」小瑾用手示意，她後頭的那些人用步槍指著陳哲他們。

「不要……」

唐允禮不怕死的走上前，一名大漢立刻用槍阻隔了他跟小瑾之間的距離。

「別過來，允禮，他們不像我會手下留情。」小瑾提醒。

小瑾轉身離開，沒有回頭，等小瑾消失之後，那些人才慢慢退後，那個抵著唐允禮的人，也收回了槍，跟著同伴消失在黑暗中。

「那些人是誰？」阿晃相當驚異。

「應該是小瑾部落裡的族人。」陳哲痛心的道，他拿掉眼鏡，抹了把臉，說：「我最擔心的事，終於發生了。」

阿晃沒有忘記，小瑾在地方上具有尊貴身分，她的號召力不可小覷，那些人看來以她馬首是瞻，恐怕願意為她失去性命也在所不惜。

唐允禮看著小瑾離開的方向，突然衝了出去！

「允禮！」陳哲喊了起來。

阿晃見情況不對，說：「我過去看看。」就追了上去，而小維也沒有閒著，先後跟了過去，留下陳哲還有曾冠良。

曾冠良忍不住飆了一句髒話，陳哲也不斷嘆氣。

最後，曾冠良嘆道：「這傻妞……」

小瑾一行人的動作很快，阿晃和小維的腳力也不弱，兩人不過遲了幾步，追上去時，前面那票人已經跑到遠遠的地方。也許是走得急，所以小瑾他們留下了不少痕跡。

「看來小瑾已經計畫了很久。」在追逐的途中，阿晃這麼說。他突然想起陳哲說的那句話，恍然大悟。

「難怪她對於槍枝那麼關心……」小維也想起了什麼。這兩天他在保養槍枝時，小瑾還問了他一些關於槍械的問題，在那個時候，她早就有這個念頭了吧？

「她偷那些槍，是為了她的丈夫嗎？」阿晃細細思索他們每個人說過的話。為了執行任務而通婚，最後被解放軍捉走的程耀中，遇上死心塌地的小瑾，那麼，偷走槍枝也就合情合理。

「不管是為什麼？她這都是自殺行為。」小維有種被欺騙的感覺，原來小瑾之所以對槍枝表現的那麼熱絡，是別有目的。這一點他相當不快，同時，他的心頭還感到相當不舒服，甚至可以說是氣惱。

還沒追到小瑾，他們已經追上了唐允禮。

「允禮。」阿晃跟上了他。

「你們來了？」唐允禮看起來很累。

「他們往哪個方向走的？」阿晃發問。

唐允禮指著一個方向，阿晃說：「好，知道了，我跟小維會去追小瑾，你就先回去吧！」

「不行！」唐允禮搖頭。「我要親自把小瑾帶回來。」

「你這樣子……」小維只差沒搖頭了，他對唐允禮現在的體力表現不是很滿意。雖然明白唐允禮是因為以前得過瘧疾，體力大不如前，但現下實在無法讓他這麼任性。

唐允禮雖然也是情報員出身，不過後來得了瘧疾，當時沒有奎寧，被小瑾用土藥救活，之後就開始做通訊或文書，一些比較不需要體力活的工作。

「小瑾一定是去救她的丈夫，不把她帶回來的話，她會有危險的。」唐允禮的話，證實了阿晃的猜測。

「你現在這個樣子，追上去也沒用。」

唐允禮不服氣的道：「我知道可能沒用，但是還是要把小瑾追回來！」

「太危險了。」

「不管是我，還是你們，在選擇為國家奉獻前，不就預料到這種狀況嗎？」唐允禮這一句話，讓阿晃無話可說。

在答應奉獻前，要拋棄生死的觀念。

「你喜歡她吧？」小維突然這麼說。

「啊？」阿晃愣了一下，而在夜色之下，阿晃發現唐允禮竟然臉紅起來。「你真的……小瑾結婚了耶？」他有點詫異。

「你看不出來嗎？」小維有點鄙夷的味道，他沒想到阿晃並沒察覺？

「我……我真的不知道。」阿晃從來沒有想過這種事，國事當前，誰還會在乎兒女私情？

小維也不想就這個話題跟阿晃講下去，這呆頭鵝，恐怕女人在他面前晃來晃去，他也不知道對方是什麼意思。小維道：「現在你叫允禮回去，他也不可能回去，況且，他對這裡的地形應該比我們還熟悉。」小維和阿晃持相反意見。「他們往哪個方向？」

唐允禮指著約一點鐘的方向，小維拍了拍他，先往前走，唐允禮也跟了上去。阿晃反而居後了。

阿晃連忙跟上小維還有唐允禮，三人步行了幾個小時，天色大亮，在唐允禮的帶領下，他們不至於浪費太多時間，最後，終於，讓他們看到了小瑾與她的族人。

「小瑾！」唐允禮一看到她，隔著遠遠的山坡，就喊了起來。

前方的小瑾和她的人聽到聲音，轉過頭來，小瑾底下的人拿著步槍指著他們，唐允禮無視其他人，跑到了小瑾的前面。

「你為什麼跟來了?」小瑾冷冷的道。

「我是來帶妳……回去的。」跟阿晃和小維比起來,唐允禮的體力的確差了些,人是追到了,他卻氣喘吁吁的。能夠找到小瑾,完全是靠意志。

「你知道我不會跟你回去的。」

「小瑾……」

「對不起,允禮。」小瑾的對不起,似乎包含了更多意思。以她的聰慧,對於唐允禮的那點心思,豈會不知?

唐允禮急了,他伸手捉住了她的手臂,道:「不要再往前走了,妳這樣做只是送死。」

小瑾沒有理會,她將他的手推開,轉身就要往前,被小維喊住了:「站住!」有兩個大漢站了出來,站在小瑾面前,小維視若無睹,將那兩個人當作空氣,他上前道:「妳……計畫很久了吧?」

「沒錯。」小瑾也不否認。

「妳以為憑你們這些人,就可以把妳的丈夫救出來?」

「你怎麼……」小瑾有些詫異。「是他們告訴你的吧?」想救耀中的念頭,從來沒有斷過,不管是唐允禮,還有陳哲和曾冠良都知道,她的心思幾乎是公開的。

小維看了一下其他人。「妳知道,為了救出那些被抓的情報員,台灣可是派出了一百多名的特種部隊,你們只有十幾個人,能幹什麼?」

「我知道，但是，總是要試……」

「讓他們跟妳一起去送死嗎？」小維冷冷的道：「妳以為解放軍那麼好對付嗎？難怪陳哲不讓妳碰這些東西，因為妳實在太笨了。」

小瑾俏臉發怒，她走到小維面前，道：「你說什麼？」

「妳如果不是夠笨，就是沒有頭腦，要不然怎麼會讓這些人跟妳一起送死？就算他們是妳的人，好歹也是一條命，他們一共才多少人？十三？十四？妳知道妳要負責多少條性命的死活嗎？」小維毫不客氣的加以指責。

「他們……他們都是支持我的人……」

「所以妳就可以任憑他們去送死？」

「他們每個人都作戰過……」小瑾嘴硬的道。

「如果真的這樣，妳早就帶著他們去救人了，不是嗎？會一直拖到現在，就是因為沒有實力。我說妳啊！想要救人，不只是靠武力，還要靠這裡啊！」小維指了指腦袋。「妳到底有沒有啊？」

「你……」小瑾氣急敗壞，她平時也算尖牙利齒，常常讓那些男人拿她無可奈何，怎麼這個剛來的小維，竟然指著她說她沒有腦袋？

「不要以為你是台灣政府派來的，我就不會殺你了！」小瑾老羞成怒，拿著槍枝對著他。

「妳要用我們的槍殺了我嗎？」小維沒被她嚇到。

阿晃見情況不對，趕緊衝上來緩頰。「你們兩個好了，講話這麼大聲，是怕沒人聽到嗎？」

小瑾怒視著小維，道：「我不想跟你們為敵，你們走吧！」

「要走可以，把這些槍留下來，我不想這些槍枝被一個笨女人拿走。」小維的話極其難聽，小瑾氣得想要揍他。

「你說什麼？」

「我說妳是個笨女人！」

小瑾越發動怒，在她周遭的男人，有哪個敢不順著她？這個男人沒來多久，就直指她沒腦袋，把她當什麼了？

「好了！好了！」阿晃想要上前制止他們，但這兩人根本沒把他當一回事，逕行吵嘴，一行人渾然不知遠方有把槍枝正對著他們……

那把槍枝對著人群聚集最多，也就是正在相爭的兩人，一聲槍響——

砰！

驚鳥竄出樹林，所有人立刻尋找掩護。眾人很有默契的往槍聲來源方向一望，看到山坡底下有一支緬甸軍隊，朝他們走來。

小維由阿晃帶到一旁，兩人望著軍隊的方向，而小瑾由她的族人保護著，離阿晃他們約有三尺遠的距離。

小維摸到手上濕濕的，他看到阿晃的左肩滲出紅色的液體。

「你沒事吧？」他小聲詢問。

「沒事。」

小維有些懊惱，要不是方才和小瑾吵架，應該不至於發生這種事。眼看緬軍節節逼進，他們身陷危機。

此刻，小瑾輕喚著：「喂！」小維和阿晃看了她一眼，在小瑾身邊的人，拿出步槍，盡量伸長遞給小維，小維則俯低身子接過。

隨即，小瑾的手下開始攻擊對方，緬軍也不甘示弱開槍，一時間，叢林裡槍聲大作！

小維開始射擊，他每射一發子彈，緬軍就倒下一人，這一舉動，也惹得緬軍發怒，索性拿起機關槍，成群的子彈擊出，小瑾的手下有兩人被子彈掃到，直接倒地。

小瑾相當驚慌，見情況不對，小維來到她身邊，捉著她的手，說：「快叫他們撤退。」小瑾還想抗拒，小維怒叱：「妳想要讓他們全部死在這裡嗎？」緬軍的火力比他們強大許多，反抗的話，只是早死與晚死的差別。

小瑾還想說什麼，在還沒救到人之前，他們的確不能浪費太多子彈在不必要的械鬥上面。

猶豫了幾秒，小瑾知道她不能再拖了，她吩咐下去，所有的人都往後退。

後方由幾個人墊後，而傷者則由人帶著跑，小維則帶著小瑾跑走，在緬軍快要靠近他們的時候，後方的人先用火力逼退，等到其他人較安全之後，他們才快步跟上。

由於他們常在山中活動，很快地，小瑾和族人們帶著阿晃和小維，到了比較安全的地方，而唐允禮由其他人護著，遠離了那些緬軍。

等確定平安之後，眾人才有空歇息。

阿晃掀開自己的衣服，看了一下傷口，還好僅是擦傷，並無大礙，小瑾的族人過來，準備幫他處理傷口，小瑾用著她和族人的語言，略為溝通之後，走到一旁，取出身邊的水，喝了一口，見唐允禮站在身邊，她將水壺遞了過去，說道：「喝口水吧！」

唐允禮沒有接受，他只道：「回去吧！」

小瑾沒有回答。

「小瑾！」唐允禮急喚：「算我拜託妳，回去吧！」

「你跟他們回去吧！」小瑾指著阿晃和小維。

唐允禮搖著頭。「妳不回去的話，我也不走。」

「允禮！我是去救我的丈夫的！這是我的事，你們可以不用參與。」她望著多餘的三人。

「怎麼可能？我怎麼可能讓妳單獨冒險？」唐允禮拉著她的手說。

小瑾抽回了手，說：「你放手。」

「小瑾……」

「夠了！」小瑾拿著步槍，擋在他和她之間，雖然沒有射擊，但其中的距離讓人明白，唐允禮無法再靠近她一步。

由於拿著槍的敵意實在太過明顯，但又並非要真正取唐允禮的性命，唐允禮只能紅著眼，看著小瑾刻意隔出來的空間。

「允禮，你放尊重一點，我的意思……你應該很明白了，我……我只有耀中一個人，心中不可能再容下任何人了。」

阿晃有點不忍卒睹，這個唐允禮……傷得比他還重啊！

小維也沒有攪和，情況已經夠亂了。

唐允禮的臉色更白了。

在程耀中為了任務，選擇和小瑾通婚之後，對這個女人，唐允禮只能壓抑無可遏抑的情愫。在程耀中被捕後，想辦法照顧她，這樣的他，不可能眼睜睜看著小瑾踏入危險而置之不理。

「我知道，我只是……我……」

「耀中是我的丈夫，他被抓了，只有我去救他，其他的人……」她望了小維一眼。「我只能靠我自己。」

「我就是知道妳的個性，才一直攔著妳，深怕妳出事。」唐允禮說出自己的擔憂。情報站被破獲之後，他就很擔心小瑾。「我知道妳的心中只有耀中一人，我……我只希望妳平安，好好的活下去。」不善表露情感的他，說這話已經是他的極限了。

「沒有了耀中，什麼都沒有了。」小瑾堅持。

唐允禮的臉色更蒼白了。

小維看不下去了。他打斷：「你們非得在這個時候討論你們的私事嗎？剛才那些人不知道什麼時候會追來，這裡也不見得安全。」他的眼睛盯著小瑾。「最好的方式還是回去。」

「不可能。這是我的事，你們不需要跟著我一起，你們都走吧！」

小維大步前進，小瑾猛地退了一步，將槍口對著他。

「別過來，我真的會殺了你。」

「夠了！」阿晃忍不住喊了起來！「明明都是自己人，為什麼要自己人打自己人？」

「這婆娘太無理取鬧了。」小維滿臉怒意。

「你們還是回去吧！」小瑾冷冷的說。

「小瑾……」唐允禮那個忍耐的表情，讓小維和阿晃兩人都看不過去了，雖然他們認識並沒有多久，但一個大男人在大庭廣眾之下，遭到這麼赤裸裸的拒絕，他們都替唐允禮感到難堪。

似乎覺得自己太過分了，小瑾緩了下來：「我們人這麼多，若是再遇到任何軍隊，都不是好事。」由於緬甸的政局不穩定，政府當局對反共的氛圍非常忌憚，軍隊如果發現反共分子，便直接進行掃蕩。平民百姓難得擁有槍枝，所以緬軍對於擁有槍枝的人，很容易直接歸為反共分子。

「不……」唐允禮像是下了什麼決心，從他的嘴裡擠出：「既然妳不肯回去的話，那……我就跟妳走吧！」

阿晃詫異地瞪著他，小維的臉色也很難看，他們追上來，原本是要把小瑾勸回去的，結果唐允禮反而順著小瑾一起胡鬧。

小瑾也愣了一下。

「你在胡說什麼？」

「既然妳不肯回去，那我就跟妳走吧！」

「你瘋了？」

「對，我是瘋了，妳既然要瘋的話，我就跟妳一起瘋！」

小瑾看著他半晌，尖銳的道：「你只會拖累我。」

唐允禮覺得自己的自尊狠狠的被刮傷，感情也被踩在地下糟蹋，即使如此，他仍然義無反顧並且堅持：「我不會拖累妳的。」

「允禮！」

一行人走在崎嶇的山中，氣氛有些僵硬。

小維從頭到尾都繃著臉，沒什麼好氣。阿晃還得適時擔任潤滑劑，免得更難看。

他也明白小維為什麼這麼生氣？這一切，都要怪那個出爾反爾的唐允禮。本來想要把小瑾帶回去的，結果反而跟著小瑾蹚渾水去了。

小維不斷強調，以他們的現況去救人無疑是找死，而小瑾怎麼說都要孤注一擲，結果他們這些人都得陪她去做傻事，那個笨女人！

至於小瑾，自然有她的想法，要是單槍匹馬無疑是找死，所以她找了自己部落的人，她的身分特殊，在當地人心中地位極高，想要找到願意跟隨她的人並不難，最難的是要有武器。

當她發現地下室還留著一批槍枝及彈藥，心中大喜，隨即找了十多名願意效命的人，帶著他們偷走了槍枝彈藥，雖然這事不夠光明磊落，但是，只要能救回耀中，其他就不要計較了。

「我們快到了。」小瑾開口了。

這幾天，小維不太跟小瑾說話，聽到她這麼說，也不由抬起頭看著她。

「這裡已經是共產黨的土地了。」

中緬一帶，盡是綠色的蒼巒與大小不同的河流，重山峻嶺，犬牙交錯，如果不知道方向的話，走在山中也不知道自己會到哪裡？再者早晚溫差大，如果找不到適合地形前進，會浪費很多體力。

由於一群人已經走了很多天，小瑾以土語跟底下的人講了些話，一群人便席地而坐，小瑾也坐了下來，她一坐下來，唐允禮就遞水過去，小瑾也不客氣，就直接喝了起來。

「我們先在這裡休息，晚一點再出發。」小瑾吩咐。

已經進到共產黨的土地，她不得不更謹慎。這裡離程耀中被囚的地方還有一段距離，就算成功抵達，想要攻進去又是個問題。人力懸殊，除非她能夠再找到同盟，否則……在他們面前的困難，如同擎天高牆。

阿晃不確定他們在哪裡？他由上往下望，可以肯定的是，底下已經有人煙了。

小維從頭到尾就不贊成這事，雖然跟過來了，卻滿臉不耐。

「你也客氣點。」阿晃坐在小維身邊時說。

「對那婆娘還需要客氣什麼嗎？這簡直就是飛蛾撲火。」小維一直不看好，覺得自找死路。

「她有她的目的……」

小維很快地打斷：「誰不知道她的目的？她的丈夫嘛！只是為了救一個人，到時要犧牲這麼多人，值得嗎？」

阿晃望著眼前那些大漢，有的二十多歲，有的四、五十歲，都對小瑾唯命是從，就算失去自己的性命，也在所不惜。

程耀中的命是命，這些人的命也是命。

小維抓了一根草，憤憤地咬了起來，覺得胸口有股莫名的火在燒。

現在他們已經在邊境，從山坡望下去，走個幾百步就是另外一個國境，視力所及之處，有個村子，而村子內還有解放軍。

一路上都守在小瑾身邊的唐允禮，見她此刻皺著眉頭，問：「怎麼了？」

「這裡的軍隊……也太多了。」

「有狀況嗎？」阿晃也跟著一問。

「照理說，這裡應該不會有解放軍，但是……」小瑾看著前方，眉頭皺得更深了。

跟著小瑾旁邊的一名男子，小瑾都叫他布瓦，是她的親信，小瑾用土話交代了一會，布瓦就帶著幾個人，先行潛進村子。

「怎麼樣？」阿晃來到小瑾身邊詢問。

「布瓦先去探一下狀況。」

「沒事吧？」

「布瓦很有能力，沒事的。」小瑾這話說給阿晃聽，也是說給自己聽的。

布瓦先到市集，跟村子裡的人開始交流，由於雲南這裡少數民族眾多，各族語言又不一樣，少數民族當中，更有官方沒有記載的民族，雖然外貌看起來都差不多，但細究還是有些不同。

布瓦進到裡頭，他的輪廓、膚色和土話，輕易的讓他融入了裡頭，泰然自若。

應該沒什麼問題吧？阿晃心想。

他仔細觀察那些人，他們身上的服裝有的相同、有的不同，花花綠綠，不是充滿編織，就是珠串圍繞，或穿裙、或穿褲，極具民族風情與特色。

阿晃回到小維身邊，他仍是那副臭臉，阿晃也不予理會，靜待消息。

約莫過了一個多小時，布瓦回來了，他和小瑾說了幾句，小瑾吩咐下去，要一行人潛入村子，只是，這時又衍生問題，人還可以混進去，但大剌剌的帶著槍械進去，一定會引起注意，她有點苦惱。這時，唐允禮提議：「那邊有牛車，可以先把武器藏在那邊。」他指著前方的牛車。

小瑾聽從他的意見，準備潛入村子，由於一行人進去太過明顯，他們分批潛入，互相掩護，花了點時間把武器藏在牛車底下，期間還被牛車的主人發現，塞了他一點金子之後，牛車的主人也不再說什麼。小瑾派了兩個人在牛車附近看守，一行人潛入了村內。

小瑾為聽不懂當地話的小維和阿晃翻譯：「前陣子刀杆節剛結束，人群還沒有散去，大家還在這裡擺市集，所以這個村子才這麼熱鬧。」

刀杆節是傈僳族的傳統節日，刀杆節的這一天，會在空地上豎著木竿，在竿子的上方插上長刀，再由志願者踩著刀向上攀爬。除了踩刀之外，還有其他活動，雖然刀杆節只有一天，不過人群並沒有馬上散去，連著幾天，村子還是挺熱鬧的。

「那軍隊……」阿晃覺得奇怪。

「之前節慶的時候，這裡出了點亂子，所以地方派了軍隊過來，免得出事。」

「如果晚來兩天，可能就碰不到解放軍了。」小維冷冷的道，他一開口又沒好話。

「晚來兩天，耀中他們就多危險兩天。」小瑾回答。

小維瞪了她一眼。

這幾天來，他們走了不少山路，鞋子都快磨破了，半夜還得起來打蚊子，冷的話，就窩在一起取暖。可以說顛沛流離，吃了不少苦，結果這個女人滿腦子只有她的男人。說她笨，其實最笨的還是眼前這些人，都跟著她過來，而他，也是其中一員。小維不斷咕噥著。

一路上，小維在發牢騷的時候，阿晃只得勸他，至少，小瑾此行的目的跟他們是一樣，都要救人。

小維不太相信以這些沒受過正統訓練，數量又少，根本稱不上軍隊的人能有什麼表現。但在這個情況下，也只能不斷說服自己接受事實。

小瑾很快的融入當地，阿晃和小維根本不清楚他們在談什麼，只好在人家講話的時候，不停的傻笑。

「他們說這些軍隊傍晚的時候，就會撤退，我們那時候再行動就好。」小瑾向他們說明。

「不會有變化吧？」阿晃謹慎的道。

「只要我們不要輕舉妄動，應該不會有事。」小瑾知道就算再急，她也只能耐住性子，等軍隊離開，他們才能重新出發。畢竟，想要到關著程耀中的地方，最直接的路線還是得通過這個村子，要不然再繞一大圈，又會花上好幾天的時間。

由於這一路上，眾人吃著乾糧，淡而無味，面對市集上的美食，饞涎欲滴，小瑾下面的人開始鬆懈，有些人開始購買當地的食物，小瑾也沒制止，她也利用通行的貨幣，買了一些東西讓大家吃飽。

他們找了個攤販坐了下來，點了些東西，才剛坐下來，就來了五、六個解放軍，幾個人互望了一眼，決定以不變應萬變，坐著就好。

而那些解放軍點了些吃食，食物還沒上桌，就開始聊天起來，小瑾、唐允禮、阿晃、小維就在他們的身後坐著，等食物上桌，就開始吃了起來，一聲不吭。

幾個人只想趕快吃完東西，離開解放軍的視線，而那幾個正在聊天的解放軍見到他們，其中一個停止了聊天，他放下手中的食物，站了起來，朝阿晃他們走去，盯著這桌的男人，問：「你們……是從哪裡來的啊？」

阿晃和小維沒有說話，唯恐開口，口音就漏了餡，而唐允禮則盡量不與他們的視線對上，小瑾望著解放軍，突然露出明燦的笑靨，然後說著連阿晃他們都聽不懂的話。

另外一個解放軍走了過來，打算將伙伴帶走。

「做什麼呢？」

「這幾個人……好像這兩天沒有見過。」

「明天就收隊了，別管了。」

「搞不好是前幾天那幾個作亂的傢伙……」那人正說著，突然間，一陣吵嘈吸引了所有人的注意，阿晃等人也將視線往發出聲音的方向望去，赫然發現原本他們派守在牛車旁的人，竟然跟幾個解放軍吵了起來。

唐允禮不由得緊張起來，他道：「被發現了嗎？」

小瑾比他更為沉著。「我去看看。」

唐允禮來不及阻止，她已經朝牛車走去，唐允禮放心不下，跟了上去。他們聽到解放軍正在盤問他們的人：「你們兩個一直杵在這邊，鬼鬼祟祟的，是不是打算偷東西？」

那兩個人用著其他人聽不懂的語言嘰哩呱拉的講著，在這地方，各地民族眾多，語言不一，懂了這個民族的語言，還不一定懂得別的民族語言。那名解放軍生氣的說：「說北京話！」

其中一名解放軍對他的伙伴說：「說不通，算了，不用理了。」

「不行，你看他們杵在這裡，眼神閃爍，一定有問題。我倒想看看牛車裡有什麼？」那名解放軍要克盡職守。

站在解放軍後面的小瑾連忙搖頭，要她的人不要有動靜，而那名盡忠職守的解放軍已經伸出手，將牛車上面的稻草掀開——

守在牛車旁的兩人見事跡敗露，乾脆抽出槍枝，直接開槍！

這槍聲一出，眾人大驚，市集上的人紛紛叫了起來！而散在各處的解放軍見狀況不對，都跑了過來，小瑾的人也趕忙上來救援，小維和阿晃趕緊將那兩名盤查的解放軍打倒，並從稻草裡抽出了武器，對著前來的軍隊攻擊！

原本想等到傍晚，再悄然的進入孟連，沒想到出師不利，在邊境就遇到了阻礙。小瑾的族人都跑了過來，直接拿了武器，對著軍隊掃射。

太浪費了！小維心想。

原本，這批武器若是在救程耀中時，有所折損也就算了，現在連任務都還沒沾上邊，就要大動干戈。

其中一名解放軍的長官，看到這個狀況，怒喊：「全部抓起來，一個都不要放過！」士兵們手上有武器的，開始掃射，小維跟阿晃也只得應戰。

而市集上的其他人，則尖叫起來！

一時間，攤子被撞翻了！貨物也倒了！沒有武器的百姓們，雖然紛紛的想要逃離現場，但仍出現被流彈掃射的狀況，傳來哭叫。

亂了！全都亂了！

小瑾看著四周，知道如果不把這些軍隊消滅的話，她就無法去救程耀中，她拿著步槍，用著小維教她的方法，準確的將敵軍打倒。

她的身影在這當中，顯得特別搶眼。

面對越來越多的軍隊，小維和阿晃只能拿著武器作戰，不知道其他人的情況怎麼樣了？

小瑾的族人跟著她一起將解放軍打倒，不過，被打倒的人也很多。子彈不長眼的，穿透了他們的胸膛——

阿晃注意左邊，小維則對著另外一邊過來的解放軍進行掃射。

「這樣不行，他們人太多了。」

「快點叫他們離開。」

小維看到小瑾吃力應戰，她雖訓練有素，但還缺乏實際應戰的經驗，正想開口叫她撤退，這時候，眼角餘光注意到在小瑾沒有發現的角度，有把槍口正對著她——

他還來不及喊小心，一個身影奮不顧身，跑過來推開了她，用軀體承受了那顆子彈！

「允禮！」小維喊了起來！

阿晃聽到聲音，只往唐允禮的方向看了半秒，很快地，他又繼續應付跑過來的士兵，他一邊應付，一邊朝唐允禮倒下的方向移動。

「允禮……允禮……」小瑾蹲了下來，她像失了神，喃喃念著這個名字。

那張斯文的臉龐，總是圍繞在她身邊的臉龐，總是在她身邊跟前跟後，死前，眼睛仍然直視著她。

在阿晃的掩護下，小維來到了她的身邊，喊著：「快走！」

小瑾沒有聽話，她看著唐允禮，失神了兩秒，她突然想到什麼。很快地，她站了起來，朝那個將唐允禮殺死的士兵，也送了他一顆子彈，位置和唐允禮頭上的一樣。

只是在她往前開槍的時候，她的背後，同時也有把槍對著她，在她開槍的同時，那把槍也扣動了板機。

有什麼東西穿透她的胸口，然後……有東西流了出來……她低頭一看，胸口有個洞……

小維一愣。

「小瑾？」

他看到她的身體滑了下去，他沒空去扶她，只見小瑾躺在地上，雙眼睜得好大。

那雙眼睛……像在說著什麼。

小維明白，她在說……耀中還沒有救出啊！她的心願還沒有達成，還有還有……她好恨啊……

小維怒不可遏，他抄起小瑾的槍枝，將兩枝步槍當機關槍掃射，不管是卡賓槍還是加蘭德步槍，使用起來都行雲流水，毫無滯礙，最大的問題是，步槍裡的子彈用盡，而解放軍比他們想得還要多，阿晃見狀不妙，連忙拉住了他。

「我們走！」阿晃喊著，小維不得已，只好跟著他。在離開之前，回頭望了一下小瑾。

她再也不會跟他吵架了。

那張犀利的嘴巴，那副伶牙俐齒，就此消失……

小瑾的族人由布瓦指揮，邊喊邊撤退，阿晃聽不懂，結果他和小維失去了布瓦的蹤跡。

街道上的人有的來不及逃，或是根本不知道該跑到哪裡去。有人哭喊，有人躲在市集的攤位後面，混亂當中，阿晃跟小維也躲到了布販的後面，他們身邊有幾個人淚眼汪汪的看著他們，阿晃對他們感到抱歉。

看到眼前的布匹，小維隨手扯了兩件，一件遞給阿晃，阿晃還不明所以，等他看到小維的舉動時，很快的照做。

兩人披著五彩繽紛的編織物，又將那些看起來花花綠綠、五顏六色的串珠掛在脖子上，看起來不倫不類，準備偷偷撤出。

這時，接到命令而來的解放軍，約有二十名，和兩人撞面。

解放軍疑惑的看著他們，阿晃也緊張的看著他們，小維見狀不對，急忙說了一串他們聽不懂的話。而那話，是小維來自台灣的母語，是來自高山的語言。這些解放軍哪裡聽過台灣的原住民話？見他們穿著奇特、又不說漢語，以為是當地沒見過的土著，畢竟這裡的少數民族太多，也就忽略了。

離開解放軍之後，阿晃和小維迅速脫離他們的視線。

在他們的耳後，槍聲仍然不絕於耳。

小維和阿晃不停地往前走，他們在什麼地方？該往何處？兩人也不知道，只要遠離解放軍，遠離戰場都好。

他們躲進山間，因為混亂，他們已經和布瓦失去了聯繫，至於小瑾……

「笨女人！」小維不禁脫口而出。

阿晃沒有說話。

他知道，他們已經永遠失去了小瑾，還有唐允禮。那個在小瑾性命交關的時候，衝出來救她的男人，不過，小瑾依舊死在槍口下，只是比他晚一點，現在……兩人一起上路了。

阿晃沒有看到，小維抹去了眼角的淚水。

他們持續在山上行走。入夜了，月亮已經出來，那月色旁邊的氤氳像是槍火的煙硝，至今仍未消散。

阿晃看著月亮，不禁想起故鄉的月亮，也是這麼圓吧？什麼時候……才能回去呢？

從他有記憶以來，就住在舅舅家，至於自己的父母長什麼樣？他根本沒有印象。

舅舅還好，倒是舅媽對他始終擺著臭臉，常常給他吃冷飯，一直到部隊之後，他才知道什麼叫熱飯的滋味。

而那時候，會跟他玩，會聽他講話的，就只有表妹小貞了。小貞長得跟舅媽很像，但在阿晃心中，小貞比舅媽漂亮多了。

小貞會趁舅媽不注意的時候，給他糖果，或是跟他玩，讓他覺得……在這個世界上，還是有人關心他。

他在部隊的枕頭底下，放了一封信，表示如果哪一天他真的因公殉職，他所有的東西都要留給小貞。雖然他並沒有多少錢，也沒什麼值錢的東西，最值錢的也不過是台收音機，但那是他在世上活過的證據。

不知道有沒有人看到哪封信？會不會幫忙把收音機拿給小貞？他的弟兄在空中出事之後，消息應該傳回台灣了吧？

明明這時候應該關心自身安危，阿晃卻不由自主想到過去的事……

一旁的小維，竟然拿起煙開始抽。

阿晃不禁一愣。「打哪來的？」

「剛剛從市集上拿的。」

「你怎麼來這裡當小偷了？」

「還有人會管這個嗎？」小維把多餘的煙遞給他，阿晃吁了口氣，也接了過來，跟小維借了火，兩個人吞雲吐霧起來。

不要說任務，現在，離家更遠了。

「接下來……你打算怎麼辦？」阿晃詢問。

「誰知道天亮之後，這裡會發生什麼事？」小維道。「這裡出了這麼大的亂子，解放軍一定會集結更多人，我們得盡早離開這個地方才行。」

「小瑾他們……」他們的屍體無法搬回去了。

「那個笨女人……我就說她早晚會出事，結果連累這麼多人……」小維不停咒罵著，罵到後來，卻有氣無力。

阿晃用力吸了一口煙。

小瑾……一定很愛她的丈夫。能這麼用心的愛一個人，真好。他沒有見過程耀中，不過，他是個很幸福的男人。

「笨死了……」小維突然閉嘴，他突然想到，該不會是他一直罵她笨死了，她真的就死了吧？他掌了自己嘴，再用力的吸了口煙，說：「我們走吧！」

「嗯。」

阿晃也不再眷戀，他知道他們不適合再留在這裡，已經開始有士兵往他們藏匿的地方過來，正在找他們這兩個漏網之魚。

兩人滅了煙，把煙蒂往另外一個方向彈，然後，消失在夜色當中。

第二部

台美決定人道救援

一九七八年元月二十五日，台北行政院長辦公室。

坐在辦公室的蔣經國，難得有寧靜的時刻。

他凝視窗外台北的天空，雖然是上午十一點，卻堆滿了灰灰的雲層，令人感覺不是很舒服，他的心中難免多了一層擔心。

自從一九七五年四月清明節的午夜時分，蔣介石在官邸薨逝後，他就獨自承擔了黨國大計。總統職務依據憲法規定，由時任副總統的嚴家淦繼任大位，但是中國國民黨主席卻由蔣經國擔任。加上他本來就是行政院長的身分，已是集黨政大權於一身的台灣實權頭號人物，應是不爭的事實。

其實，蔣經國自從一九七二年六月出任行政院長，即以豐富的政績，贏得了台灣人民普遍廣泛的認同支持。他提出的「十大建設」，為台灣從開發中地區進入已開發地區，奠定了很好的基礎。他又提出「十大革新」，整肅官箴，端正社會風氣，也得到台灣民意高度的支持·，已實質上將台灣提前帶入了「蔣經國時代」（那時蔣介石還在世），一個以經濟發展為主軸的新時代。他務實的認為以軍事實行「反攻大陸」，已不切實際。相反的，在他內心深處，認為要以台灣建立的各種自由民主制度，做為「政治反攻」的利器，去影響大陸民心，獲得大陸同胞發自內心的認同，才是台灣應有的政策作為。他以此為施政的總體目標，最終目的是要完成國家的統一。他反共、不反中國，堅持「一個中國原則」，堅決反對台灣獨立，認為台灣與大陸同屬一個中國，自己是中國人，也是台灣人。他繼承了父親蔣介石的中心思想，以維護推動中華文化的復興為己任。由於他在台灣享有崇高的聲望地位與絕對至上的權力，加上勤政親民的作風，使得政府令出必行，政風廉潔，進步快速，老百姓對生活感到有保障，對未來充滿希望，那是台灣最好的時代與最團結的時期。

但是在這種情形之下，一九七七年十一月十九日舉行的台灣地區五項公職人員選舉卻發生了第一次選民暴動的「中壢事件」，燒毀了中壢警察局與部分警車，原因是選民懷疑國民黨在選舉中舞弊做票，企圖改變選舉的結果，造成國民黨提名人的當選。這個台灣民主選舉史上的不幸事件，使得蔣經國頗受打擊。在他的思維下，他為台灣人民的所作所為，難道還無法得到多數選民的支持，還要懷疑國民黨為國為民的誠意嗎？為此，他召集了黨政親信高層，徹底檢討這次選舉失敗的原因。他因此決定改組國民黨高層人事，希望以新人新政帶動黨務革新，贏回台灣人民真心的支持。

除了黨務革新外，一九七八年三月，台灣的國民大會又要集會選舉第六任總統。所以，此時的台灣已進入了政治熱季。一九七八年元月七日，現任總統嚴家淦親自寫信給國民黨中央委員會，決定自己要從政界引退，不再擔任政治職務，並推薦蔣經國為國民黨提名的第六任總統候選人。

嚴家淦的動作，掀起了台灣政壇的風雲。朝野上下一致認為蔣經國確實是第六任總統的最佳人選，國民黨中央常務委員會立即通過了嚴家淦的推薦，決定向即將在二月中旬舉行的國民黨十一屆二中全會，建請提名蔣經國為國民黨的總統候選人。

蔣經國坐在行政院長的座椅上，仔細回顧了過去一年發生的大小事件，他感嘆政治的複雜，利益的糾葛，處處牽動著民心士氣，不可不慎。即以他自己，雖已位居極峰，卻仍常常覺得高處不勝寒，不可掉以輕心。稍一疏忽，就可能釀成大禍，傷害基層人民的利益，是他最不樂見，也最痛恨的一件事。

就以今天早上為例，他特別在九點就召見了經濟部長孫運璿，詳細詢問並交代孫運璿，要注意穩定物價，不要對基層百姓的生活造成任何負擔。尤其再過十三天，就是農曆春節大年初一，一定要讓人民過一個快樂無憂的新年。他向孫運璿提到一九四八年下半年，他奉老總統命令，為了發行金圓券，親自坐鎮上海管制物價，避免少數不肖商人囤積居奇，傷害絕大多數善良百姓的利益。結果他失敗了，經濟局面崩潰不可收拾，物價一日數變，第二年大陸局勢就變天了。

蔣經國對孫運璿愛護有加，寄以厚望。他知道在他當選第六任總統後，將來行政院長人選必然要從現有的財經人才中擇優升任，以維持他一再強調的「財經內閣」傳統。孫運璿就是他心中理想的人選之一，他要好好的栽培他，也要好好的重用他，希望他能為國家做出更多的貢獻。

就在蔣經國陷入沉思，回想家事、國事的記憶中，突然辦公室的大門傳來輕敲的聲音，多年的訓練，使他立刻回到現實，回答道：「進來。」

門隨之打開，祕書宋楚瑜進到屋內，恭敬的向他一鞠躬：「國家安全局長王永澍與國防部情報局長汪敬煦有急事，要一起向院長報告。」

「請他們進來。」只要有時間，蔣經國對部屬的求見，一向不會吝嗇。不過這次兩位最高情治單位首長連袂請見，倒是難得，想必有重要事件發生，才促使他們必須一起請見，蔣經國心中已有不詳的預感。

「是。」宋楚瑜再一鞠躬，退出辦公室。

片刻時間後，只見王永澍與汪敬煦手上各拿著一個紅色卷宗，邁著整齊步伐踏入辦公室，挺直的站在蔣經國面前，行了一個標準的舉手禮。

「報告院長，有緊急的公務必須向您報告，並指示下一步如何做。」王永澍地位高於汪敬煦，因此率先發言。

蔣經國雙眼盯著這位當年與他同時參與建立台灣軍中政工制度的重要幹部，伸手示意他與汪敬煦坐在對面的椅子上。

王永澍曲身向前，拉開椅子，先坐了下來。汪敬煦隨後也跟著坐下。

「有什麼事，慢慢說。」

「是。」王永澍打開了紅色卷宗。具有緊急、重要、機密內容的公文，才會以紅色卷宗以示區分，否則一般非緊急、非重要、非機密的文件，會以白色卷宗呈報上級長官核示。

「昨晚午夜時分，情報局的電報室，收到一封來自西南情報站的緊急電文，表示大陸反情報部門已破獲了西南情報站，逮捕了大多數的工作人員，扣押了所有的文件與設備、武器。所幸還是有極少數幾位身手敏捷的情報員與負責情報站工作的同志，逃脫了追捕，目前處境危急困難，亟待情報局這裡定奪如何進行下一步的行動。」
王永澍一口氣抓到要點，說完了主要內容，等待蔣經國的指示。
蔣經國聽到這個不好的消息後，臉色一沉，梳理了自己的思緒，問道：「一共被抓了多少人？」他的目光轉向汪敬煦，示意要汪回答。
「電報中並未明確說明被捕的人數，不過根據本局的資料，西南情報站正式納編的員額數為三十六人，其他還有當地吸收運用的非正式編制人員，總數應該在一五〇人左右。」
「如此看來，我們這次的損失不小呀！」蔣經國心中盤算著汪敬煦呈報的人數，心情更加沉重了。
「是的，西南情報站是我們在大陸佈建的情報組織中，最具規模、績效最好的一個工作站。尤其，在過去兩年，自從毛澤東在一九七六年九月九日死了以後，大陸政局就陷入高度的不穩定與混亂之中，內部的權力鬥爭與派系傾軋均十分激烈嚴重，但共產黨內部紀律嚴謹，鬥的再兇，都不許向外透露任何消息。因此在後毛澤東時代的許多信息，國際情報界都無從知悉，費盡心血，也打探不出，連美國中央情報局都毫無對策，急如熱鍋上的螞蟻，無計可施。唯有西南情報站第一個取得四人幫被捕的重要情報，還是有權威的紅頭文件，才讓外界明白共產黨內部的鬥爭內情，有助於我們與世界上的主要國家建立情報互換關係，改善了我們在國際的處境，西南情報站功不可沒呀！」汪敬煦如數家珍的將西南情報站對台灣的重要性與功能性，向蔣經國做了說明。此刻是他聽取蔣經國意見的時候，他露出洗耳恭聽的表情。

蔣經國為政治國的態度，一向謹言慎行，與部屬談問題，都是聽的多，講的少。

「你們大家的意見為何？」他聲東擊西的希望多了解基層負責官員的意見，之後再整合大家的意見，提出自己的看法。

「今天一早，我們情報局內部就召開了重要的專案會議，所有參與主管西南情報站工作的同仁都參加了。最後的決議就是是否要立即派遣突擊隊前往營救，需要上級長官做政策決定，我們均可全力配合。不過大家特別提到，以西南情報站的重要與績效，最壞的就是坐視不管，當做這件事沒發生一樣。如果做了這樣的決定，等於宣佈我們過去三十年來在大陸地區犧牲多少同志生命才建立的情報網一夕瓦解。如果我們無視第一線工作同志的安危，會嚴重打擊各地情報站同仁的工作士氣，以後只會虛應故事，做些假績效來欺矇局本部，我們的情報站將名存實亡，這點絕對不可輕忽。」汪敬煦在闡述局內同仁意見的時候，似乎越說越慷慨激昂，聲音也隨之提高不少。

蔣經國仍然不露聲色的靜聽他的慷慨陳詞，聽完了以後，蔣經國又加問了一句：「我們有能力獨力完成營救任務嗎？」目光再轉向注視王永澍。

王永澍聞言，整個人頓時變得低調無奈：「我已請負責主管研究過，由於這些被捕的情報人員，最可能關押的地點，應該是在雲南、緬甸、泰國、寮國的邊界地區，也就是俗稱的『金三角』附近，確實地點我們可以迅速確認。只是由於我們在東南亞國家沒有一個邦交國，一般普通的事，透過當地華僑或與我們有生意來往的本地人，或許還可以通融處理。但是這次是要派遣武裝突擊隊前往營救失事的當地情報員，這個難度就高了，恐怕沒有人敢出頭為我們打通關節，讓我們的突擊隊借道當地國家，進入雲南，這是現實的困難，我們必須面對解決。」

王永澍喝了口水，繼續說道：「但是有一個例外，就是如果我們能說動美國中央情報局，由他們出面安排這次的營救任務，情況就完全不同了。美國在泰國東北有烏隆空軍基地，突擊隊由我們出，飛機從台中清泉崗機場起飛，到泰國東北的烏隆基地降落加油休息，再從烏隆基地飛往金三角，就能很快抵達目的地上空，實施跳傘突擊。而且我們還可以派遣最精良的陸戰隊，一個團兵力，從左營基地出發，到暹羅灣登陸，配合傘兵突擊隊，一起進發搶救被捕人員。以如此超過千人組成的營救隊，足以鼓勵各地情報站同仁，知道國家是在乎他們的努力奉獻的，出事了，有人會來營救他們，而不是完全坐視不管。」

蔣經國全神貫注的聽完了王永澍的說明，心情略顯輕鬆快慰：「永澍，我看你的工作做得很紮實，事先的研究準備也很實在，值得嘉獎。」

「謝謝院長的勉勵，我們還需要院長經常的提示，工作才會做得更好。」王永澍得到蔣經國當面的肯定，精神也為之一振。

「就照你剛才所提的意見執行辦理，我們要立刻組建一個規模在千人左右的陸、海、空、特突擊隊，在最短時間內，出發前往營救西南情報站失事的情報人員。你也立即聯繫美國中央情報局台北站站長，要得到他們的支持與出面疏通所有管道，使營救任務能夠順利進行。」蔣經國做了結論指示，王永澍與汪敬煦都從椅子上瞬間站了起來，再度行了一個舉手軍禮，準備離開辦公室，回去佈置所有的工作。

「對了，這個營救任務要注意安全保密，絕對不能有任何疏失，讓消息走漏，危及整個營救任務，功虧一簣，就太不值得了。」畢竟台灣的國軍從一九五八年金門炮戰後，就幾乎沒有與大陸解放軍展開過軍事實戰。唯一曾經發生的交火，是一九六五年八月六日，雙方進行了一次激烈的海戰，兩艘台灣軍艦「劍門號」與「章江號」均被共軍海上快艇偷襲成功，擊沉葬身海底，從此台灣當局就放棄了武力對抗共軍的策略，改為全力建設台灣，做為政治反攻的本錢。

然而，這次不同，突擊營救被捕的情報員，於情於理都是應該，同時，蔣經國也想利用這次的突擊任務，測試國軍的戰力。一個沒有經過真實戰爭洗禮過的部隊，就不能算是一個成熟的部隊，這是他檢視國軍平時訓練成果最有效的做法。只是他不能明講，只能藏在心裡，希望以這次營救任務的成敗，看國軍是否為一支能戰的部隊，他誠心盼望這次任務的順利成功，也做為他今年五月就任總統送給自己的一個大禮。

「對了，你們要盡速召集參謀總長、陸、海、空、勤總司令與美國中央情報局台北站站長一起出席高層軍事會議，確定突擊隊的組建，出發行動的日期，還有營救成功後撤退回來的路線準備，都要有具體詳細的計畫，只許成功不許失敗，告訴他們這是我的意思。」

王永澍與汪敬煦再次舉手敬了一個軍禮：「是，院長。」

正要走之前，蔣經國又加了一句：「記得請總政治作戰部王昇主任也要參加會議。」

「是。」王永澍與汪敬煦終於得以離開了行政院長辦公室。

一九七八年元月二十六日，早上九點。

台北市陽明山仰德大道上的國家安全局本部會議室。

王永澍坐在主席位上，今天的會議是他奉蔣經國命令召開，他擔任會議主席理所當然。準時抵達會場的各軍種總司令，已有參謀總長海軍一級上將宋長志、陸軍總司令馬安瀾上將、海軍總司令鄒堅上將、空軍總司令烏鉞上將、聯勤總司令王多年上將、國防部情報局長汪敬煦中將，還有美國中央情報局台北站長華提姆（Tim Waco），唯一應該到場出席會議卻遲到的是國防部總政治作戰部主任王昇上將。

由於會議時間已到，王永澍看了下手錶，呼喚了祕書：「請與王昇主任辦公室聯繫，請王主任盡快前來，我們會議人員均已到齊，就等王主任了。」

「是，局長，我立刻聯繫。」祕書退出了會議室。

「今天這個會議十分重要，而且有時間迫切性，我與情報局汪局長昨天上午已一起當面向蔣院長報告請示，得到指示要盡速召開今天的聯席會議，做成決議，付諸行動。因此麻煩總長、各位總司令，還有華站長，撥冗出席，我深表感謝，向大家致意。」王永澍為人一向謙和，他說到這裡，還從座椅上起立，向大家一鞠躬致謝。

「現在只剩總政戰部王主任還未到場，由於王主任身負重任，又是經國先生的得意門生，工作特別繁忙，他的辦公室主任昨天接到會議通知時就表示，王主任今天早上七點就安排了各軍政治部主任舉行年終檢討會，預計要到八點半以後才能抽身趕來參加會議，應該就要到了，我建議還是等到王主任到場後再開始，請大家先用些點心，怠慢之處，請大家見諒。」王永澍不得不為王昇的遲到打圓場，還好他已事先吩咐準備了早點，可以稍微拖延時間。

說到這位王昇上將，來頭可是太大了。他本籍江西人，自幼家庭窮苦，總算他胸懷大志，力求上進。一九三七年七月對日抗戰爆發，他決心報考軍校，獻身革命。一九三九年畢業後，分發到贛南地區工作，與剛從蘇聯回國，在贛南擔任行政專員的蔣經國結識，從此追隨經國先生。後來蔣經國到重慶，擔任中央幹部學校教育長，王昇也考入研究部，是第一期的學生。蔣經國到青年軍，他也隨侍在側。到上海打老虎，王昇則是教導團團長。最後到了台灣，王昇幫助蔣經國建立了台灣軍隊的政治工作制度，成立了政工幹部學校，從教育處長做到校長，是蔣經國在軍中佈下最重要的一顆棋子。由於軍中政治工作是主管軍人的思想，只要被政工人員在人事資料中記上一筆，重則法辦，輕則勒令退役，前途無亮。所以，王昇在台灣部隊中，影響力非同小可，各軍種總司令，甚至官階高於王昇的參謀總長，都對他敬畏三分，不敢造次。舉凡軍中重要事務與會議，蔣經國都會特別交代，指定王昇參加。所以王昇還沒到場，會議都不敢開始，務必等到王昇抵達，會議主席才會宣佈開會。

「報告局長，王主任已在八點四十五分從三軍軍官俱樂部出發，預計即將抵達本局了。」祕書的回報，使王永澍寬心，他不斷招呼大家用點心。

過了十分鐘左右，只見王昇在幾位部屬的簇擁下，進入了會議室。

「對不起，遲到了，應該罰酒，等下以茶代酒，多喝幾杯，向大家請罪。」王昇雙手握拳，向大家作揖道歉。

「沒有遲到，沒有遲到，王主任工作繁忙，任務繁重，這是大家都知道的。況且今天的會議是臨時奉蔣院長命令召開，王主任是蔣院長特別指定參加的要員，仍能排除原定行程，撥冗出席，證明王主任對蔣院長的命令，絕對忠心服從，是我們學習的榜樣呀！」王永澍難免趁機恭維了王昇。

王昇與大家寒暄入座後，會議終於正式開始。王永澍要祕書將事先準備妥當的金三角地區地圖掛出。

「我們情報局在大陸最重要的西南情報站已於日前遭共匪破獲，工作人員悉數被捕，損失慘重。經向蔣院長請示，決定要設法營救。所以今天請大家來開這個緊急會議，就是要訂出具體的營救方案，盡速執行實施。現在請情報局汪敬煦局長向大家做詳細的說明。」雖然蔣經國已經正式指示，以後不再使用「共匪」稱呼中國共產黨，而直呼「中共」，以降低兩岸的敵意。不過對這些面對生死之爭的國軍高級將領而言，這個用了多年的習慣一時難改，仍然覺得稱呼「共匪」比較妥當，也符合「漢賊不兩立」的傳統精神。那是兩岸互爭誰才是代表中國正統政權的時候，台灣以正統自居，稱共產黨為「共匪」是再自然不過的事了。

汪敬煦站了起來，向大家微微欠身行禮後，來到掛著的地圖前面，手上拿著一公尺長的指揮棒，指著地圖向大家說明：「據我們得到的情報證實，共匪的反情報部門是在今年元月二十三日清晨，聯合緬甸軍政府發起進攻，一舉破獲西南情報站的所在地，逮捕了三十二位工作人員，僅有少數幾位情報員逃脫了共匪的追捕，目前還算安全。也幸虧有這幾位同志的機警，還攜帶了發報機與部分武器槍械脫險，才與本局取得聯繫，報告了最新的情況。」

汪敬煦喘了口氣，繼續說道：「由於西南情報站過去表現傑出，屢屢能透過邊境地區，從對共匪不滿的地方幹部那裡，取得重要情報，有助整個自由世界對共匪高層權力與路線鬥爭的了解。因此，共匪反情報部門早就盯上了西南情報站，必欲去之而後快。這次就為了一份重要的路線政策紅頭文件，被西南情報站取得，使得他們下定決心，一定要徹底解決西南情報站，不惜與緬甸軍政府合作，才使三十二位同志失事被捕。我們獲得消息後，權衡得失，覺得還是要派遣突擊隊前往營救，以鼓舞我方敵後情報人員的士氣，否則如果置之不理，毫無作為，恐怕我們過去三十年辛苦佈建的敵後情報站會一夕瓦解。」

汪敬煦頓了一下，繼續說：「然而派遣突擊隊前往營救，沒有美國方面的參與支持，光靠我們自己的力量是辦不到，也是徒勞無功的。因此，下面就請美國中央情報局台北站站長華提姆先生做說明。」

華提姆年輕時，就被美國中央情報局選中，派到台灣學習中文。後來又娶了一位台灣姑娘做太太，已是一位深入台灣民間的「台灣通」與「中國通」，對美國政府的對華政策不但了解，更能掌握的恰到好處。

「主席王局長，各位將軍早安，今天早上能參加如此高階的會議，還是我在台灣工作、學習那麼多年來的首次，可見今天會議的重要。」華提姆接著說：「我是在昨天下午一點接到情報局汪局長電話，趕到情報局在台北市區的招待所，與汪局長見面，才知道這件事。然後我立即通報中央情報局本部，請求對營救計畫的支持。今天凌晨二時，接到本局上級的指示，同意支持這次的營救計畫。指示內容主要有三點：一、肯定西南情報站過去這幾年的工作績效，特別是在毛澤東過世後，中國大陸內部高層權力與路線的鬥爭，西南情報站都能準確的掌握，像是逮捕四人幫，西南情報站是最先獲得這個情報的，當時整個自由世界都還被蒙在鼓裡，不知究竟發生了什麼事。接著鄧小平的復出與主持中央工作的情報，也是他們最先得到。他們這些卓越的貢獻，我們中央情報局也深受其利，得到許多重要的情報，極為敬佩。」

華提姆啜了口茶：「二、基於對西南情報站的肯定，我們因此支持台北方面的營救計畫，營救突擊人員由台灣負責派遣，所有費用，包括參與人員的薪水待遇、武器裝備、運輸工具等必要支出，全部由中央情報局負擔，甚至傷亡人員事後的撫卹，我們都會以美金支付，請台灣方面不必擔心，這是我們至少可以做到的。三、整個營救計畫，不能有任何美國參與的痕跡，營救部隊不許配戴任何代表台灣或美國的佩章印記出現，運輸部隊的飛機、船艦也同樣要以中性無國籍姿態掩護，路線及必須經過的東南亞國家領空、領海，我們都會事先打好招呼，做好安排，請各位放心。」

華提姆的表態，等於為這次的營救計畫打了包票，今天的會議目的也已順利達成。在座的國軍高階將領面面相覷，不知該說什麼。因為，接下來就要看各軍種總司令如何選出最精銳的部隊，參與這個營救計畫了。

倒是參謀總長宋長志首先發問：「請問華站長，美國政府正在積極推動與中國大陸的關係正常化，為什麼這次會為了西南情報站被破獲的事，如此勇敢的願意承擔這麼重大的責任，支持我們的營救計畫呢？我真的有些糊塗了，想請您指教。」

華提姆微笑著回答：「報告宋總長，不但您有些糊塗，連我自己事先也不敢想像中央情報局竟然如此痛快的批准了整個營救計畫。據我的了解，這次計畫所以得到美國政府幾乎無條件的支持，是基於以下的理由，但是基於保密的原則，我希望我以下的發言不要列入紀錄，也請停止有關的錄音。」

王永澍點了點頭，示意紀錄人員與錄音人員都即刻離席。

華提姆滿意的繼續說了下去：「我下面的發言，希望各位將軍都能保密，不要對外洩露，以免對我們雙方都不好。我得到的側面消息，這次計畫之所以得到超出想像的支持，台灣方面應該要特別感謝卡特總統。卡特總統是種花生出身的農人，他也是一位標準的美國南方人，有堅定的基督信仰，一向為人誠懇忠厚，講究誠信。為了美國國家的利益與對抗蘇聯的需要，他必須要與中國大陸打交道，甚至還有可能將來要與北京建立正式的外交關係。但是如此做，一定會傷害到台灣的利益，這是他心中一直不願意做的事，他為此經常向神禱告，求神給他智慧，做出最好的決定，也就是在不傷害台灣的情形下，完成與中國大陸的關係正常化。所以，這次當中央情報局長向他報告西南情報站過去傲人的成就與台灣的營救計畫時，他幾乎立即就同意了，似乎要以此次雙方的合作，作為對台灣多年來受到的不公平待遇，做出彌補一樣。白宮的國家安全顧問、極端反對蘇聯的波蘭裔專家布里辛斯基，為了顧慮與中國大陸的關係，不願冒這個風險，而有不同的意見時，是卡特總統親自說服了布里辛斯基。他說，這次的營救計畫是我們在後毛澤東時代，藉著台灣的軍隊，來測試中國大陸人民解放軍是否仍有戰力的一個機會，反正可以做到與美國無關，看看雙方軍隊實力究竟如何，也可以做為是否與中國大陸關係正常化，聯中制蘇政策的是否正確與值得的重要依據與參考。卡特總統說完這個理由後，布里辛斯基就不再反對這個營救計畫了。」

華提姆得意的說出了這個祕密後，他再加了一句：「卡特總統是知名的人權總統，會對美國利益做出貢獻的西南情報站情報人員失事，不去積極營救他們，卡特總統會覺得內心不安，他必定要有所作為，台灣提出的營救計畫正好彌補了他心中的不安。雙方好像極有默契一樣，一拍即合，就這樣批准了這個計畫，現在就看各位接下來的表現了。祝福大家好運，也願這次的營救計畫順利成功。」

「休會十五分鐘。」華提姆說明完畢後，王永澍做了暫時休會的宣佈。利用短暫休會的時間，王永澍與汪敬煦和宋總長、各軍種總司令、王昇主任在一邊，開了一個小會，對於營救突擊隊的組建，先在軍中內部取得了基本共識。然後，王永澍宣佈恢復會議。他請負責營救任務的汪敬煦局長發言。

「由於西南情報站直接隸屬於情報局之下，因此營救任務由情報局負責整合執行。在我們局內幹部的研究規劃下，被捕的三十二位失事同志，現在都被拘押在滇緬邊境的孟連傣族、拉祜族、佤族自治縣內西部，與緬甸相鄰的公信鄉。所以我們的計畫是組織一個規模一百三十人的突擊隊，由本局在宜蘭、谷關長期編制組訓的兩個特種作戰大隊中，選拔優秀隊員組成。這個突擊隊將在突襲發起日從台中清泉崗基地，乘坐無國籍標識的三架C-47運輸機出發，先飛行至泰國北部的烏隆美軍基地略事休息加油，再從烏隆基地飛往滇緬邊界的孟連西部進行空降突襲。執行營救任務成功後，所有人馬沿著滇、緬邊界向西南突圍，從金三角的三不管地帶進入泰國境內。同時，一支由我方八百名陸戰隊精銳部隊組成的接應部隊，從左營基地乘坐中字號登陸艦出發，在暹羅灣東北部登陸，向金三角挺進，最後與突擊部隊會合，再一起撤退回登陸艦，返回台灣。這是這次營救計畫的構想，請大家指教。」
汪敬煦一口氣說完了計畫內容後，回到座位。
海軍總司令鄒堅接著說：「為了執行這個營救計畫，我們海軍陸戰隊最善戰的第一師，決定負責出一個團的兵力，參與任務。我們會做最好的準備，打響反攻的第一戰。」
也是海軍出身的參謀總長宋長志，點頭贊成：「陸戰隊第一師是國軍中精銳的精銳，有他們參戰，一定會重創共軍，贏得勝利的。」
空軍總司令烏鉞跟著發言：「飛機與飛行員由空軍負責毫無問題，我們會做最好的準備。」
華站長立即說道：「烏總司令，飛機由我們提供，以確保沒有任何標識可供中國大陸做文章。你們只要準備飛行員就好了。」
陸軍總司令馬安瀾與聯勤總司令王多年也紛紛表示，需要陸軍或聯勤做什麼事，就請情報局汪局長交代就好。
「那好，既然大家都支持，我們就來定攻擊發起日（D-Day）究竟為何時？」王永澍切入了另外一個主題。
「由於事關西南情報站失事同志的生死，我建議盡快付諸執行。」汪敬煦基於職責，不由主動做了建議：「就定在五日後，也就是二月一日，不知大家準備的時間夠嗎？」

王永澍一一徵詢各軍種的意見，大家都覺得五天的準備應該夠了，最後就確定二月一日為攻擊發起日。

此時主持會議的王永澍，眼光投注在尚未發言的王昇身上：「王主任是我們當中具有最豐富與匪鬥爭經驗的一位，是不是請王主任也做些指示？」

王昇清了清喉嚨，說：「看到大家對這次的任務，均有很高的士氣與認同，我感到特別高興與敬佩。其實，我們身為軍人，就是隨時準備上戰場與敵人一拼死活。我若不是年紀太大，已經不適宜上戰場，要不然我會自動請纓，與突擊部隊一起行動。不過，我會特別交代參與作戰部隊的政戰人員與輔導長，請他們要注意維持部隊高昂的士氣與不怕死的勇氣。我也會撥付特別費，給政戰人員充分運用，以具體的方式對這次營救任務的支持。」

王昇講完話，時間已近十一點了，王永澍露出笑容：「今天的會議很成功，預期這次的任務在大家一致的努力下，一定會有很好的結果。另外，要請華站長做好與有關東南亞國家的交涉協調，尤其是泰國與緬甸政府，希望他們不要從中作梗，便利這次任務的執行。」

「沒有問題，該我們負責的事，我們一定會做得很好。」華站長拍胸脯做了保證。

王永澍站了起來：「今天會議就到此結束，所提供給各位的營救計畫方案書面資料，務必請大家注意保密，絕對不可以外洩，這是關乎近千名國軍部隊的生死存亡，我們不可不慎呀！」

王昇回到國防部位於總統府內的辦公室，隨手將重要的營救計畫書面資料交給了負責軍中作戰任務的參謀蔡永平：「這個計畫很重要，你先好好研讀一遍，我們從明天起就要到宜蘭、谷關去視察情報局所屬的兩個特種作戰中隊，再去陸戰隊第一師，記得要多帶些慰問金，他們有重要的作戰任務即將執行，我們要去鼓舞他們的士氣。」

蔡參謀行了一個標準的軍禮：「是，請主任放心，我會認真學習，達成主任交代的任務。」

一九七八年元月二十八日上午。

台灣宜蘭縣太平山森林半山隱密處，有一片木屋，外面還有高圍牆，大門入口處有衛兵站崗。

這是國防部情報局所屬第一特種作戰大隊營區。在台灣的情治單位體系中，情報局是繼承大陸時期由戴笠將軍所創立的中央軍事委員會調查統計局（簡稱軍統）而來，到台灣後，先改組為保密局，再改為情報局，編制上隸屬國防部之下。但是基於情報工作對最高當局的重要性，以及性質的特殊，情報局歷任局長多是出身官邸，與最高當局關係密切，又受到重視的親信擔任。只要有重要事務，他們均能越過國防部長，直接面見總統，匯報工作。這是行之有年的傳統，是情治單位眾所周知的慣例，毫不奇怪。

情報局還有另外一個特色，那就是維持了軍統時期的制裁行動力。舉凡敵後的破壞、暗殺、爆破、狙擊、綁架、毒害與對內叛徒的處置、絞殺、逮捕、法辦都可以依據長官指示，直接付諸實行，不受任何法律規定的限制。

為此，情報局特別經長官核准，在台灣宜蘭太平山與台中橫貫公路起點的谷關，各成立了一個特種作戰訓練中隊，從軍中挑選體魄健壯、有耐力、能吃苦、經得起操練的優良戰士，納編為隊員，長期接受超限求生與極端任務的執行，可以稱得上國軍中絕對的精銳，在需要的時候，隨時可以上戰場、出任務。這兩個中隊，還有一個共同的特點，那就是組成的隊員，有超過百分之九十以上都是台灣原住的少數民族。主要原因是他們長期以來，世世代代都居住在台灣高山深處，過著打獵維生的原始生活，鍛鍊出了他們強健的體格與驚人的耐力毅力，均非一般平地漢人所可比擬。

現在這兩個中隊已接到命令，即將在三天內完成任務準備，出發前往一個未知名的地點，為國家的需要執行高難度與高危險度的任務。只是對這些隊員來說，他們渾然不知，等著他們的竟然是如此不堪的一場浩劫。

阿晃是一中隊的核心隊員。

他是來自台灣南部的原住民族，自幼就無父無母，靠著舅舅、舅媽的收留，在山裡成長。到了服兵役的年齡，他入伍接受嚴格的軍事訓練，表現特別突出。因為從小在惡劣環境的磨練下成長，來到部隊，至少每天有足夠的米飯隨他吃到飽，他已心滿意足。因此當特種作戰中隊來挑選隊員，知道這個部隊有特種加給，薪水待遇高出一般部隊兩倍以上，伙食也辦得豐盛有營養，副食費用加倍提高，平時訓練固然辛苦，可是有足夠的吃喝，充分補足體力的消耗，阿晃聽了為之心動，沒有多加考慮，他就志願報名參加了特種作戰中隊，來到了宜蘭太平山區，展開了為時三年的特殊軍旅生涯。

他很幸運，被分到一中隊，中隊長是職業軍人陳熏少校。雖是地道的漢人，可是陳熏已練就不凡的身手，結實的臂膀、肌肉，留著平頭，黝黑的皮膚，一看就是有功夫在身的漢子。

阿晃與陳熏格外投緣，陳熏在知道他是孤兒後，心中也多了一份愛護。他自己當年隨部隊來台，就留在軍中發展，在台灣也是孑然一身，迄今沒有成家。他將阿晃視為自己的孩子，無論出操、打靶、行軍、突襲、搏擊、野地求生，再難的科目，他都會殷般教導阿晃要注意的訣竅及如何順利通過測驗的撇步，使得阿晃的訓練成績名列前茅，成為一中隊的模範隊員。阿晃知道，若沒有陳熏的愛護，他又何德何能得此榮耀，從此他對陳熏心服口服，唯命是從。他將陳熏視為亦師、亦友、亦父的親人，阿晃愛上了部隊生活，找到了自己的家人，部隊對阿晃來說就是家，甚至是比家還要溫暖的窩。如果可以，他心想三年期滿後，他可以志願留營，當個職業軍人，就像陳熏一樣，可以升官，當個軍官，將來老了，退休了，還有終生俸，足以養他一輩子，該有多好。

正當他們在太平山區過著紮實有意義的生活，每天都是訓練、訓練再訓練的日常科目時，兩天前的下午，情報局的一群長官來到中隊部，召集所有幹部傳達指示，日子就開始不太平了。

當晚七時，中隊長召集了所有隊員，傳達了上級重要的命令：限期三天內完成作戰準備，即將出任務，前往敵後營救失事的工作同志。中隊的氛圍頓時變得緊張了。所謂「養兵千日，用在一時」，現在就是那個一時，沒有人能推託，沒有人能說不，只有勇敢的接受命令，就算再危險，也只有「服從」這一條路可走。

接下來就是挑選參與任務的隊員，阿晃是全中隊的模範隊員，第一批選中的五十名隊員，阿晃就已入列，其餘還要挑選八十名隊員參加，就由中隊長與政工輔導長一起開會檢討隊員平日的表現，決定了完整的名單，並從第二天，就是元月二十七日開始做出發前的訓練，包括跳傘、爆破、刺殺、突襲、激戰、掩護、援救、帶隊、撤退等等，不一而足。最特別的就是這次全部換發使用最新穎的戰鬥武器裝備，換穿無任何標識符號的新突擊隊制服，還有適應夜戰的配備。這些戰鬥裝置在過去的訓練中，阿晃都已擁有成熟運用的經驗，如今絲毫不覺陌生，頗有得心應手的感覺。

由於這次任務的特殊性與重要性，上級指定由副中隊長親自領軍上陣，陳熏則負責留守營區看家。本來，陳熏還極力爭取領隊行動，還以自己在台並無家累，希望上級同意由他代替副中隊長出任務。不過，上級自有不同考慮的角度，認為基於這次任務的高度危險性，不能精英盡出，萬一有個意外，使得培養這麼多年的特種作戰部隊喪失傳承的能力，難以為繼，因此決定由副中隊長帶隊出發，陳熏則留守營區，坐鎮後方。

陳熏不能隨軍出發，失落的成了旁觀者。他只有將目光轉向放在阿晃身上。他看著阿晃忙進忙出，忽而集合，忽而解散，似乎有太多的事忙不完。

忽然，軍營的廣播發聲：「注意！所有參與任務的隊員，上午么么洞洞在中隊中山室集合。」軍中習慣用語，稱呼「一」為么，「零」為洞，如此比較清晰，不容易聽錯。所以「么么洞洞」就是指的一一：〇〇，就是上午十一點。

阿晃準時在十一點抵達中山室，不久中隊政工輔導長進來，值星官率領大家行禮如儀後，輔導長說話了：「各位同志，這次任務特殊又重要，自然比任何任務都有危險性，為了以防萬一，現在請大家每人寫一封遺書給自己最親近、最在乎的人，將你們需要交代的財產、遺物應該如何處理，做一個明確的說明，以便需要時，中隊可以依據你們的交代，處理這些物件。不過，我要再三強調，這是例行公事，我們身為軍人，出任何任務，甚至參加演習，都會要求大家寫遺書，不代表這次任務有多麼危險，大家不必擔心。」

輔導長說完，就交代政戰士分發遺書書寫單給大家。這是沉重的時刻，隊員面面相覷，不知如何下筆。阿晃倒是覺得輕鬆，他的遺物財產不多，他想到舅舅、舅媽唯一的女兒，可愛的表妹，她一直對阿晃很好，阿晃一念間就決定將所有遺產遺物全部留給表妹就好了。很快的，阿晃的遺書已經寫完，看著其他隊友還在傷腦筋究竟如何交代後事，他反覺自己毫無牽掛。

正在大家埋首振筆疾書的時候，大隊輔導長宣佈了一個好消息：「為了鼓勵大家勇於參與這次任務，國家特別為大家爭取了一筆任務獎金，每人分發美金兩千元。等下寫好遺書的同志在繳交遺書時，就可以來領取這兩千美金。」

輔導長的宣佈，贏得大家一致的鼓掌，就這樣在高昂的情緒下，完成了本來很難完成的遺書寫作。

阿晃很快的繳交了遺書，領取了兩千美金，他來到陳熏的中隊長辦公室。

「報告中隊長，這是剛才領取的任務獎金兩千美元。我在台灣無親無故，帶在身上出任務，沒有必要，也無處可花。不如就交給您，請您幫我保管，我完成任務歸來的時候，您再交給我。萬一我犧牲了，就請您交給我表妹，算是我送給她日後結婚的嫁妝。」

陳熏聞言，心中十分不捨：「阿晃，答應我，你一定要平安的回來，我會在這裡等你回來。你千萬不要逞能，要知道保護自己，不要使自己受到傷害，你一定要答應我！」

阿晃點了點頭，他知道陳熏是關心他的，陳熏不能隨他一起出任務，不能在一旁保護他，陳熏心中是難過的。

阿晃心中湧上一片感動，他情不自禁的伸出雙手，擁抱著陳熏，陳熏也抱著他，兩個大男人擁抱在一起的這一幕，令人鼻酸。

第三部

北京將計就計

一九七八年元月二十六日晚上十一時。

北京市中央軍委總參謀部主管情報的辦公廳燈火通明。

尤其，會議室內坐滿了重要幹部。

主持會議的張副部長，聚精會神的在聽負責的王局長匯報：「本部在今晚十時，接收到來自台灣高層潛伏同志發來的重要情報，台灣方面已決定在美國中央情報局的全力協助支持下，派遣一個規模在一千人左右的營救部隊，前進雲南與緬甸邊界，企圖營救三日前被我方破獲的台灣情報局所屬西南情報站三十餘位情報員。由於茲事體大，所以立即循層級上報各級首長，經指示，本部應立即展開計畫佈置，以因應這個突如其來的重大事件。」

王局長匯報暫時告一段落，張副部長沉思了一會，接著說：「一千人的救援部隊，台灣軍方這次是下了大本錢，是要測試一下我們的系統是否仍然管用吧！他們大概是接收到我們內部人事變動，權力佈局改變的情報，覺得我們部隊的軍心可能不穩，士氣也會受到影響，因此想趁此機會來試探一下，可說是居心叵測呀！」

張副部長講到這裡，忽然又有了質疑：「奇怪的是美國的態度，他們不是正積極推動與我們的所謂『關係正常化』嗎？而且過去幾年，他們已實質降低了與台灣各層次的官方關係。以駐台灣的美軍顧問團為例，從一九五〇年代中高峰期的兩千多人，到現在只剩下五十幾人，團長的階級也由少將降至准將，現在的團長只是一名海軍上校而已。但是，這次美國又為什麼會如此支持台灣發動的救援行動，難道他們就不怕我們的抗議抵制了嗎？台灣沒有了美國的支持是什麼事都幹不成的，美國人的政治令人費解啊。看來中央的判斷還是絕對正確，打蛇要打七寸，我們不如將計就計，表面不動聲色，引老美與台軍入彀，打他們一個措手不及，一舉消滅他們，給他們顏色看看，不知各位以為如何？」

「還是部長意見高明，這個戰略思維有高度，我們既然事先獲得了重要情報，台灣的營救任務注定失敗，我們要漂漂亮亮的打一場殲滅戰，讓這一千人有來無回。相信打了這場仗，保證嚇破台灣部隊的膽，奠定未來三十年的兩岸和平。」在座的一局李局長不斷的對張副部長意見讚不絕口。

「自己人不必客氣，有不同的意見儘管表達。要是大家基本同意我上述的作戰構想，就請我們負責作戰的許局長將此次作戰部署做一個說明。」張副部長示意坐在右手邊的許局長發言。

「感謝同志們的努力，才讓我們在如此重要的關鍵時刻，取得如此重要的情報，可見大家平日工作的落實，令人敬佩。」許局長先恭維了下成績，表示這次肯定會立大功。

「我們負責作戰，在得到情報後，已很快的完成了一個作戰計畫，暫時定名為『安美計畫』，以示我們整個行動目標是針對美國而制定，台灣不過是美國的馬前卒，根本就不在我們的眼中，是不足為懼的。」許局長喝了口水，繼續說：「我們準備調動駐守在雲南西部大理的一個加強邊防師，其中兩個團立即趕赴靠近泰國的暹羅灣北部，佈下口袋，等到台灣陸戰隊部隊登陸，朝金三角方向移動時，逐漸走入我們的口袋後，再一舉收口，以坦克、重砲優勢武力全體殲滅。」

「至於對付跳傘降落在滇、緬邊區的突擊部隊，我們準備調派一個配備有高射武器槍炮的加強團，駐防在滇緬邊界孟連自治州內，預期台灣突擊隊所乘坐的運輸機，應該是美國方面提供，飛行員是台灣空軍，他們不會飛入雲南領空，以免給我方足夠理由可以擊落飛機。他們應該會在緬甸領空接近孟連時，跳傘進行攻擊。不過為了避免事件擴大，我們決定不擊落飛機，只是消滅突擊隊員，特別是還在天空，沒有著陸之前，這是突擊隊最弱的時刻，毫無反擊自衛的能力，所以用高射武器機槍砲火，是對付空降突擊隊最佳的方法。我們會請邊防師準備好這些武器，以消滅台灣入侵我方境內的所有突擊部隊。」

許局長將具體的作戰計畫說明後，張副部長點頭稱許：「我們的作戰經驗豐富，很快就能進入狀況，提出的計畫也都十分周到完善，就請立即呈報中央軍委批示核可後，照計畫執行。對執行自衛反擊的邊防師官兵，也請他們一定要發揮戰力，取得重大全面的勝利，才是重點。」

「另外，也請中央軍委通知外交部，知會緬甸軍方，我們要得到他們的理解，對這次事件睜隻眼、閉隻眼，我們會在經濟方面給予他們實質的補償，不要曝光這次事件，要讓美國吃暗虧，吃大虧，還不敢吭聲，不敢叫痛，如此就不會影響中、美之間關係正常化的大局，才是重要。哎，台灣方面真的不知死活，這種事對我們而言不過小菜一碟，何苦要來測試我們的能力，增加我們之間的內耗，根本毫無意義。」

張副部長的一番感嘆，道盡在座解放軍中高層軍官的心聲，看來台灣注定要面對全軍覆滅的結果，令人嘆息又惋惜。

一九七八年元月二十七日上午十時。

在雲南大理市中心的「大理警備司令部」會議室，坐滿了軍區高階軍官。主持會議的是大理衛戍邊防師師長殿明福，他看了看手錶，確定開會時間已到，開始了發言：「各位同志早安，今天請大家來此開會，是為了部署執行中央軍委下達的緊急命令，要殲滅一個由美國中央情報局幕後全力支持、台灣國防部情報局負責的突擊行動，行動目的是營救日前為我方所破獲的台灣西南情報站三十餘位情報員。他們整個營救計畫都已被我方取得，所以我們的任務很簡單，就是根據他們的計畫，事先部署妥當，佈下天羅地網，迎頭痛擊，打他們個莫名其妙，豈不痛快萬分！」

殿師長開宗明義的將此次會議的主旨做了具體的說明，接著他轉向坐在左手邊的王立志參謀長：「請王參謀長將我們的作戰部署向大家說明。」

「是，奉師長令，我們的作戰計畫如下，」王參謀長肅穆的拿起作戰計畫，下達指示：「邊防師一團官兵由團長張天軍率領，向雲南警備區申請配備高射機槍與五零高砲，今日即開拔前往滇緬邊界的孟連自治州，明日完成基本部署，師長將於後天親自前往督導視察有關防務，請特別注意高射槍炮佈置的方位，務必要殲敵於空中，讓他們在毫無自衛反擊的絕對弱勢情況下，連還手的餘地都沒有，是一團最重要的任務。」

領到軍令的一團張團長站著聽令，向主席殿師長行了一個舉手禮，高聲說道：「一團領命，必絕對奉命行事，完成任務。」

接著，王參謀長又下了一個指令：「邊防師二團、三團全體官兵，即刻整裝出發，前往滇、泰、緬、寮邊區，佈下口袋陣勢，嚴正以待敵軍在暹羅灣登陸後，北上支援傘兵突擊隊西撤，護送返回登陸地點的如意算盤，要待敵深入後，收緊口袋，在口袋裡給我狠狠的打，殺他個全軍覆滅，以保我邊境地區數十年的平安。」

「是，遵命！」二團吳新團長與三團耿嚴團長均從座椅上起立領命，再行舉手禮表示遵命後，殿師長滿意的露出笑容，示意他們兩人坐下，自己情不自禁的站了起來：「同志們，這是中央軍委給我們最好的新春賀禮，擺明了要給我們師一個立功的機會。這是千載難逢、穩贏不輸的絕對勝利戰鬥，我們可要把握這次的良機，不負中央軍委領導的厚愛。我們三個團任務同等重要，不分彼此，以達成任務為唯一考量的重點，需要任何先進新武器裝備，中央軍委都會優先支援配置。一團的任務是務必殲滅敵人於空中，因此高射武器十分重要。二團、三團則重在打叢林包圍殲滅戰，所需裝甲車、自走火砲與榴彈砲，甚至坦克車，中央軍委都會全力配備給我們。所以，我們一定要打一個漂亮仗，打的敵軍全軍覆滅，大家要有這個堅定的信念。」

「是的，報告師長，我們一定會打一場漂亮仗！」

在全體與會官員起立高呼勝利的歡呼聲中，完成了作戰命令的交付與思想動員的工作，看來一場大勝仗已是垂手可得。

只是台灣方面絲毫不知情，隨著時間的逼近，戰爭已是迫在眉睫。

會議結束後，殿師長特別要一團張團長留下，拉到一邊說話：

「中央軍委領導有交代，就是在這次必勝的任務中，希望重用你們一團一連連長黃江海少校，由他負責殲滅台灣突擊隊的行動。黃江海是烈士遺屬，他的父母均是在抗美援朝戰爭中為國犧牲的烈士，從此成了孤兒，在部隊設立的教養院中成長。也由於這個原因，他父母過去在部隊裡的老領導，現在已是中央軍委副主席的陳將軍，對於黃江海一直視同己出，像自己孩子一樣的照顧。使得黃江海在成長過程中，能夠得到陳將軍的愛護，不致孤苦無依。」

殿師長接著說：「後來也是在陳將軍的安排下，將黃江海送入軍校讀書，畢業後歷經完整戰鬥部隊不同職務的歷練，算是中央領導刻意栽培的重點對象。如今黃江海不到三十，已身為少校連長，是他們同齡一代中的佼佼者。」

殿師長言歸正傳：「這次的任務，中央領導的意思是要進一步磨練黃江海戰鬥的經驗，因此要由他擔任第一線作戰任務的指揮官，從空中殲擊，到地面追捕，全權負責，希望累積他的部隊戰功，方便日後領導的提拔晉升。」

張團長聽完殿師長的說明，心中自然明白中央領導的用心，「是，我會全力配合照辦，務必順利完成任務。同時，我必須要說，黃江海的確是一位很優秀的幹部同志，平時就很重視對部屬的照顧，做到帶兵要從心帶起的要訣，將來假以時日，一定會成為部隊的中堅，不負領導的栽培。」

張團長回到團部，立即將第一連連長黃江海找到辦公室交代他：

「黃連長，我們已接到中央軍委命令，即將開拔前往中、緬邊區執行重要戰鬥任務。本團由你擔任前線指揮官，統籌各連弟兄，要『殲敵全部於空中，追捕殘部於地面』，要打個轟轟烈烈的大勝仗。這是你為國家立功的機會，要做好完善的準備，需要的高射機槍、火砲等武器，雲南軍區會全力滿足我們的需求，就由你負責規劃，佈置地面武器配置地點，切實執行計畫。」

黃江海領命後，敬禮退出了團部辦公室，回到自己的連隊部。

他坐在位子上，回想自己過去三十年的生命。

他出生在一九四九年三月，與新中國同歲。

他的父母都是出身農民，雙方父母都亡於日本人的刀槍下，看到中國的積弱，還是青少年的他們，毅然投身革命，參加了抗日戰爭與解放戰爭，並做出了積極的貢獻。兩人是革命同志，在戰火中滋生了愛情而結為夫妻，是解放軍中人人稱羨的一對佳偶。他的誕生，為這個小家庭帶來了生氣與希望。

一九五〇年春夏之交，他父母的部隊被調到東南沿海，沿著長江出海口一帶，模擬渡海作戰，準備解放台灣。

卻不料，當年六月，突然爆發朝鮮戰爭，初期朝鮮人民軍勢如破竹，三日內就攻陷南韓首都漢城，眼看勝利在望，然而在美國主導下的聯合國竟然通過決議，派遣聯合國軍介入戰爭，戰局逆轉，並越過三十八度線，揮軍北上。十月下旬，朝鮮首都平壤淪陷，中國政府考量全局，不得不出兵越過鴨綠江，進入朝鮮境內，打響了「抗美援朝」的第一槍。

那時他父母的部隊，接獲中央軍委命令，從東南沿海緊急調往東北，集結中朝邊境，伺機而動。

因此就這樣改變了他的生命，中國人民志願軍雖一股作氣，將聯合國軍從鴨綠江邊打回三十八度線以南，他的父母卻雙雙陣亡在艱苦的第二次戰役中，他們為國家付出了最寶貴的代價，用鮮血染紅了滿地紅的國旗。

黃江海每思及此，胸口就會刺痛。父母被封為烈士，他也以烈士遺屬身分，被送入國家的烈士遺屬教養院，得到很好的照顧與接受了很好的教育。

他父母在世的老領導陳伯伯，就成為了他的監護人。陳伯伯愛屋及烏，對他視同己出，一路陪伴他成長，愛護有加，使他得以享有如家庭長輩的溫暖。

十五歲那年，陳伯伯將他送入軍校接受完整的軍事教育。也因為身在部隊，他沒有經歷文化大革命的衝擊。而且在陳伯伯一路關照提攜下，加上具有特殊烈士遺屬的身分，他感覺部隊就是他發展、發揮的天地，有如家的感覺，他全心投入軍旅生涯，什麼苦他都不怕，他都甘之如飴。

這樣的心態，促使他真正做到以軍為家。人家放假，都迫不及待想要回家探望父母，與家人團聚，只有他無依無靠，無人牽掛，他每次都志願留營，因為這裡就是他的家。

正因為如此，領導看在眼裡，都喜歡這位年輕人，對他的提拔也格外破格，使得他不到三十歲，已官拜少校連長，真的是一顆閃亮的明日之星。

這次為了殲滅來襲的台灣突擊隊員，領導們已決心要他帶頭建立戰功。他不禁想到自己的父母，當年就是一心要完成解放台灣的歷史任務。卻沒有想到一場突如其來的朝鮮戰爭，改變了一切，也改變了他們一家人的命運。

現在終於輪到他來為父母完成這個心願，如何漂亮的打一場勝仗，擊敗來自台灣的突擊隊，為父母未完成解放台灣的任務爭光，是他最大的心願。還有那位一直愛護照顧他的陳伯伯，他也要以戰功來榮耀這位已高居中央軍委副主席的長輩與長官。他想到這裡，除了精神為之振奮，也有責任重大的壓力。

「鈴！鈴！鈴！」他辦公桌上的電話響了。

「喂，請問找那位？」拿起了電話，自然的展開對話。

「我要找黃江海連長，請問他在嗎？」對方聲音聽起來是熟悉的。

「陳伯伯，我就是江海。」

「是江海呀！我已知道你即將出任務了，這次是重要的任務，是可以建戰功的任務，我為你高興，希望你把握機會，好好的表現，不負許多領導對你的期許與厚愛。」

「是，感謝陳伯伯的關心，我一定會牢記您對我的交代，會遵照領導指示，務必完成使命。」

「那就好，江海，你的父母在天有靈，一定會保佑你，一定會看到你的成功，以你為榮、以你為傲的。」陳將軍在電話那頭聲音哽咽了：「他們兩位一直是我最親信的幹部，你父親精明能幹，什麼事我還沒有開口，他就知道我的意思，是難得的幹部。你的母親也是一樣的賢慧能幹，裡裡外外什麼事都是一手包攬的去做。只是很可惜，在朝鮮戰場前線，美國飛機連續投擲燃燒彈，他們沒能逃過這一劫，壯烈的為國犧牲了。」

陳將軍說到這，已是老淚縱橫：「已經二十七年了，我一直不能忘懷，想到他們心頭就是痛。不過看到你的成長，我心中有一絲安慰，能為他們留下你這麼爭氣的孩子，也無愧於他們的犧牲了。」

「陳伯伯您放心，我會以他們為念，好好表現的，感謝您這麼多年對我的照顧，彌補了我失去父母的遺憾，我不會辜負您的期望。」

「那就好，我就不多說了，加油，也祝福你順利。」

放下了電話，黃江海難免內心起伏，想到了自己父母是在美國的飛機下，為國犧牲。如今，又在美國政府的支持下，台灣派出了突擊隊，執行救援任務，而他是前線負責殲滅追捕這一批入侵部隊的指戰員，他不禁熱血滔滔，國仇家恨，都要一筆算清。想到這，他緊握雙拳，拿起了電話，為即將到來的一場硬仗，必須準備好需要的高射槍砲武器：「請接雲南軍區後勤裝備部。」

第四部

大逃亡與大追捕

泰國，曼谷。

「威廉中將。」

一名身材高大，氣宇軒昂，穿著軍服的男人，腳步俐落的在前方走著。而在他身後，約矮他十公分的褐髮男人快步走到他身邊，面帶擔憂。

傑森少校壓低音量，在威廉中將的耳邊低語：「這樣真的好嗎？」為免隔牆有耳，他得謹慎些。

「你在擔心什麼嗎?傑森少校。」威廉中將邊走邊笑著問。

「如果讓中國知道的話，我們會很為難的。」傑森邊跟在他身邊，邊走邊道：「為了避免蘇聯繼續壯大，我們跟中國建立了那麼久的關係，您卻……卻同意幫台灣尋找他們掉到叢林中的人，萬一……萬一事情曝光，只會讓我們跟中國好不容易建立起來的關係消失？」方才威廉中將在跟台灣派來的人接洽時，他也在現場。

威廉中將停了下來，看了一下四周，確定只有他們兩人，才道：「你認為我會輕易答應這件事嗎？」

「亞歷山大上將知道這件事嗎？」傑森少校相當憂慮。

「這件事……就是他的指示。」

傑森少校瞠目結舌，他沒有想到……不只威廉中將瘋了，連亞歷山大上將也瘋了。

「台灣那邊……正確來說，是西南情報站那邊有我們要的東西。」威廉中將仔細挑著字眼，安撫著他的心。

「什麼東西？」傑森少校詫異了。

「一件很重要的東西，為了能得到這件東西，我還派潘迪出馬，就是為了能夠搶在台灣發現之前，將它拿到手。」

「那到底是什麼東西？」傑森少校不懂。

「現在還不是你該知道的時候。」威廉中將並不打算告訴他太多，這些已經是他所能對傑森少校透露的極限了。

傑森少校沒有再追問，他明白自己的職位不高，所參與的事務不多，亞歷山大上將和威廉中將兩個高層在做什麼事？他是不得而知的。再問，就不是他這個做下屬的本分了。看來，這次美國跟台灣方面合作，沒有他想得那麼簡單。

他只能隨時跟潘迪聯絡，一有動靜的話，就要馬上跟威廉中將報告。

兩人繼續往前走，來到了宴會廳前，門僮幫他們兩人打開了大門。門內，歡聲笑語、觥籌交錯，男人均著正裝，一身帥氣，女人衣著華麗，每個都花枝招展，天花板上還有一盞大型水晶燈，牆上掛著仿畫，服務生在賓客之間走動，不停的送上茶水點心，裡頭還夾雜著多國語言。

這裡是曼谷，一個政商名流來來往往的都市。

威廉中將和傑森少校走進其中，朝幾個認識的人點頭頷首，來到了他們的包廂，剛坐下來，就有雞尾酒遞了上來，隨後，服務人員離開。

同桌的還有泰國方面的高層官員，見到他們坐定，泰國高官跟身邊的翻譯官講了幾句，翻譯官代替高官對著威廉中將開口：「聽說貴國最近駐紮在我們國內的部隊，早上突然離開營地，是在進行什麼活動嗎？」

「只是一些訓練而已。」威廉中將簡單的道。

翻譯官轉述：「受訓應該在自己的營地，你們的軍隊擅自離開營區，會讓我國人民感覺困擾的。」

「請上將放心，我們的軍人不會打擾到貴國的人民。」

「現在這些人員在哪裡受訓？」

「很抱歉，這是機密。」

「貴國這樣的舉動，令我們很不安，如果這樣的話，恐怕得請你們暫停此次的訓練。」泰國高官的態度也很強硬。

「如果受訓的過程，有什麼破壞的話，我方會承擔賠償責任……」

泰國上將似乎滿臉不悅，他快速的說了一串話，翻譯官只能照實翻譯，威廉中將不斷在安撫。說到一半的時候，包廂的門打開，餐點送了進來，威廉中將不再說什麼，等到服務人員離開之後，他親自為泰國高官倒了點紅酒，並說了點好話，那名泰國高官才平息怒意。

中國，雲南孟連自治州。

沿著與緬甸交界的國境線，堆著成行的屍體。

張天軍團長背著手，站在一處小高地上，看著部屬正忙著清理戰場。他們將尋獲的屍體，從緬甸境內搬運進入雲南省內。戰士與政工人員在每具屍體上，搜尋可以找得到的資料證據，希望能證明死者的身分。

「報告團長，這些屍體上幾乎找不到任何東西，足以證明他們的姓名、年齡、部隊番號，看來這次國民黨軍方做了完善的準備，他們穿著沒有任何標識的制服，口袋裡完全是空的。什麼文字資料都沒有。」清理告一段落後，負責清理戰場的連長，向一團張團長做了報告。

「一共找到多少具屍體？」張天軍問道。

「到目前為止，一共尋獲一一九具屍體，大多是在空中就被我方槍炮擊斃，也有可能被炸成屍塊，尋不到完整的屍體。」

張天軍點了點頭，表示認同：「估計有多少僥倖的生還者，逃入了緬甸境內？」

「應該不過三、四人，確實數字很難評估。」

「了解。對於這些生還者，我們是如何處置？」張天軍咄咄逼人的追問。

「已由一連黃連長率全連官兵一路進入緬甸國境，循可能路線追蹤，務必要捕獲這幾位少數生還者，使這次作戰得到完全的勝利。」

「很好，請與黃連長保持密切聯繫，詳細掌握他們追捕的行蹤，必要時隨時支援，務必逮捕這幾位活口，這是中央軍委首長最關心的一件事。」張天軍堅定的下達了必需活捉的命令，心中為之一振。

「遵命！」

阿晃和小維兩個人不斷往前，說是往前，卻不知道往何處去？因為他們的目的只是逃離那群解放軍，越遠越好。

兩人盡量往沒有人煙的地方行走，肚子餓的時候，就摘取樹上的果實，渴了就喝點溪水，沒有溪水的話，就吸取葉子的汁液。這對他們來說，並不會太困難，因為，在山林裡長大的他們對山裡的一切是熟悉的。如果有河的話，就更開心了。

阿晃記得，在他小的時候，他會帶著小貞，伙同山裡的孩子到河裡捕魚，在這裡，他也跟小維合作無間，從河裡捕捉鮮魚，然後原地烤了起來。

沒有鹽巴、沒有調味，兩個人吃得卻津津有味。

好不容易填飽了肚子，下一頓在哪還不知道。他們不可能光待在原地，得尋找出路。

他們利用太陽和月亮來辨別方位，想辦法往泰國的方向走，但要回到泰國，勢必會經過緬甸，還不能跟政府軍接觸，平地不能走，只能走山路。

可以的話，他們期望回到格蛋灣，陳哲和曾冠良所待之處，那裡是他們唯一能跟台灣聯繫的希望所在地。不過現在，他們處在這近乎蠻荒的地方，心中充滿了未知與恐慌。即便台灣沒什麼人會思念他，阿晃仍然希望可以盡快回去。

「媽的，蚊子真多！」小維驅除著圍繞在他們身邊的蚊蟲，山裡蚊子多，本來就不意外，只是處在異地，心浮氣躁，那蚊子就更加討人厭了。

方才他們跳河捕魚，是赤著上身的，等捕到魚，填飽肚子後，又把衣服在水裡清洗了一下。

已經好幾天沒有洗澡了，之前在台灣的時候，雖然只能洗快速的「戰鬥澡」，但起碼還有塊肥皂能夠清潔身子，現在，乾淨與否，不是他們所在乎的事了，能不能吃飽，還有如何逃避追捕他們的人，才是重要的事。

衣服還沒乾，蚊蟲又飛了過來，兩人只好拿著衣服亂揮，驅趕蚊蟲，然後將野地煮食的證據消滅，衣服還沒乾，兩人就披在肩上，準備離開，走沒幾步，走在前頭的小維突然停了下來。

不對勁……

除了潺潺的流水，似乎又更安靜了些，小維和阿晃對望一眼，決定先找個地方安靜的待著。

果不其然，沒多久就出現拿著槍桿子的軍隊，竟然是解放軍！如果方才他們大剌剌的走著，恐怕就被發現了。

那些解放軍到了方才他們烤魚的地方，兩人不由得緊張起來，雖然他們已經把人為的證據消滅，但那批軍隊卻站在原地良久，讓人不由得不安起來。

為首的，正是黃江海，一連連長。

一九六〇年，緬甸軍政府的獨裁者奈溫將軍就跟中共簽下「中緬友好互不侵犯條約」，軍事上已有合作。再加上一九五五年，中、緬合作消滅非法進入緬甸境內國軍的例子，所以這次也讓黃江海率領部隊，再度進入緬甸境內，讓他們搜山，追捕台灣突襲隊生還者，同時，緬甸軍方亦有支援，黃江海在山中放肆的全面搜尋。

山區很大，如果稍一失神，很容易錯過線索。黃江海帶著一百多人的部隊仔細的搜尋每一個可能的痕跡，他知道這個任務必須萬無一失，不負全師官兵的付託，務必保有部隊的榮譽，他的確是任重道遠。

軍旅的經驗，讓他明白眼前看到的地面，明顯不太正常，不管刻意掩飾地面的人究竟是敵是友，都先搜出來再說。

「搜！」他一聲令下，士兵迅速散開，展開搜索。

那些人是衝著他們而來！阿晃和小維不禁緊張起來，他們才兩個人，對方那麼多人馬，硬碰硬的幹，只是找死，絕無逃生的希望。

兩人躲在樹幹後面，手腳有些冰涼，這些解放軍等於是死神的到來，每一次的交會，都是人間與地獄的交錯。

他們過來了，而且離他們好近……兩人屏住氣息，等到敵人一靠近，還來不及開槍，小維就已經奪下對方手中的步槍，然後往後射擊！

解放軍一陣騷動，黃江海也發現了他們的存在，一聲怒叱：「給我都抓起來！抓活的。」

在其他的士兵舉槍對著他們時，小維和阿晃已經奪走了離他們最近的士兵身上的槍枝，並且反擊。不過，他們很明白只有兩人的他們，是很難敵得過身後的軍隊，只能往比較濃密的林間逃跑，藉著叢林來擋住後方的追逐。

兩人身形忽而顯現、忽而隱沒，士兵們只能將子彈集中射向前方，不停掃射！

驀地，阿晃感到腳下的地不對，濕軟的土地讓他腳一拐，整個人滾了好幾個圈，等他撞到樹停下來時，見到子彈從他的眼前飛過，直射進樹幹。

只差一公分而已。

他看到追上來的士兵舉著步槍，準備再發射，卻沒有子彈了，趁著他補充彈源時，阿晃重新站了起來，往安全的地方逃去，同時，也看到小維就在他不遠處，人顯得狼狽。

士兵接踵而來，阿晃原本想再往前跑，突然發現不對，若是再繼續往前多跑幾步的話，底下就是懸崖。這是逼死他們嗎？

「你們已經無路可躲了，出來！」解放軍向他們喊話。

小維朝阿晃望了一眼，兩人沒有回答。

「開火！」

所有的槍口都往他們的方向發射，連反擊的餘力都沒有，小維回身擊了兩發，已經沒有子彈了，他索性把槍一丟，他也看到他們目前所處的位置，遲疑了一下。

他們再度面對抉擇。

阿晃沒有忘記當他們來到這裡，從高空跳傘掉下來時，人生走馬燈的畫面，突然在他眼前播放，讓他覺得……來到這個世上，到底有什麼意思呢？

見他們停了下來，黃江海掏出手槍，對準獵物，扣動板機——

阿晃感到耳垂有陣撕裂，還來不及感到痛楚，他退了兩步，然後——掉了下去。

黃江海發現阿晃掉下懸崖，大吃一驚！他原是要把兩人都帶回去的，並非要置他們於死地。捉活的總比捉死的更有價值。

這時，他將矛頭指向還站在原地的小維。

「捉活的！」他怒道。他知道北京更盼望抓到的是具有情報價值的活人。如果再死一個，帶具屍體回去，根本沒什麼價值。

解放軍朝小維逼進，見到十多枝槍桿子對著他，小維眼神流轉，想要找個突破，但前方都是敵人，後面則是懸崖，如果跳下去的話，死得會比較痛快一點吧？

他打算往後一躍，黃江海像是看穿他的心思，在他準備一躍而下時，以如同豹般的速度，上前擒住了他，並將他制服在地上。

其他解放軍連忙跑過來，將他兩手反銬。

小維不甘心、不服氣，此刻也無可奈何，只能被解放軍帶走了。

阿晃看到……他的雙腳還懸在空中，砲火就不斷向他們襲來。他還看見他從運輸機跳下來，還沒落地，就被敵人發現，砲火隆隆，像打野鳥似的，將他們一個個打下來。

他死了一次，又一次……

他看見自己被炸開，然後又再來一次，再次炸開，又再來一遍……

最後，他醒了過來。

回到現實，頭部就感到一陣劇疼，也是這陣疼痛，他才知道自己還活著。他坐了起來，頭還有點暈眩，閉起眼睛，過了幾秒，等暈眩感退去，再重新張開，看著自己的處境。

阿晃深吸一口氣，看著四周。不知道自己在什麼地方？激戰已經消失了，聽不到槍聲。小維呢？

阿晃不知道，他掉下來後，就和其他人切斷接觸了，他覺得頭疼，應該是掉下懸崖的時候，頭部撞擊到石頭，臉上有點硬硬的，他摸了一下，這層東西竟然可以剝掉？原來是流下來的血，現在已經乾了。

他渾身痠痛，索性再躺下來休息一會兒，在土地上，他大口的喘息。此刻，天空竟如此寧靜。

跟子彈比起來，山林溫柔多了。

星星已經出來，那片天空原來如此澄淨與和平……他還以為這裡連天空都看不到了呢！

若非如此，他還以為老天遺忘他了。

那在空中飄移的，不是煙火，而是幾絲雲絮，柔柔軟軟的……

半晌，他才有辦法消化自己的處境，方才他掉下來的時候，見到小維眼底的驚訝，現在他還活著，不知道小維後來怎麼樣了？是跟他一樣，也掉下懸崖？還是被解放軍活捉帶走了？

他的身體又倦又累，虛弱的不像是自己的，他躺在地上，唯一能做的就是呼吸。此刻的他，身體疲累到無法爬起來，只能閉上眼睛，最後，在刺眼的陽光照射下，醒了過來。

阿晃站了起來，他一步一步，蹣跚的往前進。他也不知道該往哪去，但一直留在原地也不對，他只能往前走。只是左腳似乎有些拐到，行動有點困難，他找了個樹枝撐著身體前進。

阿晃不斷往前走，他沒辦法停，因為停下來，就可能是死亡。他的左腳大概是掉下懸崖時扭到了，他確定沒有斷掉，只是嚴重扭傷，他行動困難，腳踝也腫了起來，他只好脫下鞋子，吊在身上，繼續往前，這裡沒有所謂的道路，他只能在林中亂竄，憑著對山林的了解，他避開了一切危險，但仍無法找對方向，從山中離開。

不知道走了多遠，他感到乾渴，腳也越來越沉重，少了一隻腳的力量，他的身體也不聽使喚，漸漸地，他感到身體發熱，才警覺到身體的不對勁。

他需要救援，但是……這裡是山區，他唯一碰到的人是解放軍，走了這麼久，也沒看到水源。

到底還要撐多久，他才能得到幫助？

現在已經不是執行任務，或是回家的問題了，他現在所需要的，是解決他的生存問題。難道……他要死在這遙遠的異域了嗎？

不知道走了多久，一直到他累了，來到了一片美麗的紅色花海，那些花在太陽底下綻放，就像在燃燒著，讓他感到一點生意，他好累、好累，阿晃索性躺在這片花海裡，看著大片的天空，還有那迎風搖曳的罌粟……

他突然想起小瑾，那跟花一樣綻放的女孩，她的心願，恐怕連國家也沒辦法幫她完成……

聞到淡淡的花香，不知道是太過疲累，還是罌粟花的安撫，阿晃有些昏昏沉沉，他似乎聽到一些聲音，但是他好累，這時候，就算解放軍站在他面前，恐怕他也起不來了吧……

等他清醒過來之後，阿晃發現，他在草棚裡，屋頂遮蔽了大部分的陽光，而且微風吹來，讓人感到舒服。

在這個草棚裡，有人的氣息，在他的周圍擺著一些編織的籃子和簍子，裡頭是他剛才看到的花朵，阿晃有些訝異，他坐了起來。這時，他聽到銀鈴般的笑聲，他看到了來到這個地方以來最美麗的景象。

十多名美麗的女子，她們穿的都不太一樣，有的衣著鮮豔，有的在頭上插著花，她們從那些花當中走出來，用著愉快的聲調在聊天，露出迷人的笑靨。兩、三名手裡拿著籃子的女子向草棚走了過來，見到他醒了過來，有點不太敢靠近，她們朝那十多名女子喊了起來！

當中有個輪廓深刻，看起來不過十多歲的女孩，在其他少女的簇擁下走了過來。那名少女來到了他面前，像是試著跟他溝通，很可惜的，阿晃全都聽不懂。

「你……在說什麼？」最後，阿晃終於開口了。

聽到他的語言，那名少女如釋重負，她用著不太標準的腔調說：「原來你可以講北京話？」

看來，她剛才是試著看用什麼話跟他溝通？阿晃鬆了口氣，他看著這麼多女子，疑惑的問：「這裡是什麼地方？」

「這裡是我們工作的地方。」

阿晃不太能理解，少女又說了：「你為什麼會在這裡？」阿晃也不知道如何回答？這些少女們純淨無瑕，看起來像是另外一個世界的人。其他的少女們不知道講了什麼，那個懂得說北京話的少女開口：「你醒了的話，那就快點回家吧！」

其他的少女們走了進來，她們將裝滿花的簍子背起，手上也不得閒，除了每個人都背著花蔞，手上還拿著花籃，有幾個和他視線交集，露出了害羞的微笑，紛紛離去。

那個跟他對話的少女經過阿晃的身邊時，他連忙拉住了她的手。「等一下！別、別走……」這對阿晃來說，已經是很大的突破了。他需要幫助，但在這樣的少女面前，跟她開口要求幫忙，是很困難的事。

少女面有赧色，其他的少女看阿晃抓著她的手臂，都紛紛私語，少女用土話朝她們喊了兩句，少女們嘻笑的跑走了，而少女掙脫他的手，退了兩步，她摸著阿晃剛剛捉住她的地方，這一抓，讓她的全身都在發熱。

猶豫了半晌，少女問：「你還可以走路嗎？」

阿晃勉強站了起來，少女見狀，背起自己的花簍，左右手還拿著花籃，說：「可以走的話，就跟我來吧！」

阿晃跟在少女的身後，走了一段路，與其說走路，不如說用跳的，他的左腳根本沒辦法碰到地上，只要一碰就傳來刺痛，他邊扶著旁邊的樹邊跳著，少女見他無法走路，只好找了個適合的樹枝，讓他當作拐杖，阿晃才得以順利前進。

阿晃看著四周，兩旁都是花朵，大片大片的罌粟花隨風搖曳，有紅有黃，當中還有白色。阿晃突然明白……他似乎來到了什麼地方。

「你們……採這些花，是要拿去做什麼嗎？」

「這是大頭目要的。」少女開朗的道。

阿晃很想問她，她知道這些花最後會做成什麼嗎？那少女的笑容和那罌粟一樣，都是無辜的。

前面就是人煙聚集的地方了，少女卻停下腳步，說：「跟我來。」

阿晃跟著她繞了段路，明白她是刻意避開人群，看來自己出現在這裡太突兀了。為了避免不必要的麻煩，他跟著少女躲躲藏藏。少女利用花簍和身影遮住了他，將他帶進一間屋子。

這間屋子擺著都是花籃、花簍之類的木製編織物，有些花籃壞掉了，就被丟在一邊，是個放置物品的倉庫。

少女要他在這裡先待著，她先離開一會，阿晃透過門縫，看著少女跑到部落中間，和其他人將手上的花，全都往預備好的車上倒，他在地上坐了下來，看到地上有一些罌粟花的果實，果實裡頭還有種子，他將罌粟的果實捏破，流出白色的汁液，乾了之後就是鴉片。

他將汁液往牆上抹掉，卻很明白，他所厭惡的，卻是這些村民賴以維生的來源。在這些花中，最主要的是罌粟稈，那才是真正的經濟價值來源。

過了一會，少女回來了，並拿了水給他。阿晃也不客氣，接過就大口喝了起來，總算恢復了點力氣，少女將手裡的食物塞給他，阿晃吃了起來，少女開口了：「我叫伊娜，你叫什麼名字？」

阿晃也把自己的名字告訴她，又道：「妳……會說北京話？」

「我說得好嗎？」伊娜張大了眼睛，難得遇到會說北京話的人，她雙眼眨巴著，尋求認同。

「很好。」在她的視線下，阿晃只能這麼回答。伊娜聽了，十分開心。阿晃又道：「這裡是妳的村子？」

「對。」

「你們摘那麼多花……知道是要做什麼的嗎？」阿晃試著問道。

「知道啊！大頭目要的。」

「大頭目拿這些花要做什麼，你們清楚嗎？」看伊娜露出困惑的表情，阿晃也沒有追問。

「今天大頭目的人過來，你先不要出來，在這裡待著，我晚點再來。」伊娜打開門，確定沒有人注意，才走了出去，阿晃透過門縫看著外頭，除了少女們，還有其他人也把摘來的罌粟稈往車子上倒，轉眼之間，十多台的車子就裝滿了。

每個人的臉上笑咪咪的，這些罌粟稈象徵了他們的財富。

這麼多的罌粟，會被做成多少鴉片跟海洛因呢？

「進去！」

小維被丟進由軍車改裝的囚車，他的手腳被縛，根本無法動彈。緣於兩岸的政治對立，那些解放軍視他為入侵的敵人，對他沒什麼好臉色。

小維惱火的看著那些人，怪只怪自己的的動作太慢了，如果三天前，他的動作快一點的話，直接掉到懸崖，也好過被他們逮住。

如今，他落在解放軍的手裡，雖說還活著，但也好不到哪裡去，這時，小維不禁想起阿晃怎麼樣了？

對他來說，阿晃那個人死腦筋，講話也不動聽，個性又太耿直，又不懂變通，在部隊的時候，他是懶得跟這種人說話，不過，這個時候卻想起他……小維覺得自己一定是瘋了……

他躺在車上，外頭那些人講話的聲音，不時會灌進他的耳裡，他已經明白那個帶頭的叫做黃江海，是少校連長。此番前來，就是為了追捕他們。

而黃江海捉住了人，也不得閒，他望著帶來的手下，還有緬甸兵。這些緬甸兵是北京中央軍委特別透過關係，由緬甸軍政府所派來的兵力和翻譯，幫忙支援解放軍的任務。畢竟，到了緬甸地區，人生地不熟的，邊境又複雜，有當地的人帶著，會方便許多。

中央軍委和緬甸軍政府談好，緬甸軍政府會協助他逮捕國民黨殘餘分子，而他也得協助緬甸軍政府掃除地方民族武裝部隊。

由於緬甸國內局勢複雜，軍政府和民間少數民族形成對立，地方上據地自重的民族武裝部隊一直是緬甸軍政府頭疼的對象，所以藉著這次機會，尼溫將軍便要求中國方面幫忙鏟除地方武力，黃江海深覺責任重大。

這些緬甸軍隊熟悉這裡的山區及地理環境，他們劃了幾個重點搜索區域，果然在這地區逮到了那個台灣過來的突擊隊員小維。

不過，緬甸翻譯也表示在這裡並不安全，因為每個山頭都有馬幫的存在，而這些馬幫流竄泰、緬、滇、寮等地，這些人連政府軍都動不了他們。馬幫是長久以來，居住在這裡的人民，為了生計應運而興起的特殊集團分子。他們眼中只有利益，唯有如此，才能生存，度過這數十年來的困難。

黃江海思索片刻，把翻譯叫過來：「你說……這些人唯利是圖？只要有錢，他們連人都可以交易？」

「是的。」

黃江海沉吟了會，說：「那你放出風聲，如果他們捉到有我們要的人，我就會給他們相對的報酬。」

翻譯一驚，他不懂這個來自合作國家的連長，竟然會提出這個驚人的非典交易？

「您的意思是……」

「我的意思是，如果他們有捉到國民黨的突擊隊員，只要是台灣來的人，交給我，就可以得到獎賞。對了，我要的是活人，不是死人。」有地方勢力可以利用，何樂而不為？

「這樣不合規定，軍政府不會答應的……」翻譯叫了起來！

「你們的軍政府，有交代你好好跟我合作吧？」黃江海提醒。

「對，可是……」

「還有什麼問題嗎？」

對思想僵化的翻譯官來說，完全不懂黃江海有何用意？但上頭派他過來協助，他也只能聽話照做，要不然，回去就沒得好過。

黃江海看著遠方的山巒，臉色忽明忽暗，表情更深沉了。

阿晃在痠痛當中，昏昏沉沉睡去，白天的時候還不覺得怎麼樣，一到晚上，那痠疼不斷的從體內漫出來。他醒了過來，看到身邊的水，喝了起來。這是伊娜後來過來幫他換藥時帶過來的。

大部分的人應該都休息了，外面一片寧靜，阿晃也不確定現在幾點。他還有些疲累，閉上眼睛，快要睡著的時候，聽到外面有聲響。

他張開眼睛，細聽，那是被悶住的聲音，像是嗚咽，又像是掙扎，阿晃覺得不對勁，本來不想理會，但那聲音似在求救，他勉強爬了起來，就著門縫往外看，看到外面有兩個糾纏的人影，一大一小，那瘦小的人影似乎在掙扎著，但還是被壯大的人影帶著走。

阿晃定神一眼，看到那是一個大漢捉著一名少女，並且捂住她的嘴巴，不知道要帶到哪裡去。看到這裡，他突然怒火中燒！

那少女是伊娜！

只見伊娜像個小雞被那個男人拖著走，想來也沒好事，阿晃吸了口氣，感到有發怒的衝動。

傍晚伊娜過來幫他換藥的時候，提到這陣子是採收罌粟花的季節，所以大頭目派人過來監督，阿晃多問了兩句，知道她口中的大頭目是撣族的土司，而昆沙不正是撣族的土司嗎？這麼一來，他印證了自己的猜側。

同時，他也明白昆沙將這片山頭的罌粟花包了下來，每個月固定給村子一筆經費，讓他們生活無虞，並且提供武力保護他們不受鄰近不良馬幫分子的侵擾。昆沙對他們村子來說，是個神般存在的男人。那麼，不管其他國家怎麼看昆沙，都不影響昆沙在這些人心中的地位。

想到這裡，阿晃推開了門，明明知道昆沙的人還在村子裡，但伊娜陷入危機，他顧不了更多了。

阿晃跟在那個男人的後面，雖然腳還是很痛，但他已經可以不用靠著拐杖而行走，他跟在那個男人身後，伺機行動。

被拖行的伊娜更想不到，她只不過是出來打個水，結果就被這個男人捉住了。她知道這個男人，他是大頭目的手下。從他第一次進村子的時候，她就知道他了，因為他老是用著奇怪的眼神看著她。那眼神總讓她感到不舒服，甚至覺得噁心，所以伊娜盡量不在他的眼前出現。

只是她怎麼也沒想到，今兒個晚上，大頭目的人都在屋子裡吃飯聊天，她不過從屋子出來一下，卻被這個男人一把捉住！

他的力氣好大，威脅感也好深，伊娜覺得自己就要被他吃掉了！

她不知道男人將她帶到哪裡？只知道離村子越來越遠……他要殺了她嗎？

很快地，伊娜發現她錯了！這個男人不是要殺她，只是……她不知道他要對她做什麼？他將她帶到草叢間，捂住她的嘴巴，粗暴的扯著她的衣服，好像……接下來會發生比死更恐怖的事。伊娜掙扎著，但對方的力氣太大，她動彈不了。無視她的淚眼，只能任他擺佈……

她喊不出來，淚水不斷溢出，突然間，男人吃痛的叫了起來，伊娜趁這機會轉身，她哭泣著抓住破碎的衣服，企圖遮蓋自己的身體。看到阿晃和那個男人扭打了起來，她恐懼的大叫！

男人沒有想到會被突襲，輕易被打倒在地。

阿晃看到伊娜衣不蔽體，憤怒之下，拳頭不斷猛擊，那個人想要反擊，阿晃顧不得被發現的危險，不停的揍他！

男人也憤怒了，他拿出隨身攜帶的刀子，就要攻擊阿晃，他衝了上來，朝阿晃的要害刺去，阿晃側身，躲過了他的攻擊，男人很沒面子，惡狠狠的瞪了他一眼，一副非要殺了他以洩憤的模樣。

阿晃幾次閃過攻擊，最後靠著擒拿制住了男人，將他壓倒在地，男人見好事被破壞，加上被擒，惱羞成怒，他喊叫了起來！

阿晃雖然聽不懂他在叫什麼？不過可以肯定的，是他這記喊叫，引來了村子裡的注意，一時間，燈火通明！

如果讓其他人發現他，事情會變得更複雜。他跑到伊娜身邊，幫她把衣服蓋住身子，說：「我得走了。」

伊娜不解，她哭哭啼啼的看著他。

「為什麼？」這是她的救命恩人啊！

阿晃很難跟她解釋，只說：「你要好好照顧自己。」他聽到後頭已有人聲，他只能站起來，準備離開，伊娜握住他的手，淚眼迷濛，有些不捨。

這讓那個男人不悅了！

他不明白半路殺出來的這個程咬金是什麼人，不但壞了他的好事，而且伊娜看他的眼神……很不一樣。

打從他進到這個村子，就發現這個村子裡最美的少女，就是這個伊娜，他心心念念，想著有一天要得到她。好不容易有個機會和她親近，沒想到他不但沒有得到伊娜，便宜沒佔到，還平白被打，這讓他更惱火了！

他拿著短刀，朝阿晃過去，伊娜尖叫起來！那把刀子，刺進了阿晃的腹部。

男人得意的咧嘴而笑，這下，換他得意了吧？

阿晃沒有動靜，男人覺得疑惑，這傢伙是死了嗎？一動也不動，卻又站得直直的？男人緊盯著他，終於看到阿晃的眼光。

不知道為什麼……男人感到寒顫……

阿晃握住那個插在他身上的刀子，拔了出來——

剎那間，血流如注。

在這個三不管的地帶，人命如同草芥，生命相當廉價，活著就算是賺到了。想到在跳下懸崖的時候，他已經死過一次，那麼，這次就是賺到的，不算什麼了。

阿晃捏住他的喉嚨，男人怎麼也想不到這個已經被他刺了一刀的人，竟然還有這麼大力氣，只聽阿晃在他耳邊說：「如果讓我知道你再動伊娜一根寒毛，就不是這樣了！」

同樣的，他把刀子刺進了對方的腹部，但並未真正傷及要害，只是給他個教訓。

「啊……。」男人痛苦的倒了下去。

阿晃看了伊娜一眼，還有後面追來的人，他知道不能再繼續待在這裡了，便快速離開。

男人坐在地上，大口的喘著氣，看到衣衫凌亂的伊娜，還有……參謀長很快就要來了。

如果讓參謀長知道他玷汙良家婦女的話，那他也不用在滿星疊混了，念頭一起，他看著滿臉淚痕的伊娜，想起自己的未來，他將刀子刺進了伊娜的心臟——

伊娜還來不及反應，她的眼睛瞪得好大！

等到村裡的人，還有張蘇泉到了這裡，看到這個狀況，不禁發出驚呼！

「周林，這是怎麼回事？」張蘇泉發問。

周林哭得一把鼻涕、一把眼淚，說：「我剛剛過來的時候，看到有個男人正在欺負伊娜，我要救她，結果反而被他刺傷，那個人見事跡敗露，就把伊娜殺了，然後逃走了！」

張蘇泉看著躺在地上的伊娜，皺起了眉頭。

好不容易這幾天部隊裡沒什麼事，又值罌粟採收，他就過來一趟，沒想到在這個村裡，竟然發生了命案。

人群當中跑出來一名老人，他衝了出來，抱著女兒的屍體痛哭流涕。

「啊啊啊！伊娜，我的女兒啊！」伊娜的父親嚎叫著！

他如花似玉的女兒啊！竟然在妙齡年華，被登徒子所殺，他怎麼也不能原諒那個兇手。

張蘇泉走了過去，扶住了伊娜的父親，伊娜的父親緊抱著女兒，不論任何人勸慰，都不肯放手。

「那個人呢？」張蘇泉問。

「往那邊跑了。」周林指著阿晃離開的方向。

「追！」

阿晃不斷的往前逃，他不知道他能去哪？除了要躲避解放軍，還要躲避後面那些人的追殺。他在山林逃跑，鮮血落在地上，就像那血紅般的罌粟花，每一片花瓣，都是血淚。

後頭不斷傳來聲音，還有狗叫，為了避免被發現，他只能將還沒完全復原的左腳，泡在冰涼的河水，順著河水往下走。

他藏在夜色當中，躲在大石後面，不讓他的氣息被追蹤犬發現。他突然覺得……他活得比一條狗還不如。不能正大光明，只能躲躲藏藏、提心吊膽，遠離後面的威脅。

憑著在部隊受過的訓練，還有從小來自山林的經驗，他把身子泡在冰冷的水裡，那疼痛似乎稍微緩和，但身子骨更加難受。原本只是左腳腫脹，現在身上又多了個傷口，他只能用手緊緊按著不斷湧出的鮮血，覺得自己快虛脫了。

好不容易，那些人聲遠離了，他仍不敢大意，找了塊地方上岸，將衣服撕開，綁住傷口。

傷口不算深，也算他反應快，在那個人刺下之後，迅速的捉住他的手，沒讓他更往內扎，他知道，只要再兩寸，或是位置歪掉，就會刺到要害了。他將衣服撕開，當作繃帶，將傷口包紮起來。

伊娜不知道怎麼樣了？

縱使關心著那名少女，他還是得離開，或許，此生都沒有辦法跟她再相見了吧？

———

落在黃江海手中的小維，跟著解放軍一路上吃了不少苦頭，一天二十四個小時，有二十三個小時都是被捆綁著，就算要撒尿，也有人盯著。

大家都是中國人，講的都是中國話，他們在說什麼，就算有口音問題，也幾乎可以聽懂。聽著他們在訕笑或戲耍，或揶揄或嘲諷，小維都忍了下來。跟性命比起來，那些污辱就不算什麼了。

這幾天，小維表現得十分乖巧，此刻，他邊撒尿，邊看著後頭那些解放軍，腦筋不斷飛轉。剛開始時，解放軍盯他盯得很緊，就連睡覺時，也是有人看著。漸漸地，他們的視線不再緊盯著他瞧，捆住他的時間也比剛開始來得少些，這證明他們逐漸放鬆警戒了。

時機差不多了，雖然逃脫之後，命運不知道會怎麼樣？不過，再怎麼樣也比跟這些人回北京好。

他瞄了一眼那原本應該盯著他的兩名解放軍，可能是情緒已經放鬆，也可能是他的表現已經得到他們的信任，就沒那麼緊盯著他了，小維望著四周，這片樹林濃密，樹影交錯，逃進去的話，或許還有一絲生存的機會。

趁著那兩名還在說說笑笑的解放軍沒有注意時，他迅速跑進了叢林！

他奔跑的聲音，很快引起解放軍的注意！

「跑走啦！國民黨的跑走了！」

後頭傳來許多聲音，甚至還有子彈發射的聲音，小維沒有回頭，他知道現在只能一鼓作氣，不斷往前。

他奔得又快又急，甚至比過去訓練時，跑得都還要快，如果以前在部隊是為了好勝而勇往直前，現在則是為了生存。他跑得很快，漸漸地，他聽不到那些解放軍的怒叱聲，還有槍擊聲，是他跑得太快嗎？還是他們放棄了？

太好了！他可以擺脫他們了，他可以回台灣了，他……

漸漸地，他的腳步停了下來。

小維扶住一棵樹，大口的喘著氣，是奔跑得太急嗎？還是被綁了這麼久，他的手腳不靈活了？

他覺得腦袋有點混沌，有種暈眩、嘔吐感，很快地，他反應過來……瘴氣！難怪那些解放軍沒有跟過來，他們一定是知道這地帶不安全，所以才沒有跟過來，現在他是要往後退？還是繼續往前進？

小維的腳沒有停歇，想要往前，也不知道自己走在什麼地方？想要離開這片區域，也不知道該到哪裡去？

很快地，他停了下來，跪在地上，大口的吸氣，這一吸，頭又更暈眩，站也站不起來。

迷迷糊糊間，他聽到後頭有腳步聲，然後他的頭被重重一擊——

等他再度醒來時，他又回到了熟悉的解放軍身邊，他的雙手、雙腳依舊被縛，他在軍車上，車子不斷往前，像是那個逃跑，只是場夢。不過，腳上的泥巴跟身上的味道，他知道，他是被救了，也被捉回來了。

車子停了下來，解放軍下車，也將他拖了下來，黃江海來到他的面前。

盯著那張臉龐，小維沒來由地感到憤恨。

「把藥給他。」黃江海開口。

小維還搞不清發生了什麼事？一名解放軍過來，捏住他的下頷，強迫他開口，然後將不明液體倒入他的嘴巴。

小維想吐出來，但他們不讓他吐，甚至摀住了他的嘴巴，讓他不得不把苦澀的藥物吞下去，才放開他。

小維倒在地上，大口的嘔吐，雖然吐出一些穢物，但還是有一半的液體進到他的體內。

他們到底餵他吃了什麼？小維心底一怵，不過，他們如果要讓他死，就給他個痛快，何必拖拖拉拉？

「把他關進去。」

「是。」

解放軍抓著他，將他帶到一間屋子前，然後推了進去，小維在地上滾了一圈，最後，吐出口氣。

身邊沒有解放軍了，他閉起眼睛，想休息一下，他發現吸入瘴氣之後，那令人不適的頭昏、噁心感，逐漸消失。這是怎麼回事？剛才他們餵他吃的東西真的是藥？

他靜靜躺著，想等那令人不舒服的感覺過去，緊接著，他發現有人在解開他的繩子，他張開眼睛，詫異的發現——

「阿進？」

那是張熟悉的臉龐，是跟著他們一起到來，以為已經犧牲的伙伴，雖然看得出來也不好過，但……是他們的弟兄！

阿進花了些功夫，才把他身上的繩索解開，等小維能夠動彈，他激動的抱住他！

「阿進？真的是你？」他重重的拍打著他。

阿進被他抱得幾乎不能呼吸，半晌，阿進拍了拍他的背，小維才鬆開手，驚訝的問：「你怎麼會在這裡？」

阿進靜靜的看著他。

「跟你的原因一樣。」

小維看著他，那是熟識的臉龐，是他在這裡除了阿晃之外，遇到的唯一同袍，他的心頭為之激動。

「你還……活著，太好……太好了。」他有些哽咽。

阿進拍了拍他，兩人都沒有想到，竟然還可以再遇到生還者？在空中的時候死了那麼多人，還有誰得以倖免，完全不得而知。現在相見，恍如隔世。

「你怎麼像豬一樣被關進來了？」阿進問著。

「他們……怕我逃跑吧！」

「你跑走了？」

「失敗了。」

阿進點點頭，要不然怎麼小維會在這裡？

小維看著周圍，還有一些人，那些人離他們有一段距離，有的看著他們，有的沒有說話，像是小維的到來不關他們的事。

阿進調整一下姿勢，讓自己舒服一點，見他行動有點奇怪，下半身是用拖的。

小維驚疑的問：「你的腿怎麼了？」

「從樹上掉下來，斷了。沒死，就被抓來了。還好有那人的簡單急救，要不然更糟糕。」阿進簡單的說明，他指著角落一名看起來長相斯文的男子，那名男子也同樣望著他們。

小維在阿進的身邊坐了下來，每個人跳下飛機之後，際遇都不一樣，小維不禁想到了阿晃，他墜下懸崖之後，死了嗎？

小維摸著他的腿，問：「現在怎麼樣了？」

「還好，死不了。」

看來他算幸運了，小維不知道那些掉落的同袍們，有幾個像他至少還手腳健全的？看著阿進的腿，他雖然講得雲淡風輕，不難想像，當初摔下來時有多驚天動地？

「你有遇到其他人嗎？」阿進開口。

「有遇到阿晃，後來走散了。」

「阿晃？他還好嗎？」聽到阿晃，阿進不由得振作了一下，他跟阿晃可是同寢室的呢！

「阿晃他……」小維把遇到阿晃的事簡單講一下，阿進越聽，他的心頭越來越沉……

——

阿晃繼續在水裡走著，他不確定那些人還會追他追多久？何況追蹤犬的嗅覺向來靈敏，如果被逮到的話，也不知道會有什麼下場。他在水裡走了許久，雙腳都泡爛了，一直到他進到另外一片叢林，而且也沒聽到人聲，他才選擇回到陸地上。

他不確定自己在哪裡，他已經在水裡待了太久，在這片有著台灣五、六倍大的地區，他不知該往何處去？

在這山林中，有他所認識，也有不知道是什麼的植物，他也不太敢吃陌生的種子或莖葉，已經許久沒有進食，肚子餓的感覺讓他很不好受。

在這裡，到處都是危機。

那些身材跟他差不多的動物，像是猴子，好奇的看著他，大概不懂這個人類為什麼會跑到牠們的地盤上來。猴子看著他半晌，最後跑走了。

他走到猴子站著的樹上，看到猴子剛才吃的果實，猴子似乎吃得津津有味，並且沒事，他試著摘下一顆，咬了起來。啊……這是他人生吃到最美味的食物了。

他摘了五、六顆不知名的果實，迫不及待的吃了起來，等到肚子終於不再饑餓，卻有另外一陣奇異的感覺。

該死！他想拉肚子，心想反正也荒郊野外，沒有人影，他找個地方，隨便就解決，這不知名的果實還真不能隨便亂吃，他已經很謹慎了，其他都不敢亂碰，看那猴子吃的開心，也就試了幾顆，結果害他腹痛如絞。

也還好只有拉肚子，他在原地蹲了一個多鐘頭，覺得肚子舒服了，才正準備要站起來，忽然見到前面有張臉正看著他。

那是森林之王的臉，和他面對面，阿晃站也不是，坐也不是，他緊緊的盯著那頭老虎，腦子一片空白。赤手空拳的他，能夠打得過這頭猛獸嗎？

那隻老虎張嘴，打了個呵欠，離開了。

阿晃鬆了口氣，看來這頭老虎剛吃飽，要不然怎麼會放過獵物？他趕緊起身，往後一退——忍不住咒罵一聲，他踩到自己的屎了。跟他現在的人生一樣吧！

阿晃忍著惡臭，找了個水源，將腳清洗乾淨，在這種地方求生存，只要忘了自己是人，會好過很多。他用樹葉做了雙草鞋，方便他在林間行走，並把鞋子脫下來，掛在腰間，等腳好些再穿。

他試著往泰國的方向走，不過所行盡是山巒，只靠星辰辨位也不確定方向對不對。等他發現眼前有屋子時，他不敢相信的揉了揉眼睛。

那是間座落在山腰的屋子。雖然不大，但至少看上去有人的氣息。

阿晃來到屋前，沒見到裡頭有人影，他大膽的推開門走進去。

裡頭有簡單的桌椅，還有櫃子，沒有灰塵，看起來是有人在這裡的，只是為什麼會有屋子建在這裡？阿晃覺得疑惑，此刻，他的後腦有個堅硬的東西抵著他。

對方不知道在講什麼，他沒有動彈，識時務者為俊傑，他並沒有亂動，而後面的人粗魯的將他的身子掰過來。

眼前有十多人，個個都不懷好意，而另外一個聲音響起，竟然是北京話：「是什麼人在這裡？」

阿晃看到後頭有個約五、六十歲的人，濃眉大眼，帶著草莽氣息，他一進來就緊盯著他。而其他人進了屋子，裡外搜尋一下，又跑到那個人旁邊，說：「東西不見了。」

那個人一聽，憤怒的揮了阿晃一拳，阿晃沒有站穩，跌了個踉蹌，他的牙齒咬到舌頭，他嚐到鹹鹹的味道，流血了。

阿晃沒有反擊，他知道以自己現在的身體狀態，並不適合反擊，傷口雖然癒合，但體能還沒完全復原。

那個人憤怒的道：「你這傢伙，是誰派來的？」阿晃沒有回應，他根本還搞不清狀況，而對方又問：「阿哲和柱子呢？」

一行人在屋內走動，最後，由其中一個人回報：「旺卡，沒有看到阿哲和柱子。」

那個叫旺卡的人聽到，似乎有點焦慮，他道：「時間快到了。」旺卡走了上來，捏住他的下巴，質問：「是馬素派你來的嗎？」

阿晃沒有回答，他有如陷入五里霧中。

旺卡一個手勢，他的雙手被人架到後面，繩子纏了上來，旺卡惡狠狠的在他臉上啐了口唾液，怒道：「如果找不到貨的話，我就把你交給那個哥倫比亞人！」

威廉中將透過望遠鏡看著遠方的海平面，此刻，他在昭披耶河的出海口，面對暹羅灣的港口。他望著周遭，他所率領的美軍部隊以及泰國皇家海軍陸戰隊都已經就定位，士兵們都已在吩咐的位置躲藏，耐心的等候著。

威廉中將自然也沒明目張膽讓目標發現他們的存在，他和泰國拉暖上將在臨時性的碉堡裡監視著海面。

「是今天嗎？」拉暖上將見海面久久沒有動靜，忍不住開口，用英文向威廉中將詢問。

「依我們所得到的消息，就是今天。」

拉暖上將看了一下手錶，緩緩的道：「已經超過三個小時了。」

「所以我們要有收獲……來了。」威廉中將放下望眼鏡，拿起無線電吩咐：「通知下去，巴勃羅已經出現。」

拉暖將軍回到建築物，避免被發現，威廉中將同樣隱藏著自己的身子，他們拿著望遠鏡望著海面，同樣的，船上的人自然也會注意陸地上的一舉一動。

「這個巴勃羅也太大膽，從哥倫比亞跑到這裡來。」拉暖上將的語氣透露些許不滿。

「為了毒品，他們什麼都肯幹。」

「他們在自己的國家作亂也罷！還遠赴重洋……」

「我們會把這幫毒販消滅的。」威廉中將鏗鏘有力。

拉暖上將用泰語問著身邊的親信，得到訊息之後，又用英文傳遞給威廉中將：「還是無法查出他們來這裡跟誰接頭嗎？」

「我們收到巴勃羅跟這裡的人密切聯繫，但那並不是昆沙的人馬。」威廉中將知道拉暖上將想把這個令人頭痛的昆沙逮起來。

「這裡走私的人太多了……」拉暖上將不禁喟嘆。除了昆沙，大大小小的毒梟都在這裡活動，讓泰國官方很是困擾，所以這次得知巴勃羅抵達泰國一事，決定跟美方合作。

「我們要做的就是斷絕這些事。」威廉中將肯定的道：「不管是我國，或是貴國，都不能讓毒品傷害我們的軍隊或人民。我方已經懸賞，如果有人可以抓住他的話，將可領取鉅額賞金。」

「貴國做的很好……」拉暖將軍望著海平面，說起來，那個在哥倫比亞建立了毒品王國，也是麥德林集團首腦的巴勃羅，跑到亞洲來交易，也真是煞費苦心了。

約十多分鐘後，目標漸漸靠近了港口。說是港口並不盡然，這並不是正式的港口，而是廢棄的小漁港，相當偏僻，在這裡走私頗為方便，拉暖上將和威廉中將花了三個月的時間，才得到巴勃羅準備在此處上岸的情報。

海面上的船隻甲板上站著幾名膚色黝黑的男子，為首的身材壯碩，笑容滿面，他穿著花紋襯衫，吸了口海風，眼神卻沒閒著，他很明白這裡的軍方或官方並不歡迎他，他也不在乎，他來這裡有他的目的。巴勃羅．艾斯科巴是哥倫比亞的大毒梟，他從很早的時候就開始詐騙、走私、偷竊，在幾次嘗到毒品為他帶來的豐碩金錢收入之後，加上當時昆沙所在的金三角處生產的海洛因質地精良，於是他興起念頭，遠赴重洋。不過，他並不是跟昆沙交易，而是循線認識了當地的馬幫，想要從當地的馬幫手上奪取昆沙手上從上游到下游的毒品供應鏈，所以，這次他來到金三角，除了想要取得貨物，更打算壟斷全球的毒品交易。

所以，雖然路途遠了點，但只要他的版圖能夠擴大，他不在乎遠赴重洋。

想到這裡，巴勃羅臉上充滿笑容。

不過……這裡似乎不太對勁。以他行走江湖這麼多年，巴勃羅覺得有異。他當機立斷朝著船上大喊，船隻逐漸調頭，準備迅速離開。

而在港口邊的威廉中將發現他的企圖，下令：「開火！」

一直躲藏起來的軍隊終於出動，不管是美軍還是泰軍，數十枝的軍槍對著船隻掃射，巴勃羅等人也急忙躲進船艙。

巴勃羅吩咐底下的人，趁他們還沒靠近港口，趕緊離開泰國，這時候，眼前出現了泰國海軍的船隻，那是拉暖上將事先準備好的，在察覺到巴勃羅逃跑的意圖，泰國海軍立刻出動！

此刻，海上、陸上都有軍方的人馬，巴勃羅的船隻動彈不得。

巴勃羅也不是省油的燈，他對這種狀況早有預備，他命令嘍囉們拿著槍枝對著軍方掃射。

見他負嵎頑抗，拉暖上將一聲令下，所有火力全往逃亡的船隻射擊，很快地，船身出現了小型的爆炸，船上的人見狀不對，紛紛跳水，而巴勃羅也不例外，錢沒了可以再賺，性命只有一條！他迅速跳下水裡！

泰軍、美軍在各自長官的指揮下，火力絲毫沒有停歇，而泰國海軍也緊盯著水面。

一場小型的海戰持續了約半個小時，最後，巴勃羅船上的砲彈殆盡，船上的幾個人高舉雙手，高喊投降。在授意之下，軍方的砲火停了下來。

美軍和泰軍將那些哥倫比亞人全部抓起來，將他們帶到岸上，而威廉中將和拉暖上將看著那些俘虜，望著那些看起來都很像的哥倫比亞人，拉暖上將不禁有些焦急。

終於，威廉中將開口了：「巴勃羅不在這裡。」

「被他逃走了？」拉暖上將又急又氣。他們佈署這麼久，竟然被他溜走。

「再怎麼逃，應該不會逃離太遠。」威廉中將轉身吩咐下去，要找到那個來自哥倫比亞的毒梟頭目。

阿晃不太了解發生了什麼事。他整個人被五花大綁，被旺卡等人帶著走，折騰了兩天，也不知道被帶到什麼地方。他們說的語言也不盡然全都是北京話，還夾雜著不同的方言，即便語言不同，他們彼此之間仍能相通，而為首的旺卡似乎十分焦躁，這一路上稍有不悅，腳便直接踹過來。

阿晃悶哼一聲，沒有反應。

這已經是一路上，不知第幾次的暴力相向了，他忍住疼痛，也不知道自己之後會有什麼下場。

他已經不知身處何方。這兩天不管從這個山頭被帶到那個山頭，對他來說都一樣，他無法自主。此刻，他像塊破布般的被丟在一旁，而旺卡顯得十分不安，他們似乎在等著什麼人。總算，他們沒再把注意力放到他身上，阿晃深吸了口氣，讓身子暫時得到歇息。

不知道等了多久，出現了兩個人，旺卡見到那兩人，顯得十分錯愕。那兩人看起來不像是東方人，其中一位是身材壯碩、皮膚黝黑的壯漢，見到旺卡，就講了一大串話，眾人面面相覷。而壯漢旁邊的人，身材較為瘦小，用著不太標準的北京話，說：「美國佬追來了。」

「什麼？」旺卡一臉迷糊。

「我們被美國佬發現了。」

旺卡總算反應過來，緊張的拿起槍：「美國佬？他們在哪裡？」

那個人喘了口大氣，繼續說：「我們在港口的時候，被美國佬發現，拼了命才逃了出來。我們現在無處可去，只好先來找你。巴勃羅說……這次的交易先取消。」

旺卡先是滿臉錯愕，又像是鬆了口氣，因為他現在也沒有貨可以給巴勃羅啊！他現在最關心的是：「美國佬沒有追來吧？」不要說巴勃羅，他如果被美國兵發現，恐怕也沒有好下場。

「他們一直在港口抓巴勃羅，不過，我們已經逃到這裡了。」

巴勃羅又講了一長串話，那個人繼續翻譯：「巴勃羅說，他想先待在這裡，等風聲過去，再逃出去。」

旺卡的表情有點古怪，巴勃羅也不是省油的燈，他看出旺卡散發著拒絕的意思，又講了一串話，那個擔任翻譯的人又說：「巴勃羅說，如果你能夠保護他一陣子，並讓他逃出去的話，他可以提供當初講好的一半金額給你。」

旺卡的眼睛一亮。

「這……好吧！我們也不是不願意，只是美國佬也不喜歡我們，我也不能保證他們會不會找到這裡來……」

巴勃羅走到他面前，將他脖子上的純金項鍊拿了下來，示意送給旺卡，旺卡立刻笑了起來，然後旺卡揮了個手，他的手下跑到巴勃羅的來時路，確認沒有追兵，再把巴勃羅帶走。

旺卡看到一旁的阿晃，再伸腳往他身上踢了一下，不過，力道明顯比之前減輕許多，而且旺卡的心情看起來輕鬆不少。

「算你狗屎運。」

看來，他的性命無虞了，阿晃暫時鬆了口氣。

旺卡和兩、三個人在講話、討論事情，突然，不知道是誰叫了起來！不只巴勃羅，還有旺卡也很緊張，很快地，阿晃發現有第三方人馬，旺卡等人相當緊張，開始射擊！

而另外一票人馬的砲火也朝旺卡等人的方向射來！巴勃羅驚恐的大叫，旺卡也高喊，這時候，躺在地上的阿晃算是最安全的。

有人在他的旁邊倒了下來，那是旺卡的一名手下，阿晃見到他的腰上有把匕首，而其他人忙著反擊看不見的敵人，阿晃想辦法移動身子，來到那個旺卡的手下身邊，想要取下匕首割斷繩子，他的行為被旺卡發現，他衝到阿晃的身邊，捉住了他，不明就理的問：「那些人是你帶來的對不對？」

阿晃想要掙扎，旺卡將槍口抵住他，想要擊斃他，亂彈之中，一顆子彈劃破了他的左肩，旺卡吃疼的大叫！放開了他。

總算旺卡清醒過來，目前他的危機不是這個被他逮住的人，而是從樹林裡冒出來的人！

阿晃看到那些人，忍不住張大了眼睛！為首的那個正是昆沙！

只聽昆沙高喊一聲，底下的人衝鋒陷陣，旺卡不得不丟下阿晃，而巴勃羅見到昆沙，表情極為難看，和旺卡落荒而逃。

旺卡等人且戰且退，昆沙等人步步逼進，在這槍林彈雨當中，阿晃只能躲在屍體旁邊，讓自己也變成一個死人。

他躺在那裡，聆聽著耳邊的槍聲，他不曉得什麼時候，那些子彈會有一顆打中他的腦袋，或是他的心臟……到那時，這一切就會結束了吧？

漫天烽火中，誰也逃不掉……

不知道過了多久，槍聲終於停止了，人聲還沒有停息，他躺在那裡，眼睛睜得好大，而那些人看到了他，他們的槍口對著他。此時阿晃已經沒有害怕或是恐懼的感覺了。

不管他落到誰的手裡，都是一樣的。

從掉到這個地方之後，他的性命就不是自己的，只能任憑命運擺佈，永遠不知道會遇到什麼樣的人、遇到什麼樣的事。在這個充滿煙硝的地方，永遠不知道下一步會發展成什麼樣，就像他從來沒有想過會和昆沙有交集。

在台灣的時候，他早就耳聞這個名字，也未多做聯想，來到這裡之後，在李玉仙那裡，見過昆沙一面。

而現在，他在昆沙的地方，人被關著，但身上的繩索解開了。他被昆沙等人捉住後，並沒有立刻被殺，反而被他們帶走。

這裡相當炎熱，熱到像是連石頭都會裂開。而在這裡還是有很多人，甚至說著他懂的語言。他有些恍惚，他回到台灣了嗎？如果在台灣，他為什麼還會被關起來？

阿晃被帶到滿星疊之後，關在籠子裡，籠子裡還有兩個旺卡的手下，他們也都沒有動靜。

天氣很熱，整個人像是要蒸發似的，流出來的汗都被晒乾，他的嘴唇已經裂開，身體隨時都感覺要燒起來。

此刻，腹部的傷口又開始作痛，他看了一下，似乎開始發炎了。難怪渾身發熱，他已經分不清究竟是天氣酷熱，還是他在發燒？腦袋有點昏昏沉沉的。突然阿晃發現，此刻，在他面前出現的，是那個欺凌了伊娜，同時，也刺了他一刀的男人。

阿晃用力眨了一下眼睛，打起了精神，同樣的，周林也不敢相信破壞他好事的人，竟然會出現在這裡。

他走到阿晃面前，怒問：「你怎麼會在這裡？」

阿晃的眼神露出與他同樣的疑問，只是阿晃現在沒有力氣教訓這個廢物，直覺的詢問：「伊娜呢？」

周林想到那個絕美的少女，本來可以好好品嚐的，卻為了自保，而不得不殺了她，周林相當惋惜，他朝阿晃的臉上吐了口唾液。

「被你害死了。」

「什麼？」

「本來她可以活的……」

「伊娜死了？」阿晃一股氣來，他用僅存的力氣抓住了周林，不過，現在的他根本不是周林的對手，周林反倒捏住了他的喉嚨，眼睛充滿殺機。

「對，她死了，你也跟她一起下地獄吧！」

阿晃捉住他的手，不過他現在力氣虛脫，連站起來都費力，面對周林的暴力無力抵抗。

「你對她做了什麼？」

「要不是你，她還可以活得好好的……」周林絲毫不認為自己有錯，他認為都是這個男的破壞了他的好事，要不然伊娜就是他的人了，還有阿晃刺了他一刀……仇恨湧了上來。

「你又對她做了什麼？」阿晃有點後悔，如果當初他不要離開，或是直接殺死這個畜牲，伊娜是不是會活下來？然而，在那個處境之下，他只能做出唯一的選擇。

「你自己去問她吧！」周林拿出隨身攜帶的刀子，在阿晃的面前揮著。

「你……」

「去死吧！」只要把這個人殺了，就沒有人知道他對伊娜做了什麼事。周林掐住了他的脖子，雖然不知道阿晃為什麼會出現在這，但他知道，如果讓參謀長，或是指揮官知道他的醜事，他的命將不保。

阿晃被關在籠子裡，逃也逃不掉，眼前這個男人又要致他於死，阿晃不由得憤怒起來！他就算死，也不要死在這個禽獸的手裡。

他和周林扭打，但被關起來的他，逃跑的空間不夠，加上連日來的疲憊，力氣逐漸消滅，不得已，他只能以手握住刀刃，抵擋周林的攻擊，從他的指縫當中，血液汩汩的流了出來。

見他竟然還有力氣掙扎，周林開始焦急，他本想快速把他解決，但這個男人看起來一副孱弱的樣子，還能夠跟他周旋，情急之下，他乾脆拿出了槍，想要直接將他消滅。

阿晃也看出了他的意圖，在他掏出槍的時候，捉住他的右手，不肯讓他得逞，在博鬥之間，子彈擦槍走火！

這槍聲吸引了周遭的人，全都跑了過來，周林情急之下，顧不得一切，拿著槍對著阿晃一發——

「怎麼了？」

「發生什麼事？」

槍聲驚動了附近的人，連張蘇泉也帶著幾個人走了過來，大家都一臉詫異。雖然在滿星疊裡，或多或少，每個人手上都有把槍，但也有紀律，除非必要，否則不能亂開槍。

所以在平靜的時候發出的槍響，引起了其他人的注意，不少人都往這裡走過來。

周林看到這麼多人過來，急忙又補了一槍，反正一槍也是破壞規矩，兩槍也是，索性將阿晃殺死。

等到張蘇泉走了過來，還沒發問，周林趕緊解釋：「那個……他偷襲我，所以我才開槍……」

「他被關起來，怎麼偷襲你？而且這個時間點，你不是在外面巡邏，怎麼會到這裡來？」張蘇泉疑惑的看著他。

「我……我只是經過……」周林張口結舌。

「經過？經過的話，他被關起來，怎麼偷襲你？」

「那個……」周林腦筋不斷轉著，他在想要怎麼編造理由，才不會讓自己有麻煩，總算，讓他想到推脫之詞：「他不是跟巴勃羅在一起的那票人嗎？那些人想要跟我們搶東西，我想說給他一點教訓。」

「這件事指揮官自然會有裁決，你還不去做事，在這裡做什麼？去！」

周林見狀，只好先行離開，離開前，還看了一下阿晃，他躺在那裡，一動也不動，死了吧？他不安的離開。

張蘇泉來到籠子前面，看著裡頭被關的阿晃，這是他們攻擊巴勃羅時，所帶回來的人，他和旺卡的手下似乎不太一樣。

「看看他還活著沒？」他吩咐著。

旁邊的人上前，探了一下呼吸，跑了回來。「報告，還活著。」原來剛才周林的第二顆子彈，並沒有真正打到他，阿晃只是暈了過去。

張蘇泉走上前，看到阿晃的頭上冒出鮮血，不過只是皮肉之傷，他蹲下來查看，沉吟了會，說：「把他跟這兩個人隔離開來，派個醫務兵看一下。」

「是。」

好冷……也好熱……

阿晃覺得自己像在大海中載浮載沉，而這片大海……在空中。他看見那些砲彈朝他射來，像是射到了，又好像沒射到，而跟他同樣處於這個環境的人，粉碎，然後死亡……

一次又一次的死亡，像是煉獄，他怎麼也逃不開這地方，他想要回家……只是……家……在哪裡？

阿晃醒了過來，好半晌無法確定自己在哪裡。他眨眨眼，集中精神，確認自己還活著，才坐了起來。

身上大大小小的傷口，都經過處理，身上包著紗布與繃帶，腰際的傷口也被治療了，至於頭上傳來的疼痛……都提醒他還活著這回事。他有點發怔，是誰救了他？

阿晃看了一下四周，他被移了環境，關在屋子裡，從窗戶看出去，已經是晚上了。即便是晚上，這裡也熱得要命。這時候，他看到旁邊有水，拿起來就喝。體內的燥熱降下許多，他做了幾個深呼吸，覺得疼痛已減少許多。
到底是誰救了他？
他無法理解目前的狀況，唯一明白的，是他處在還算安全的地方……不，他錯了！
阿晃發現有人偷偷摸摸的進來，警覺心大起，他不動聲色，看著來人，那人竟然是周林。
兩人的視線對上，周林知道自己的行蹤被發現了，索性大大方方地走了過來。
「你還沒死啊！」周林冷冷的看著他。
「你還沒死之前，我不會死。」阿晃反擊。
周林憤憤的道：「你不要忘了，你還在我的地盤，我很快就會讓你知道你的下場。」他怎麼也沒有想到，參謀長竟然會叫人把這個人救了？而且還關在這個地方，讓他花了半天時間，才找到他。
「你到底對伊娜做了什麼？」這是阿晃最想知道的事。
「她本來不用死的，要因為你，她就非死不可。」周林看起來相當惋惜。
他有不好的預感。「你殺了她？」
「是啊！」周林也不否認。
「你為什麼……」阿晃憤怒的想要揍他，如果不是被關起來，他早就衝過去將他痛打一頓。
「要不是你破壞好事，她根本還活著。」周林從身後掏出來一把長刀。在這裡最不缺的就是武器，槍枝也好，刀劍也好，他們時常要面對不同的敵人，身上有槍或劍是很正常的。

阿晃不明白有人可以無恥到這個地步，殺了無辜的人還面不改色，伊娜那鮮花般的生命，就這麼死在這個人的手上了嗎？

「為什麼……？」

「反正不把她殺了，她也會把事情說出去，與其如此，不如我先把她解決掉。」周林冷冷的道，彷彿伊娜不是一條生命，像是一個隨處可拋的物品，讓阿晃更加憤怒。

如果他當初不要手下留情，說不定……伊娜就沒事了。

當時的他並不想讓手裡沾上太多血，才手下留情，拿著槍枝對著敵人是一回事，殺死一個人又是另外一回事，而且，他不想在伊娜的眼前對他開膛剖肚，那對伊娜來說太殘忍了，可是現在他後悔了。如果他早知道這是個人渣，把他殺了的話，伊娜是不是還能夠活著？

「你這個人……根本不配活著！」他咬牙切齒的道。

「我會活得比你久。」周林冷笑，他挨近阿晃，見他有所動作，阿晃知道他不懷好意……

「伊娜是你殺的？」

一記聲音闖進他們兩人之間，不只阿晃，連周林都相當錯愕。只見從門外走進來一票人馬，看到為首的是張蘇泉，周林驚訝的連刀子都掉下來了。

「參……參謀長？」

「你殺了伊娜？」張蘇泉嚴肅的盯著他，周林心慌意亂，他急道：「不、不是我，是……是他……」他指著阿晃。「他殺了伊娜，是他！」

「剛剛你可不是這麼說的。」張蘇泉聽得清清楚楚。

「這個……那個……參謀長，您怎麼會在這裡？」周林企圖轉移他的注意力。

張蘇泉沒有告訴他，早上的時候，他覺得周林的舉止有異，派了小崔注意他，一有狀況的話，就跟他報告。到晚上時，他還沒就寢，小崔就跑過來跟他說周林的舉動古怪，他便帶著人過來。

「那你呢？」

「這個……」周林眼神不斷流轉，道：「我只是……只是……」他一時想不出來該怎麼說，張蘇泉又追問：「你剛剛承認殺了人？」

周林叫起來！

「我、我怎麼可能殺了人呢？是、是這個人殺的！」他指著阿晃。

張蘇泉看著阿晃，他雖然不認識這個陌生男子，也知道這件事沒有那麼簡單。

「那一天……我們在村子裡，已經那麼晚了，就算要休息，也有自己睡覺的地方，你為什麼會跑到村外？」張蘇泉只是提出自己的疑問。

伊娜的村子是他們農業合作的村子，由他們提供保護，村子提供罌粟，一直以來都這麼合作。雖然他們擁有武裝，但禁止擾民，這一點底下的人都知道，規矩定得清清楚楚，如果到村子，面對的是一般老百姓，槍桿子只能保護他們，而不是傷害他們。

「這個……那個……」

「把他帶下去。」

兩個人上前將周林帶走，周林嘴裡還不斷的嚷著：「參謀長！參謀長！」

張蘇泉蹲了下來，看著阿晃，他看得出來這個男人跟旺卡那幫人不是同一路的，所以還沒打算這麼快處理他，至於伊娜被殺一事，要不是明白周林這個人為了自己的利益，有時候會撒個謊，他會直接把這個男人交給伊娜的村人，讓伊娜的村人們為無辜的少女討回公道。

「你是誰？」張蘇泉緊盯著他。

阿晃注視著他，沒有回答。

———

小維透過牆縫，看著外頭。

這個拘禁他們的屋子，縫隙很多，晚上睡覺的時候還透著風，有時還冷到打哆嗦，好在人多，擠著也較溫暖，而這點也讓小維能從裡面窺伺外頭的動靜，雖然縫隙不大，不過，至少能讓他掌握一些狀況。

他回到阿進身邊，低聲說：「外頭滿嚴的。」

「嗯。」

「如果有援軍就好了。」他喃喃。

突然，門打開了！

許久不見的陽光照了進來，好些人都抬手遮住了這突如其來的陽光。幾名解放軍走了進來驅趕他們，要他們從屋子裡走出去，在槍桿子的威脅下，沒有人敢亂來。

小維走在前頭，他聽到後頭傳來阿進痛苦的聲音，原來他的腿傷拖累了行動，而解放軍並沒有因此而對他特別通融。

「住手！」小維喊了起來！

黃江海在一旁看著他們，指著他們兩人，吩咐：「把這兩個人帶到那邊。」

解放軍將小維和阿進趕到右前方的車上，將他們關起來，而其他的人，則上了另外一台車。

兩人被架上車，那是由軍車改建的囚車，小維和阿進被關了進去，小維看著黃江海透過翻譯和緬甸軍方的人不知道在說些什麼。最後，緬軍的人還伸出手，滿面笑容的與黃江海握了握手，頗有合作愉快的意思。

而進到車內的阿進就沒有動靜，小維覺得不對勁，轉身一看，阿進躺著，卻是一動也不動。

他推了推他。「阿進？阿進？」

阿進發出痛苦的聲音，而且在陽光底下，臉色顯得更紅，還是不正常的緋紅，小維伸手去摸他的身體，發現他的體溫相當高！

「阿進？你還好吧？」

「好冷……」

好冷？天氣這麼熱，還冷？小維覺得奇怪，他忽然想到什麼，把阿進的褲子掀開，發現傷口整個化膿，不管他怎麼跟他問話，阿進都沒有真正在回答他的問題，依舊喊著好冷。

這可不好，小維急了！他望著周遭，囚車兩側就是解放軍，而那個曾經幫阿進急救的人，被關在另外一輛車上，鞭長莫及。

他試著向離他最近的解放軍喊著：「喂！」

「做啥？」解放軍聽到他的聲音，不耐的道。

小維不惜低聲下氣。「你看看他狀況不太對勁。」他指著阿進。

解放軍聽到阿晃的話，將槍伸進了車內，用槍桿推了推阿進，阿進發出痛苦的呻吟，身子沒有動彈。

那名解放軍皺起眉頭，不悅的道：「死了嗎？」

「還沒呢！你們這裡有醫生吧……」話還沒說完，他的話就被截斷，那個解放軍冷笑。

「醫生？醫生不看你們這種人的。」

小維有些發怒，他隱忍著怒意。「好歹也看看吧！他如果死了，你們不是更麻煩？」他很清楚他們對黃江海的價值，如果把他們活著帶回北京，馬上晉升兩階都有可能。

聞言，那個解放軍眉頭一皺，嘴裡念著：「真麻煩。」他招呼了幾個人，準備上車查看，為防犯人脫逃，槍口依舊指著他們。

這裡的騷動引起黃江海的注意，他帶著人走了過來。「你們在幹什麼？」

「這個人好像死了。」

黃江海看著一動也不動的阿進，問：「確定嗎？」

那名解放軍不敢確定，小維試圖求救：「你們這裡有醫生吧？先讓醫生看一下他吧！」

那些解放軍不知所措，但長官在面前，也不敢放肆，黃江海望了他們一眼，吩咐：「派軍醫過來看一下。」

「是。」解放軍倒也不敢不從。

小維看著那些人離開，心急如焚，他知道阿進的傷口太嚴重，肯定是因為拖得太久，才導致發燒，無法清醒。

只見過了許久，都不見有人過來。小維只好叫住一個經過囚車邊，同時也是剛剛用槍桿子刺阿進身子的人，問：「醫生呢？」

那名解放軍看了他一眼：「什麼醫生？沒看到大伙都在忙？」

「你們少校說會派人過來看看的。」

那名解放軍又說了：「少校正忙著呢！」說完，頭也不回的走了。

小維望著阿進，只得喃喃：「阿進！撐下去！你奶奶還在等你回去呢！」雖然阿進的奶奶早已去世，但她的靈魂一定希望孫子能夠平安歸來。

聽到奶奶，阿進的口中發出了囈語：「奶奶……我要奶奶……」他低弱的聲音被旁邊的聲音蓋過去，四周一片騷動，突然一陣槍擊聲，緊接著一記轟然巨響！小維急忙俯低身子，片刻，他才悄悄抬起頭，只見現場已一片混亂。

他看到黃江海急忙指揮部隊，現場一片混亂，好幾處都看到子彈射穿的痕跡，轉眼間，地上多了好幾具屍體。

另外一輛囚車起了騷動，有兩、三名囚犯從柵欄內伸出手捉住一名緬軍，從他的身上摸出了鑰匙，其他的緬軍見了，急忙過來想要鎮壓，但槍都還沒抬起來，不知哪來的子彈直接貫穿他們的身子，讓那些囚犯多了十來秒的逃脫時間。

很快地，那些人打開鎖，跳下了車，徒手攻擊緬軍，或是搶走他們手上的武器，然後對著軍隊，只要穿著制服的，全都發射子彈再說。

小維只能盡量蜷伏身子，不讓流彈掃到自己。他挨到阿進身邊，避免他再受到傷害。

「唔……」阿進的臉色似乎更紅了！

轟！一聲擎天巨響！小維趴了下來，等巨響過後，他抬起頭，發現放置重機槍的位置，此時已燃起大火！多數的重武器都已經毀壞。對方不知是誰，有備而來。

「全都給我上！」黃江海看著底下的人四處躲藏，不禁有些惱了，他以身作則，拿過衝鋒槍，對著東方不停的射擊！

東方是排樹林，非常濃密，北邊、西邊及南邊則是空曠的草原，他們來的時候，明明檢查過四周，怎麼又冒出突襲？這突如其來的砲火加上俘虜反擊，現場一片大亂！

緬甸的反軍政府分子，對於國內的體制本來就有所不滿，這時候能夠逃脫，又得到武器，幾乎是拼了命反擊！

此刻，從東邊的叢林衝出一群民間所組成的隊伍，他們看到穿著制服的軍隊，毫不留情，瘋狂的掃射，而那群原本被逮，後來獲得自由的俘虜見到那群人，露出歡欣的笑容。

此刻，關著小維的囚車突然打開了，小維十分詫異，讓他更驚訝的是，那個人竟然是——

「李玉仙？」

李玉仙也看到小維，她驚訝極了！還沒開口，旁邊砲火隆隆！

「幫幫我們！」

李玉仙也沒有遲疑，她用緬甸話叫來了手下，那個手下立刻上車，車上沒有鑰匙，那個手下就用自己的方式發動車子，而李玉仙也坐到副駕駛座，車子開始狂奔起來！

原本正在對付敵軍的黃江海，見到小維和阿進跑了，急忙大喊：「追那台車，把那台車上的人全都給我帶回來。」

解放軍聽了，邊狙擊邊撤退，還要去追小維他們，十分忙碌。兩輛軍車開始發動，追著小維等人，而那些緬方的反軍政府分子見狀，有兩名跑到還沒損毀的M二重機槍旁，開始發射，不斷射擊那兩輛軍車，其中一輛輪胎被子彈射穿，無法動彈，另外一輛則被射中油箱，車上的人急忙跳下來！不到三秒，車身爆炸！

憤怒聲、狂叫聲、叱吼聲不絕於耳，解放軍除了要保護自己的性命，也得在這槍林彈雨中完成任務。

黃江海見到小維等人跑走，他跳上了離他最近的車，打算把犯人追回來。

他的軍隊損失慘重，多人掛彩，這時候，他的任務更不能失敗。黃江海跟著小維開走的那輛車，而在副駕駛座上的李玉仙也看到了，她將身上的衝鋒槍遞給小維，小維瞄準黃江海的車子，發射子彈，衝鋒槍的威力逼得黃江海的車子不停地左閃右躲，在車輛疾馳間，黃江海掏出手槍，行進當中，射中小維的右腹！

小維吃疼的踉蹌了一下，而車子行進間的顛簸讓他站立不穩，跌坐車上。

見到小維受傷，此時，阿進吃力的拿過了衝鋒槍！他的臉色、唇色已呈現慘白狀態，專注力卻異常集中，他所射擊出去的子彈，擊破了黃江海所駕駛的車胎，車子打滑，在山路翻滾了過去。

「幹得好！」小維忍不住大喊。

阿進的手裡還拿著槍，槍都還來不及鬆手，整個人陷入昏迷，小維拿回槍，看到黃江海的車子還在翻滾，最後，離開了他們的視線。

黃江海的車子滾了兩圈，才停了下來，輪胎仰天打轉，黃江海從車窗爬出來，看著小維他們已經跑走了，他又氣又惱。

身後傳來聲音，他拿著手槍轉身，但對方動作比他更快，往他手臂射了一槍，血流如注。

可惡！

他在心裡頭咒罵了一聲！還想反擊，一把飛刀準確無誤地射中他的手臂，他無法動彈，幾把槍對著他，正準備射擊時，從後面追上的鮑大平走了出來：「把他捉起來。」

黃江海還想反擊，那些人的動作更為迅速，已經用槍桿子將他壓到地上，臉緊緊貼著地面。

第五部

毒梟、馬幫、美軍、解放軍的混戰

泰國。

龔翊揚從機場出來，他的帽簷壓得很低，往下榻的飯店前進，為了避免引人注目，他利用化名來到了泰國，現在的他，已經不是台灣情報局的中將副局長，也不是國防部聯合作戰委員，而是一個普通人。

他以商人的名義，因年底亞洲運動會來到泰國，但事實上，台灣因為各種因素，並沒有參加。原本這一屆的運動會是要在新加坡舉辦，但後來因為財政的關係而放棄。

他來到泰國，找了間名不見經傳的賓館。進入自己的房間，放好東西，在附近走動，這裡他並非第一次到來，街道未變，也算熟悉。龔翊揚來到了一間販售當地藥材的商店，店主頭抬也不抬，就打著招呼，等他看到來人時，不禁錯愕了。

「你……」

「噓！」龔翊揚示意要他噤聲，看著對方，他道：「對，是我。」

「你怎麼來了？」店主是個年紀看起來跟他差不多的人，外表看似泰國人，但一開口，卻是道地的中文。

「我有點事，想來找你。老皮。」

「我就知道你來找我，一定沒好事。」老皮搖頭嘆息。

龔翊揚苦笑著，老皮見他這樣，也軟了心，便道：「好啦好啦！要在這邊談嗎？

還不進去。」

龔翊揚往外看了一下，沒有什麼狀況，他走到店後面，而老皮則將大門關了起來。

阿進被擔架抬進了屋子，小維總算鬆了口氣，他心頭一鬆，就在地上坐了下來。他又回到李玉仙的村莊，李玉仙將他們帶了回去。看著那些人照料傷者，還有整頓他們所掠奪的武器，小維靜下來之後，身上開始作痛，他才想起自己右腹也中了彈，他調整氣息，不讓自己太難受。

這時，有人在他身邊蹲了下來，小維記得那張臉，那是阿吉的父親，阿吉的父親沒有學漢語，不會跟他溝通，但是看得出來他想幫他處理傷口，這裡的人對於槍傷似乎很有經驗，在確定子彈沒有留在裡面，在沒有麻醉的狀態之下，就開始替他消毒。

小維疼的大叫起來！阿吉的父親不客氣的露出訕笑，最後，包紮完成，他才離開，小維看到他走到妻子的身邊，抱過阿吉，一家和樂融融。

小維鬆了口氣，在原地喘息，這時，鮑大平走到他身邊，遞給他的不是水，是酒，小維也痛快的喝了起來。

「你們怎麼會在那裡？」鮑大平操著不標準的北京話問。

「解放軍……你知道的。你們怎麼也會在那裡？」

「政府軍抓了我們的人，我們當然要把他們救回來。」

小維恍然大悟，原來李玉仙跟鮑大平根本不是去救他們的，跟他們一起被關的那些人，其實是李玉仙的人，他們在救自己同伴的過程中，發現他們，順便伸出援手。原本以為不會再和他們有所交集，又走在一起了。

他看到那幾個原本跟他關起來的人，回到村莊之後，他們的妻小或是父母跑出來，開心的跟他們又摟又抱，雖然聽不懂他們在講什麼，卻可以感受到他們的開心。什麼時候……他也可以回家？自從離開山上，當了軍人之後，他已經沒有回家了，那些他認識的人……還好嗎？

這時，一個看起來不過十多歲的男孩子跑過來，用漢語對著鮑大平喊著：「快來！快來！」

小維覺得疑惑，鮑大平也不解的看著他。

「杜基，怎麼了？」

「快點來。」杜基的漢語似乎不是很好，他一直指著裡頭，鮑大平只好跟著他過去。杜基所指的位置，正是阿進所待的房間，小維進到裡頭，看到阿進已清醒過來，不過臉色很難看，而且汗如雨下，他瞪著前面的幾個人，當他見到小維時，喊了起來！

「小維，你沒事吧？」他以為他們被捉了。畢竟，眼前這些人他全都不認識。

「阿進，你還好吧？」見他清醒，小維倒是欣喜起來。
「你……沒事？」阿進看他們好好的，鬆了口氣。當他的視線落在旁邊的人時，眼神警戒起來。
小維急忙安撫：「阿進，他們不是解放軍……」
「他們……」阿進看到其中有兩個人拿著刀，死盯著他。「那他們到底是誰？」
李玉仙開口了：「他們是醫生。」
阿進終於清醒一點，他想起那個刀其實是手術刀。
他沒有忘記剛才那一幕，當他昏迷後醒來，就發現身邊有人拿著刀在他身上比劃，他下意識的認為被囚住了。
「他們……要做什麼？」
那名手拿手術刀的人，正是跟他們同樣被關，長相斯文，有著書卷味，是李玉仙一行人拼了命救出來的人之一，也是他被解放軍第一次抓到時，幫他急救的人。
雖然李玉仙不想直接與緬甸政府軍硬碰硬，但當緬甸政府軍將他們的重要人物，而且還是寨裡的醫生抓走，她怎麼樣也得想辦法救回來。
「你的腿受傷的很嚴重，我們正在考慮要怎麼處理？」
「你們想要把它鋸掉吧？」
小維發問：「怎麼回事？」
醫生說道：「他的傷口很嚴重，如果不將腳鋸掉，就會死掉，我們正準備救他，他就醒來了。」

聽到自己的腿要被鋸掉，阿進死命的搖頭：「不，絕對不行……」

「阿進！」小維急道：「這是在救你的命。」

「如果是你的話，你要鋸斷你的腿嗎？」阿進反問。

小維一塞，如果是他的話……見他不講話，阿進虛弱的說：「你也不想……對不對？」

「但是……我們得回去……」小維提醒：「我們還要回家呢！」

是啊！回家……

阿進的心神恍惚，有一刻，他彷彿看到了已經逝去的奶奶，站在家門口，笑呵呵的跟他打招呼……

「奶奶……已經不在了，不回去了，我們在來之前，就沒有想要回去，也答應了不能回去……」他已經有點胡言亂語，小維卻明白他的意思。

在出任務之前，他們都會簽下生死狀，寫好遺書。那時，視死如歸。

只是……當死亡真的來臨時，他們真的要放下武器，向敵人或死神投降？還是要放手一搏？

而失去一條腿，跟失去性命比起來，小維啞著嗓子，痛苦的道：「你不想回家嗎？」

阿進沒有回答，他仍然喃喃的道：「不准鋸腿……不可以鋸腿……」

「笨蛋！你要這樣就死嗎？」

阿進沒有理會，他只是瞅了小維一眼，嘴裡仍喃喃念著：「不可以……絕對不可以……」

醫生為難的說：「再不決定的話，就來不及了。」

小維看著阿進，相當為難，此刻的阿進根本無法溝通，不管他們說什麼，他都聽不進去。

他知道很難，但為了不要失去他現在唯一的伙伴，他抓住他的手道：「不要放棄，我們還要一起回去……」

倏然，他的手重重的被甩開！阿進卯足了全力，推開身邊的人，下半身無法移動的他，將四周的東西都推開！那些簡陋的醫療器材全被他一股腦推到地上！

醫生指揮著旁邊的幾個壯漢將阿進抓住，避免他傷害自己，意識已經混沌的阿進，眼前的人不管認不認識，全都視為敵人！

小維沒有想到已經傷這麼重的阿進，還有這麼大的力氣，他的胸口被重重擊了兩拳，退了開來，還撕扯到了傷口，好痛！幾個力氣強壯的人，將阿進壓在床上，讓他動彈不得。

「放開我……不行……不行……」阿進不停喊著。

小維退到一旁，他只能讓其他人去對付他。如果絕非必要，他不會選擇如此對付同袍。

阿進被一群人圍住，發出像野獸的咆哮，又像是要將自己的生命燃燒殆盡，而他卻束手無策……

他沒有權力去操控一個人的生命，他也沒有能力。

醫生指揮著旁邊的人，很快地，他拿起一支針筒，往阿進的靜脈注射進去，漸漸地，阿進沒有了知覺。那些人圍著阿進，其中一個走了過來，即便語言不通，小維都知道是要他出去。

小維緩緩地走了出去，最後，在地上坐了下來，閉上眼睛。

———

阿晃被關在滿星疊，倒也沒再受罪，這幾天，他倒是吃好睡好，傷口也得到細心照顧，而且還沒有人吵，那個周林也消失了。

只是……那些人到底打算怎麼處置他，他心裡連個底都沒有，未來的命運到底怎麼樣，誰也不知道。或許，他會被關在這裡一輩子？

阿晃胡思亂想，在牢裡無事可做，除了發呆就是睡覺，這陣子沒有活動，覺得身體都快荒廢了。他開始試著做些簡單的運動，免得這個身體因為自己的怠惰而退步。

他正在做伏地挺身時，有人過來將牢門打開，喊著：「出來。」

阿晃覺得疑惑，來人又道：「參謀長找你呢！」

他站了起來，旁邊有人拿著槍防止他逃跑，阿晃跟著對方走了出去，出了大牢，他有種錯覺，像是沒有離開台灣，眼前所見，有一半穿著軍裝，有一半是老百姓，那群平民穿梭其中，也不顯突兀。

而在這裡，還可以看到熟悉的漢字，「滿星疊大同中學」七個大字落入眼底，不只泰文、傣語等，還可以聽到中文。

他疑惑的走在村裡，來到了張蘇泉的所在地，他正在一間屋子裡和一個老先生在講話。

「學校的事就麻煩你了，孫斌校長。」

「我知道了，參謀長。」

那個老先生離開之後，帶著阿晃過來的小兵喊著：「報告，人帶來了。」

張蘇泉望了他一眼，將桌上的紙捲了起來，阿晃看到紙上寫著「大同中學教室建設」幾個字。

張蘇泉望著他，道：「我派人回去調查過了，也問過裡頭的人了，伊娜被殺的那一天早上，你被他們所救，而伊娜出事的時候，你在現場……你到底是什麼人？」張蘇泉看著眼前這個會說中文，看得懂中文，一身狼狽的人，他發現這個人對紙上的字有反應。

那天周林要殺他的時候，阿晃體力已經到達極限，問不出所以然來，所以才晚了幾天才來詢問他。

而這幾天，張蘇泉也去調查了一些事，發現跟周林說的略有出入，加上他親耳聽到周林在阿晃的面前，承認他殺了伊娜，那麼，這個人就是冤枉的了。

阿晃沒有回答，他不確定暴露身分之後，會不會又為他帶來麻煩？他還是謹慎點好。

「嗯。」

張蘇泉見他沒有回答，也沒追問，又換了個問題：「身體好些了嗎？」

「你應該……也不是普通人。」張蘇泉緊盯著他，從他的身手來看，顯然受過訓練。

「你太過獎了。」

張蘇泉盯著他，吐出：「這樣吧！我們這裡需要人，你先跟著孫校長，把教室蓋好，我們再來討論你的問題。」

阿晃有點詫異。

「把他帶到孫校長那邊。」張蘇泉催促著。

旁邊的小兵催促著阿晃跟著他走，而另外一個一直陪在張蘇泉旁邊的小兵則擔憂的問：「參謀長，這樣好嗎？他的來歷不明……」

「就因為他的來歷不明，所以你去盯著他。」

阿晃沒想到來這裡還要做苦工，而且還是建教室？他感到有些啞然，卻沒有反對。

跟其他時候比起來，這是他最輕鬆的時候了。

他被帶到剛才所見的「滿星疊大同中學」，學校裡有一些學生，而他被帶到工地，那裡有一些人赤裸著上身，不是扛磚頭就是砌牆。而方才他所見過的老先生正監督著他們做工。

見到他來，孫斌說：「你是參謀長派來的吧？這裡今天要做完。」

阿晃也沒有意見，反正他們說什麼，就做什麼，除了有人拿槍盯著，其他也沒什麼，不管他是上下梯子，還是扛重物，這些對他來說輕而易舉，在當兵之前，為了賺錢，他曾去過建築工地搬磚頭呢！

孫斌指揮著他，不過休息的時候，也沒虧待他，讓他和其他的人一同用餐。

那些人不認識他，對他還是有點警戒，阿晃也不在乎，但跟先前的際遇比起來，這裡……一片祥和。

阿晃倒是有點不可置信，這裡是昆沙帶領的村子嗎？那個被稱為金三角的霸主……

驀然！一顆球滾了過來，碰到了他，他一點事也沒有，只是把他的飯盒弄翻了。

阿晃看著跑過來的小男孩，小男孩咧著嘴而笑，伸出手想跟他討球，一點防範也沒有。

反正也沒有飯可吃了，阿晃索性拿著球，輕輕的丟還給小男孩。小男孩接到球之後，並沒有離開，反而看著阿晃，露出期盼的笑容，阿晃似乎知道他的意思，他在工地旁邊，陪小男孩玩起球來。

「阿丁，太危險了，走開！」孫斌喝叱著。

看到孫斌，小男孩叫了一聲，然後跑走了。

孫斌看他被打在地上的飯菜，說：「我再拿點飯菜給你。」

「不用了。」阿晃開始爬上屋頂上工，其他躲在陰涼處，還在吃飯的人對他指指點點，阿晃也不在乎。他知道這裡在建教室，是給那些正在玩耍，以後要在這裡上課的小孩用的。只要有了教育，那些小孩以後會發展的更好吧？

就像他以前一樣，在山裡的時候，明明知道讀書痛苦，有時候還會上課上到睡著，還是每天早上四點半起來，走上一個半鐘頭的路，趕去學校，除了可以吃到學校所提供的早餐，還有就是要為自己的未來奮鬥。

那時候，也不曉得自己為什麼這麼拼命。後來，他靠著還算不錯的成績，終於讓舅媽勉強同意他去讀國中，要不然，國小畢業之後，他就要跟著村裡的人去做勞工，不知道未來在那裡。

在這個到處都是槍砲的世界，他也不曉得這些小孩讀了書會有什麼未來，但不接受教育的話，連未來都談不上了。

想到這裡，他工作的更勤奮了。

而在遠處的張蘇泉，他看著阿晃，若有所思。

白天在有人監督的狀況下，阿晃可以在村莊裡走動，晚上他還是得回到大牢裡，阿晃也明白這些人對他仍有戒心，也不在意，除了晚上不得自由，其他時候倒還是輕鬆的，大不了把這牢房當作旅館，這麼一想，也寬心許多。

工作了幾天，教室即將竣工。這一天，阿晃被帶出來，遠遠的，看到自己所幫忙建立的教室，不覺心滿意足，嘴角也露出了微笑，他的表情都看在張蘇泉的眼裡……

此時，村子裡一片熱絡，阿晃頗為詫異，他好奇一探，昆沙和他的手下走進村裡，馬上有個老嫗遞上了糕點。

「指揮官，餓了吧？這是我今早剛做的。」

「好、好。」昆沙笑著收下了。

「總指揮，你屋子裂開的部分，我都給你修好啦！」

「好勒！」

短短的一段路，昆沙走了十來分鐘，跟所有人打完招呼之後，走進滿星疊的軍事要地，軍事中心和民房劃分的很清楚。而滿星疊也不光只有這處，在四周還有七、八個寨子，以滿星疊為中心，散落四周，有大有小、有近有遠，配合本部抵抗外侮。

昆沙進到基地之後，解散底下的人，進到平常辦事的地方，張蘇泉走了進來，走到昆沙旁邊問道：「巴勃羅怎麼樣了？」順便倒了杯昆沙喜歡的酒給他。

昆沙接了過來，小口啜飲，道：「美國那邊早就盯上了巴勃羅，知道他要從哥倫比亞過來，早就安排捉他。我們還在他跟旺卡的交易地點想要打亂他們的交易，只是多此一舉。」巴勃羅的野心，昆沙早就瞭然，畢竟，金三角這片土地資源豐富，各地毒梟都在覬覦，不能掉以輕心。

「謹慎點總是好的。」張蘇泉也為自己倒了一小杯。在沒有其他人的時候，他們兩個偶爾會小酌，不過都淺嚐即止，非常克制。

「巴勃羅被美國佬這麼一搞，元氣大傷，幾個重要手下也被捉走了，現在他所能做的，就是滾回哥倫比亞，我看這一、兩年，他不會再過來了。」

「是啊！這裡的花開得多漂亮，每個人都想來摘……」張蘇泉淡淡的道。

「這些花是我們種的，當然也是我們來摘。」

位於金三角的罌粟花，又大又美，煺煉出來的鴉片，質純精良，他們在這裡紮根，早已建立深厚的地位，甚至跟當地的人談好，支付給他們足夠的生活費，好讓他們安心的種植，等到了該採收的時候，當地的人也會將罌粟稈給他們，接下來，就送去加工，再由他們護送給客戶，辛苦了這麼多年，他們已經建立了品牌與通路。

巴勃羅想要聯合當地的馬幫，取得這裡的貨源，可以說野心太大，他還是好好待在哥倫比亞就好。

「巴勃羅呢？」張蘇泉又問。在打亂巴勃羅和旺卡的接觸之後，張蘇泉便回到了滿星疊，而昆沙則去追趕那兩人。

「港口那邊有人在安排船，看起來是要讓巴勃羅逃回哥倫比亞，我已經派了人在那裡守著，如果巴勃羅上了船，我就放過他。大家都是同行，我也不打算趕盡殺絕。」昆沙有他的盤算。

「行動注意一點，美國佬在找機會逮你。」

「這點我知道。」他知道美國方面對他痛恨至極，他的貨品有很大的部分流向了美國大兵的手上，讓政府官員相當頭痛，才會將矛頭對著他。

將杯子放下後，昆沙又問：「村子裡還好吧？」這幾天他不在，是親自去解決巴勃羅的事，在確認巴勃羅不再構成威脅後，就回來了。而他不在時，張蘇泉就是村子裡的最高決策者。

「教室這兩天就會完工。」

「很好。」心情一鬆懈，昆沙突然想到：「那天我們捉回來的那些人呢？」

「旺卡的那些人已經處理了，至於那個人……在幫忙蓋教室呢！」

昆沙知道他講的是誰，那天他們原本是要擾亂旺卡和巴勃羅的交易，卻帶回來一個奇怪的人。

「喔？」昆沙眉頭一蹙。「你把他放出來了？」

「你要去看看他嗎？」

聞言，昆沙思索了會，站了起來。「走。」

兩人來到了學校，由於學校這陣子施工，怕傷及學生，所以課先停一段時間，等教室蓋好後，再讓學生重返校園。不過仍然有些孩童跑到學校裡玩耍，三不五時還得將他們趕走。所以施工中的學校，其實還挺混亂的。

昆沙走了進來，看到阿晃正在阻止兩個五、六歲的孩童靠近工地，而那兩個孩童根本不怕他，在他身邊繞來繞去，同他一起玩耍，阿晃似乎也拿他們沒輒，一個大男人被幾個小孩弄得束手無策，煞是有趣。

「查出他是哪裡的人了嗎？」

「還不知道，不過，肯定不是旺卡那邊的人，只知道他的名字。」當初他們逮到他時，阿晃是被五花大綁的，所謂敵人的敵人就是朋友，所以張蘇泉對阿晃持保留態度，如果能夠明白他的身分，或許還可以為他們所用。

只是，阿晃對於自己的來歷隻字未提，這是讓張蘇泉比較傷腦筋的部分。

昆沙緊盯著阿晃，在這個詭譎的地帶，想要信任一個人，不是易事。

「對了，我把周林判刑了。」張蘇泉道。

「什麼？」昆沙有點訝異。這個周林算跟他很久了。

「他忘了你的規矩，不能吸毒，也不能對女人有不當的念頭，他親口承認他殺了伊娜。」

「喔？」昆沙眉頭一蹙。伊娜被殺一事，他也清楚，當時他雖然不在現場，不過張蘇泉回來之後，有把這事告訴了他，在知道是底下的人殺了伊娜，也有點不悅。

「你處理好了就好。」昆沙完全信任他。

阿晃也看到了昆沙，等他發現時，昆沙已跟張蘇泉離開，這個昆沙對他來說，是個販賣海洛因的大毒梟，只是在滿星疊待了這幾天，除了販毒這一點讓他反感之外，這個村子跟一般的村子沒有什麼不同。最大的差別，就是這裡的軍人，或是原本的軍人，包括現在已經退伍成為老百姓的人，比那些原本在這裡土生土長的老百姓還要多。他甚至發現多數的軍人，原來都還是國民黨的呢！

只是，這些國民黨在他眼裡看來，是褪色的一群。遠在台灣的國民政府還記得他們嗎？

罷了！他還是來將最後一面牆上漆吧！

小維等了兩天，都沒有阿進更進一步的消息，他依舊處於昏迷狀態，小維即使焦急，也無可奈何。

向來，他對人都保持著一段距離，然而，他卻開始為阿進擔憂起來。或許他們本來就是同胞與同袍，也或許阿進是他在這裡，跟家鄉最親近的人。

他發現他竟然也會擔憂他人，開始想著他人，而這種感覺是以前所不曾有過的經歷。

他覺得……自己不像自己了。

他坐在醫務室外頭，李玉仙和鮑大平看他這副模樣，兩人用緬甸語交談了起來：「你過去安慰一下他吧！」李玉仙指示。

「我？」鮑大平眼睛瞪得好大。「我北京話說得又不好，等會要是說錯話，不是更糟糕？」

「你們都是男人，可以的。」

「嫂子，我……」鮑大平有點急了。他向來聽嫂子的話，李玉仙如果要他衝鋒陷陣，他二話不說，義無反顧，可是叫他去安慰人這回事，可就比打仗難上許多。

他還想抗議的時候，醫師旁邊的小助手，那個十多歲的少年杜基又跑了出來，他看到小維，就說：「那邊……那邊……」他的漢語不佳，一急，話就說不完全，不過他指的方向是醫務室，小維站了起來，跑了過去！

他跑到醫務室，發現醫生，還有另外兩個人都圍著阿進，他撥開那些人，發現阿進已經醒來了，他張著眼睛，有些茫然。

「阿進！」他喊著。

阿進看著他，似乎還不是很清醒，好不容易看到一個熟識的人，他問：「我……我在哪裡？」

「這裡很安全，你放心。」

阿進望著其他陌生人，看到小維沒事，鬆了口氣，很快地，他想起昏迷之前的事，他又嚷了起來：「我的腿呢？我的腿呢？」他掙扎著要起來，其他的人連忙制止了他。

「你才剛醒，不要動得太快。」醫生吩咐，阿進根本不聽，他掙扎著起身，其他人趕快扶住他，免得他跌下床。

阿進掀開被單，看到自己的左腿……還在？

「沒事，你看你的腿還在。」小維勸著。

阿進的臉色還是很難看，他沉默了一會，開口：「為什麼……我的腿沒有知覺？」

———

小維離開醫務室，拉著醫生問：「這是怎麼回事？」

「不用擔心，這是正常現象。」醫生雖然會說北京話，不過仍有些腔調，但交談已足夠。

「什麼意思？」小維仍然不解。

「他才剛醒，身體也還沒完全復原，過幾天會好一些。只是，他的腿等於是廢了，以後只能走路，其他恐怕沒辦法了。」

小維不禁想起之前跑步的時候，阿進可以跑得比其他人都快，跳得比其他人都高，現在如果知道他的腿再也沒辦法跑了，不知道會怎麼樣？

至少，他的命是保住了。

在阿進清醒後，他搬進和小維一起住的屋子，由小維照顧他的生活起居，而醫生也會過來檢查，李玉仙也會過來探望，小維知道阿進的身體狀況，所以許多情形就忍了下來。

像阿進有時候指揮他拿這個、拿那個，又說他拿的水不夠涼，或是棉被太冷，他都忍了下來，不過，這次他去拿幫阿進替換的藥，快回到屋子時，就聽到屋子內傳來咒罵聲，他快步的走了過去。

嘩啦！

他一進去，就看到地上的杯子摔個粉碎。

「這……你在做什麼？」

「沒用了……沒用了……」阿進重重的捶了一下自己的腿。

「你在幹什麼？」小維把藥放在一旁，走過去抓住他的手。

「這個腿已經沒用了，換藥有什麼用？」阿進怒吼著，憋了幾天，他再也受不了了！

「你在說什麼？不換藥的話，傷口會發炎的。」小維的脾氣也冒了出來。他的好脾氣只出現在阿進醒來的那兩天。

「換了有什麼用？現在這條腿，有跟沒有一樣！」阿進重重的打了自己的左腿，像是要把它打廢。

「你住手！」小維捉住他的手：「你的腿還沒完全好呢！」

「這樣的腿有什麼用?既不能跑、也不能跳，等於是個廢人。」醫生說過，阿進的命是保了，腿也留下來了，但是左腿完全沒有了功能，連走都不行，只是留著，沒有鋸掉而已。

這件事，他一直不去提，就是不想讓他傷心，而現在阿進自己主動提起，小維也很難受。

「可是你活下來了……」

「這樣活著有個屁用!」

小維再也忍無可忍，他咆哮起來：「你知道大家費了多少功夫，才能保住你的命、保住你的腿嗎?」

「這樣的腿，又有什麼用呢?」阿進也沒好脾氣，他怒道：「走不能走，跳不能跳，比爛掉還沒用!」

小維憤怒的道：「你知不知道為了保住你這條腿，不讓你的腿被鋸掉，大家做了多少事?」

「你們沒有盡力吧?」阿進吐出：「你們根本不想救我，你們是故意看我這樣子的吧?」

小維的眼睛睜得好大，他雖然嘴賤，有時候也沒好話，但卻是心存感激的。他很清楚這裡的人在阿進身上動用了多少寶貴的醫療資源，每一劑消炎藥，或是一塊紗布，對他們來說，都是很珍貴的，因為長期在這裡面對戰爭，所以這些資源極其稀少。醫生想盡辦法，在不把阿進的腿割除的前提之下，又要維持他的性命，連續四十八小時沒有闔眼休息，而阿進醒來之後，卻對這些付出一點感覺都沒有。

「你在說什麼？」

「你們是故意的，根本不想讓我好好活著，就故意讓我爛條腿，擺明了是要看我笑話！」

小維憤怒的舉起手，重重的往前一擊！

拳頭沒有落在阿進的身上，而是落在他身後的牆壁，發出好大的聲響，小維氣急敗壞的道：「對，你的腿不管怎麼樣，跛了也好、瘸了也好、爛了也好，都不關我們的事，你這種人就只配這樣的腿。」

尖銳的話刺疼了阿進，他叫了一聲，往小維撲了過去，小維輕鬆一閃，阿進跌在地上，這一跌，連他的尊嚴也跌碎了。

什麼自尊、什麼驕傲，那些身為人的特質，他一項也沒有了。

「起來啊！你起來啊！」小維故意往他的痛裡扎。

「怎麼了？」李玉仙和鮑大平跑了進來，他們剛在外面就聽到動靜，現在聽到有聲音，急忙衝了過來。

只見阿進趴在地上，想要爬起來，卻只剩一條腿，又還沒完全恢復，他靠著牆想要站起來，一個不穩，再度跌坐在地上。

他的一點驕傲，全部粉碎。

「出去！」阿進高喊！「全部都給我出去！」

李玉仙和鮑大平兩人面面相覷，面對阿進的憤怒，也不是不能理解，在這種情況下，他們只好先行離開，小維也跟了出來，在其他人都走出房間後，傳來阿進崩潰的哭叫聲。

他生命中的重要東西，被剝奪了，不管是腿還是自尊。

小維走到外面，呼出一口氣。

李玉仙也不知道該說些什麼。能做的，他們都做了。她伸出手，拍了拍小維的肩膀。

小維看著天空，他知道這不是阿進的錯，也不是他的錯，那……是誰的錯？

除了走到哪裡都有人監視，不然，他還算自由。阿晃走在滿星疊裡，看著住在這裡的人，跟昆沙說話時泰然自若，很難想像昆沙殺人時的狠勁。瞧他跟街道上的人打招呼，就像村長跟村民般熱情，完全是另外一個樣貌。

究竟，哪個才是昆沙的真面目呢？

在滿星疊裡，雖然部隊和老百姓是混雜的，不過在活動範圍上，還是有所區分，規矩也好，默契也好，軍事基地是嚴格進入的。那他這個外來者就更不用講了，他的身分不明，光站在基地前面多望了幾眼，就被最近一直監視他的小崔吩咐：「欸！別待在這裡。」

他從眼角餘光看到昆沙和部下踏入那道圍牆，大門就關上了，而門外也有士兵看守，門禁森嚴。

阿晃也不想惹麻煩，他來到了學校，看到自己親手蓋的教室，在完工之後，已經有學生和老師開始在裡面上課。

教室裡的女老師溫柔而清脆的聲音傳了出來，他的心頭一動。趁著學校下課，學生跑到外頭玩耍，他走進了教室，坐在椅子上，摸著略顯粗糙的桌椅。就是這個感覺，這個記憶，讓他想起小時候走了一個多鐘頭的路，抵達教室之後，第一件事就是先趴在桌上睡覺……

女老師見到他，還有小崔，也不緊張，朝他們一笑，然後離開教室。

「幹嘛呢？年紀這麼大了，還坐在這，不嫌桌子小嗎？」小崔打趣著。雖然參謀長叫他監視這個外來者，不過這幾天，都看不出阿晃有什麼異狀，兩人年紀相仿，反而熟識了起來。

阿晃抱住桌子，他人大，桌子小，模樣看起來有點滑稽，他悠悠的道：「我也在這種桌子跟椅子上坐過……」

「你以前在哪？」

阿晃沒有回答，他只是把臉趴在桌上，看著教室外面跑來跑去的學生，思緒變得恍惚。

那時候，即使大家都來自山上，但失去父母的他，在同學之間也常常遭到冷眼，一個人勢單力薄，而小貞會跳出來為他護航……小貞不知道怎麼樣了？他能夠想到的親人，就只有她了。

孫斌從教室外面走過，見到他，阿晃立刻正襟危坐，孫斌走了進來，阿晃馬上站了起來。

他在師長面前，都是聽話的好學生，更不用說孫斌還是校長，這陣子對他也很照顧。

「過來瞧瞧你蓋的教室啊？」孫斌笑吟吟的道。

「是啊！」阿晃有點不好意思。

「這教育是百年大計，要教好小孩，首先就是要提供一個適當的場所，所以你不要以為你只是蓋了間教室，你是在幫助這些孩子，可以說是功德一件。」孫斌果然有校長的氣質，阿晃知道他是個讀書人，見到他就開始說教。

「是、是……」

「我看你跟小孩相處得不錯，又識字，你要不要來這裡教書？」孫斌見他有時候會教一些小孩認字，頗為驚訝！

「啊？」阿晃吃了一驚。

「我看我跟參謀長提一下，說不定可以讓你來這邊幫忙。」孫斌真的開始思索起來。

「我、不行……我沒有辦法……」阿晃連忙拒絕。

「都還沒試，你怎麼知道沒有辦法？我們這裡也缺識字的人，你應該來這裡教書，你就不要推託了。」孫斌開始盤算。

阿晃知道自己在這裡是個敏感人物，雖然不知道張蘇泉對他有什麼打算，不過他並不打算招搖。

「參謀長不會同意的。」他急道。

「我去跟他說一下，包準他會放人。」孫斌不知道他的來歷，熱心的道。

「別、不用了。」

「別再推託了，來來來，你跟著我一起去。」孫斌說著，拉起他的手就要去找張蘇泉，面對這樣的盛情，阿晃很難推辭，他求救地望了小崔一眼，小崔跟在他的身後，還吹著口哨，反正不關他的事。

孫斌拉著阿晃就往指揮部走，這時候張蘇泉不是在指揮部，就是在村子中心的軍事基地，所以很好找人。

還沒走到指揮部，就聽到遠處有槍擊聲，阿晃警戒的往東北方看，原本在街道行走的人，也很熟悉的跑進離他們最近的建築物尋求庇護，而軍人們則迅速歸隊。倒是小崔，遇到這種狀況，有點無措，照理說他應該回到部隊，而他現在的任務卻是跟緊阿晃，有些兩難。

孫斌也過來了，他和那些老師將小孩子引導到安全的地方，阿晃則協助他們，學校外面已經開始有軍隊佈署，並朝東北方而去。

阿晃跟著孫斌，還有師生們來到避難所，那是在學校後山所挖出來的一個空間，在設計的時候，有經過考量，可以容納全校師生，所以阿晃跟著孫斌來到避難所，空間綽綽有餘。

師生們進到避難所時，也沒什麼太大的反應，畢竟這片區域常有戰爭，只要村子外頭一有動靜，他們就會跑到這裡來避難，習以為常。

「小朋友，大家在這裡好好待著，聽老師的話，不要亂跑……」孫斌敞開嗓子，才開始吩咐，未料，在避難所裡，冒出五、六個拿著槍枝的大漢，全都對著他們。

孫斌停止了說話，阿晃也不敢置信的看著他們，誰都沒想到，在視為安全的避難所裡，竟然有敵人？莫非……有人滲入了滿星疊？

「你們……你們是什麼人？」孫斌喊了起來！

有幾個孩童害怕的往出口跑，而在出口那也有十多個拿著槍枝的人對著他們！阿晃趕緊跑到那些人的面前，企圖阻止他們。

「不要傷害他們！」他也不知道對方聽不聽得懂他的話。

「你也在這裡啊！」

熟悉的聲音傳來，阿晃定睛一看——

「周林？」孫斌喊了起來！「你在做什麼？這些人……這些到底是什麼人？」他

又驚又怒，將槍口對著他們的周林，顯然跟對方是一伙的。

「啊！你也應該很熟的嘛？」周林咧嘴而笑，指著旁邊的旺卡。

「你……你竟然跟馬幫在一起？」

此刻的周林和旺卡兩人似是形成同盟，旺卡冷冷的道：「你們破壞我的好事，把我的重要客人趕走……」他拿著槍瞄準一個小男孩，小男孩退到阿晃的身後。「這筆帳，我們得算算。」

「有什麼事，你找我們，為什麼要抓這些小孩子？」孫斌氣惱的道。

「這得問問你們自己人。」旺卡咧嘴而笑。

「周林，你……」

「媽的！在指揮官底下做那麼久的事，竟然因為他的關係，就把我以前的功勞全部抹殺，我不找你們算帳怎麼行？」周林生氣的道。

那夜，他被帶走後，軍有軍規，奸殺擄掠者一律處以重刑，他知道待在滿星疊裡，一定會受到嚴厲的處罰，於是連夜逃走了。

想到自己付出那麼多，結果張蘇泉竟然因為一件小事就要懲罰他。所以他逃跑了幾天，找到了旺卡。他知道旺卡對昆沙一向不滿，以前的事就不用說了，最近，昆沙為了阻止他跟巴勃羅的交易，還在他們見面地點搗亂，不讓旺卡和巴勃羅的交易順利進行，他相信旺卡對這點恨之入骨。

果然，在找到旺卡之後，道明來意，旺卡馬上接受，而且周林還提供了滿星疊的地理位置，利用聲東擊西的方式，果然，昆沙的軍隊在聽到動亂，往東北方移動，而他則帶著旺卡等人來到這裡，因為他知道在這個避難所裡，都是學校的師生，沒有抵抗能力。

「你這個喪盡天良的人，參謀長判你那樣已經夠輕了，你怎麼還能夠……」孫斌話還沒說完，周林就衝上去揍了他一拳，孫斌疼的在地上打滾，阿晃連忙將他扶起來。

「少在那邊講這些有的沒有的，滿嘴的仁義道德，老子不爽你很久了。」周林掏了掏耳朵，對他而言，孫斌說的那些話就像是耳屎。

阿晃盯著周林，仇人相見，分外眼紅，想起伊娜，阿晃恨不得衝上去，將這個禽獸殺了，不過他知道，跟自己的情緒比起來，後面數十個人的生命更重要。

「抓這些女人和小孩做什麼？放他們走！」他試圖跟他們談判。

像是聽了笑話似的，周林笑得前俯後仰。

「你以為我傻啊？放他們走？那就少了籌碼。除非……」他露出詭異的笑容。「你過來舔我的鞋子。」他伸長了腳，等著阿晃過來。

孫斌聞言，大罵：「周林，你不要太過分！」

「這裡沒有你這個老頭子說話的份！」周林完全把這次的突襲，當作個人的挾怨報復。

阿晃為難了。

他知道周林根本不會放過這些人，他所提出的條件無異是要羞辱他，周林見他不動，朝那群師生開了一槍！開始有小孩子大哭起來，哭聲不絕於耳，沒有人傷亡，但多數的小孩都被槍聲嚇哭，全都擠在一起，五、六名老師連忙安撫他們，冀盼著有人能來解救他們。

阿晃見狀，只好說：「我知道了！你住手。」

周林收起槍，指了指自己的腳，阿晃只好走過去，孫斌還在一旁阻止：「別……別過去！」

「快啊！」周林催促著。

為了這群師生的安危，阿晃只好忍著怒意，走過去，在周林的面前蹲了下來，旺卡等人沒有講話，他們都覺得這十分有趣，每個人都在看好戲。

周林把腳抬了起來，催促他趕快舔，連小崔都看不過去了，他站了出來：「周林，你別這樣！大家都是兄弟……」

「誰跟你是兄弟啊？每天都要看參謀長跟指揮官的臉色，已經受夠了！」

「你……」小崔氣得臉都發白。但他身上的槍已經被收走，要不然他一定教訓周林！

周林將腳放到阿晃的面前，企圖塞進他的嘴巴，旺卡這邊的人哄然大笑，阿晃捉住他的腳，也不敢有太大的動作……

槍聲伴隨著幾聲慘叫，眾人正在錯愕，阿晃見機不可失，他猛的反擊！將周林擊倒在地，周林大叫一聲，手上的手槍還擦槍走火，子彈射到旺卡的腳骨，他粗魯的罵出一連串髒話，想要找出突襲者，不過，突襲的人顯然不給他機會，又射出數十發的子彈。

而在避難所裡的老師，有男有女，見救援已到，開始朝避難所裡，持槍劫持他們的敵兵反擊！那些人沒想到人質會反擊，他們的槍枝被奪，人也被打到在地上！

「走！」旺卡發現不對，保命要緊，他一聲令下，所有的手下忙跟他離開。

周林見靠山跑走，他連忙大叫：「旺卡！你這個懦夫！不、不準走！」他所帶來的人一哄而散！

而周林見到隨之出現的人，眼睛睜得好大，渾身開始發抖。

「總……總指揮……」

昆沙站在他面前，身後有許多大兵，氣勢凜然，臉色深沉。他看了一下狀況，避難所裡的匪徒已經有士兵進去收拾他們，師生平安無事，他問：「孩子們呢？」

「孩子們……沒事。」孫斌開口。

「帶他們回去。」

一部分的士兵們護送著小孩回到村莊，而方才跟匪徒扭打的老師，有兩個受傷，也被帶去治療，而那些來不及逃走的匪徒，則由另外的士兵抓起來。

見小孩都已經離開，昆沙掏出手槍，對準了周林，周林見狀，驚恐的喊了起來：

「饒……饒命，不……不要啊——」

語音未歇，槍聲已落。

阿晃沒有出聲，他算是見識了昆沙的殘忍，卻不覺得昆沙有錯，這樣的人渣，多活著一天都是浪費。

見到周林被殺，沒有人說話，一切都是他咎由自取。

小崔跑到他身邊，眼神變得不太一樣，剛才阿晃為了保護小孩做了什麼事，他看在眼底。

昆沙走了過來，問：「你叫什麼名字？」

「他叫阿晃啦！」小崔替他回答，語氣熱忱。

「沒問你呢！」昆沙瞪了他一眼，小崔吐了吐舌頭，不敢造次。而昆沙則盯著他，像是要把人看穿，不由得嚥了口唾液。最後，他終於開口：「先回去休息吧！」

嘩啦！

阿晃拿起肥皂，在身上用力搓洗著，他許久沒有真正洗過澡，身上都臭的不成樣，而繃帶在洗澡前也被他扯下，丟在旁邊。他裸著上身，看到身上大小不一的傷痕，蜿蜒扭曲，有的像是蚯蚓，又像是蜈蚣似的，牢牢的咬住他，這些傷勢，都是他生命中的一部分。

他終於離開大牢，不再是階下囚，能夠好好洗上一個澡，算是對他身分的轉變與肯定。洗好澡之後，他換上為他準備的乾淨衣服，來到外頭，在那裡，張蘇泉和小崔正在聊天呢！

「出來了啊！」小崔開心的招呼。

「欸。」

「等會好好的去吃一頓。」小崔沒有跟他說，方才張蘇泉交代他還是得盯著阿晃，不過，已經不用再像之前持槍並且亦步亦趨，只要注意他有沒有對滿星疊造成威脅即可。

「嗯？」

「總指揮要跟你一起吃飯呢！這可是莫大的光榮。」小崔看起來很羨慕。

「什麼？」

張蘇泉搭上他的肩，說：「總指揮想要好好謝謝你。」他指著一旁跑過去的小孩。那些被救出來的小孩，似乎已經忘了剛才發生的事，玩了起來。

「我並沒有做什麼……」

「你守護了他們。」

阿晃還記得那份恥辱。他已經盡他最大的力量去守護他們，如果那份恥辱，可以換得那些孩子們的安全，那也是值得的。

「對了，昆……總指揮怎麼會在那邊？」他記得他親眼看見昆沙率領著士兵往村子外面移動。

「之前沒有處決周林，是想說他對滿星疊有功，估且饒過他一條命，沒想到他卻趁著監控他的人不注意的時候逃跑，還好很快就發現不對勁，找到了他，同時也發現他跟馬幫有接觸。那些馬幫跟滿星疊有仇，所以我們已經提高了警戒，在發現是聲東擊西時，才能這麼快回來。」張蘇泉簡單解釋。

阿晃恍然大悟，要不然，他恐怕早死在周林的手下了。

他不禁想起伊娜，這樣也可告慰她在天之靈了。

「報告！」一名小兵跑了過來。「參謀長，總指揮請你們過去。」

「我知道了。」張蘇泉看著阿晃。「走吧！」

阿晃也沒有拒絕的理由，只得跟著他走，他來到了昆沙的屋子，是滿星疊裡警戒相當嚴密的地方，這裡跟其他地方相較起來，較為寬敞，擺設簡單，透出陽剛氣息，阿晃直接被帶到用餐的地方，昆沙和其他幾名軍官已經坐在裡頭，連孫斌也在，孫斌看到他的時候，笑咪咪的。

幾個人不知道在講什麼？見到他們來，互相行禮之後，張蘇泉讓阿晃坐在安排好的座位上。

桌上有不少食物，稱不上是山珍海味，但都算是用了心做的。昆沙招呼大伙用餐，在他下箸之後，其他人才開始動筷。

「你叫阿晃是吧？」昆沙將注意力放到他身上。

「是。」
「我代替學校謝謝你。」昆沙舉起手中的酒。
阿晃也舉起面前的酒，算是禮貌示好。聞言，孫斌也拿起面前的杯子，對他說：
「今天真是九死一生，謝謝你啊！阿晃。」
「校長言重了。」阿晃拘謹的道。
「你做了什麼，我們可是看在眼裡。」孫斌笑臉吟吟。
「是啊！你守護了村裡的孩子，光這一點，就值得敬你一杯。」昆沙飲盡杯中的酒，又道：「有一點我想弄清楚，你既然不是旺卡的人，為什麼會在他的手上？」
阿晃沒有忘記他五花大綁，被昆沙等人帶走的狼狽模樣。
「我……我也不知道。」他老實的回答。
昆沙又想追問，孫斌替他說話了：「旺卡那種人，要殺就殺，要抓就抓，哪知道為什麼被逮？還好他遇到了總指揮，解救了他，要不然落在旺卡的手裡，恐怕也是死路一條。」
這點連阿晃也沒意見，孫斌這話倒是中肯。
「你從哪兒來啊？」昆沙又問。
阿晃緊閉嘴巴，這昆沙在台灣的名聲也不怎麼樣，雖然目前他們平起平坐，不過，他很難吐露自己真正的身分。
「看你這模樣，你是哪路軍隊所留下的孩子嗎？」其中一名看起來很蒼老的軍官問道。

阿晃知道，在這塊地區有很多都是李國輝和譚忠從雲南所帶出來的部隊。後來雖然有撤軍的行動，但許多三軍、五軍的士兵，都認為有蔣介石的口喻，要他們留守伺機反攻，所以在這裡仍有李文煥的三軍、段希文的五軍，這些孤軍留在這塊區域。

縱使這些年來，因為種種原因，兩軍有些心結，但在存亡之際，仍然是最忠實的戰友，一九七〇年，泰國的境內反對勢力趁機崛起，李文煥、段希文的軍隊被泰國收編，幫助泰國清剿了叛軍，得以獲地屯墾。而在這塊區域，仍有散落的國軍身影。

阿晃和那些國軍的年紀有段差距，如果冒充是當時孤軍所留下的孩子也說得過去。

他沒有說話，而那軍官卻以為自己說對了，他嘆道：「不容易啊！能活到這麼大。」

「是啊！」其他人也跟著附和。

「哎！」其中一個軍官突然嘆氣起來。「我的孩子要是沒丟的話，也像他這麼大了。」

「那也是無可奈何的啊……」旁邊的人安慰他。

「孩子的娘死了，我又得上戰場，不把他丟掉的話……哎哎……」那個軍官突然抹起淚來，氣氛一下變得低靡。

張蘇泉見狀，遂道：「大伙說這做什麼呢？不是說要開開心，吃個飯嗎？怎麼這麼感傷？」

「是啊！把旺卡這個馬幫趕走，又解決了周林這叛徒，應該是開心的事，就別再說這些讓人不開心的話了。」孫斌也道。

「對了！」昆沙開口，他對阿晃說道：「過兩天，你跟參謀長去執行個任務吧！」

「什麼？」阿晃有點錯愕。

「我想結合這裡的幾股勢力，像是這裡的馬幫，還有當地的一些自衛隊，讓撣邦統一起來，不過有些人馬始終不肯答應，又發生了一點事……」昆沙皺起眉頭，昆沙將頭轉向張蘇泉，道：「金皓那件事，李玉仙他們還有什麼反應嗎？」

張蘇泉沉吟道：「估計對我們也是有些忌諱，都過了這麼久了，也沒反應。」

「那你把阿晃帶去一趟，再去跟他們談一下。」

「明白。」張蘇泉明白，現在正是用人之時，阿晃雖然說不出他的來歷，但他對滿星疊的貢獻，眾人倒是看得清清楚楚，昆沙想要用他，也可以理解。

「什麼？」阿晃突然覺得，他好像來到了鴻門宴？

孫斌笑吟吟的道：「好好表現啊！」

——

黃江海看著自己所處的地方，很明顯的，他被關在地牢，這下，他可明白階下囚的滋味了。沒想到他竟然會淪落到這個地步？
當初接受命令的時候，他還自信滿滿，要把這些來自台灣，對黨國造成威脅的突擊隊員都能抓回去，他必須守護自己的國土。
現在不只武器毀了，帶的部隊沒了，他還被關在這裡。
遠處有小孩子在笑著呢！
被關在牢裡的黃江海，不斷聽到外頭的聲音，在這裡已經被關了幾天，除了按時送飯，還有外頭守著的人，其他的人沒來找他，不知道是不是忘了他的存在？還是他們對他另有打算？
他感到又悶又熱，而且這裡又髒又臭，三不五時還有老鼠出沒，他不斷忍耐，同時，他也沒讓自己閒著，他觀察著周遭，他發現中午送飯的人過來時，門口的守衛會離開，而送飯的人將飯放著之後，約過一個鐘頭，門口的守衛才會回來。
也就是送飯的這段時間，警衛較為鬆散，他心中有了計畫，也不知可不可行，但總得試試看。
今兒個他看時間差不多了，便耐著性子，等候中午到來，等到送飯時間，一個男人拿著飯菜過來，和門口的守衛講了幾句，守衛離開了，那個男人走了進來。
黃江海被關在牢裡，而那個男人通常是隔著牢籠，將飯菜伸進來，等下一頓送飯時，才將上一頓的飯盒拿走。
這次，送飯的人又過來了，黃江海躺在地上，一動也不動。送飯的人講了一串話，他聽也聽不懂，他毫無反應。對方不知道拿了什麼，丟到他的後腦勺，好痛！即便如此，黃江海還是紋風不動。

他要走了嗎？黃江海有點擔憂，如果對方離開的話，他的計畫就無法成功，也不能在短時間之內離開這裡。他知道這很冒險，還是決定孤注一擲。

他聽到牢籠被打開的聲音，很好，他的毫無反應終於成功引起對方的注意了，他一動也不動，就是為了吸引對方過來，等到對方彎腰，要來查看時，他算好距離，猛的給對方一擊！在最短的時間內，他重擊對方的頭部要害！

對方也不是省油的燈，見被突襲，伸手向腰際摸去，黃江海的動作比他更快，他一掃腿，絆倒了對方，再抽出他的手槍，往他的腦袋一擊！這下，對方終於昏了過去！

他不敢現在就開槍，要是槍聲引來其他人的話，會更麻煩。黃江海趕緊將他的衣服剝了下來，和他交換衣服，然後走出牢籠。

小維躺在地上，看著天空，這幾天，他的臉色很臭，不要說其他的人，就連鮑大平也是，除非是不得已，不然也不會跟他講話。

這幾天還是小維在照顧阿進，兩人同處一室，原本是想說兩人認識，彼此有個照應，然而和阿進在一起時，氣氛冰冷到他這個平常不給人好臉色的人，都覺得不適應了。原來自己以前給人的感覺是這樣啊？這是報應吧？兩人一言不合就針鋒相對，所以萬不得已，小維幾乎不跟阿進說話。看在他受傷的份上，他沒有跟他計較，否則，現在的阿進根本打不過他。

李玉仙走了過來，居高臨下看著他。

「怎麼在這裡？」

小維坐了起來，憤憤的道：「不然在屋子裡，跟他吵架嗎？」光是早上該換藥，他一開口，阿進就沒好口氣，小維索性將藥丟給他，轉身就走，反正換個藥而已，阿進是斷腳不是斷手，這一點沒問題的。

「他受傷了，心情不好。你就多讓著他。」李玉仙看得很開，這種事，她見多了。

「他的腿斷了，是我們害的嗎？要算帳也應該去找解放軍啊！」小維憤憤的道。

「他最生氣的，其實是自己。」

小維有些錯愕的看著她，李玉仙的話似乎讓他有了什麼省悟……這時候，有人跑了過來，驚慌失措的報告：「不好了！那個被關的解放軍不見了！」

李玉仙臉色一變：「去把他搜出來！」她高喊起來！

村子立刻警戒起來，婦女把小孩和老人帶進屋子裡，而有防禦能力的，全部都立即就定位，這時候也無所謂男人或女人，只要有本事的，全都出馬。

小維也緊張起來，誰知道那個解放軍會幹出什麼事？他跟著其他人搜尋起來。

村子說大不大，說小不小，想要找到一個人，也不容易，何況村子裡房舍不少，如果黃江海逃出去，回到解放軍那邊的話，更是個麻煩，他們得在他還沒跑走之前，將他活逮。

小維拿著配給的武器，伙同其他人在村內找尋黃江海。大伙如臨大敵，不敢輕忽，鮑大平率領一票人到村莊外面搜索，李玉仙則和其他人在村內搜尋。

小維加入行列，找了一會兒都不見蹤影，聚在一起的時候，小維道：「這個黃江海太狡滑，他一定發現我們正在找他，如果還在村子裡的話，會一直更改躲藏的地方。」

李玉仙也有同感。「現在最重要的，是其他人的安全。」村裡還有不少老弱婦孺。「阿進那邊還好嗎？」李玉仙突然發問。

小維愣了一下，才道：「我去看一下。」

他來到了阿進的房間，走了進去。

「阿進！」

阿進依舊坐在床上，這幾天，他雖然可以下床，但就是不願意移動，無法跑、無法跳的腿，對他來說，相當於廢物。

阿進望了他一眼，見他沒事，小維打算轉身離開，阿進突然開口：「發生什麼事？」

「沒什麼。」小維不打算告訴他。

「因為我瘸了，人沒有用，所以不打算告訴我嗎？」阿進譏誚的道。

小維做了深呼吸，他現在沒空跟他吵架，只道：「你待在屋子裡，哪兒都別去。」這是小維最大的忍耐度了，他大步離開。

小維離開之後，阿進坐在床上，看著窗外，這間屋子的風景很好，從窗戶望出去，就可以看到外面的樹木，還有草地，以前在山上的時候，他在山林裡跑的飛快，他的腿能夠飛快的在草上跑著，還可以爬到樹上，現在再也不行了……

門又打開了。

阿進有點不悅，他以為是小維，正打算說什麼時，看到來人，他的聲音嘎然而止。

阿進撐著拐杖，緩慢的移動，終於出了房間。他被強迫拖行，往前走了幾步，這時，前面一群人圍了過來，幾把步槍對準了他。

「不準動。」

阿進停了下來，而原本頂著他脊椎的手槍，直接對著他的頭顱，而握住手槍的人，正是一群人遍尋不著的黃江海。他將阿進的手扭在身後，讓他動彈不了。

「把阿進放開！」小維看到之後，忍不住大喊。

黃江海捉著阿進，逼他再往前走了兩步，阿進忍著不適，只好再配合走了幾步，他的左腳在這種狀況下，根本是個累贅。

「住手！」小維怒叱。

黃江海開口：「如果不想要他活命的話，就開槍吧！」

「你逃不出去的。」對這個曾經將他逮捕的人，小維對他自然也沒好氣。

「是嗎？」黃江海將阿進的手以不正常的姿勢翻轉，阿進感到相當痛苦，黃江海以此逼迫：「即使這樣也無所謂？」

在李玉仙的指示下，一票人馬將黃江海以放射狀圍繞，黃江海冷眼望著四周，原本，他是想要無聲無息，逃出村子的，但他被發現不見的消息傳得太快，他又不熟悉村子的環境，只能在村子內打轉，而在剛才讓他發現了很好的人質。

他捉著阿進，冷冷的道：「如果你們不在乎他的話，就放馬過來。」

其他人面面相覷，不知道如何是好。阿進等人畢竟還是外來者，若是為了他一個人而危害整個村莊，就說不過去，有幾雙遲疑的眼睛投向了李玉仙。

李玉仙臨危不亂，她企圖穩住情況，她道：「你先把槍放下，他只是個病人。」

「那就是沒什麼用囉？」

阿進恨透了這句話與這種感覺。

其他人七嘴八舌，不知道在跟李玉仙講什麼。小維看得出來，他們對於要不要救人其實很有意見。

黃江海繼續說道：「這幾個人是從海的另外一邊來的，他們的黨根本不知道他們是死是活，在這裡就跟垃圾一樣，你們留著他們，不過是養著一群廢物。」

小維知道他在搞心理戰，他道：「你別想挑撥離間。」

「你覺得他們會為你們而犧牲自己的人嗎？」黃江海冷冷的說。

小維看穿黃江海的意圖，若是再讓他挑撥下去，就算那些聽不懂的，也會被其他人影響，他正準備反擊，李玉仙道：「讓他走。」

所有的人都詫異起來！旁邊的人更是反對，李玉仙依舊堅持，並指示其他人讓出一條路，讓黃江海出去。

黃江海充滿警覺，抓著阿進，慢慢地走了出去，其他的人頗為不滿，有兩個人跑到她身邊抗議：「就這樣讓那個解放軍走了嗎？」

「他帶著一個受傷的人，走不遠的，再說，大平他們在外面啊！」李玉仙從容的道。

阿進已經夠寸步難行了，又被黃江海催促著，他甚為憤怒，又無計可施。他的身體還沒完全復原，根本施展不開拳腳，重傷未癒的他，失去了大部分的力氣，現在只能任人擺佈。

他對自己厭惡到了極點！一隻腳瘸了也就算了，現在甚至還淪落為人質，拖累其他人，他覺得自己糟糕至極。廢物，對，他現在就是個廢物……

黃江海毫不留情，扼住他的脖子就是往前拖，阿進漲紅了臉，道：「你不如殺了我……」

「那樣的話，就太便宜他們了。」這個瘸子是他手上僅存的籌碼。

阿進想要怒吼！卻有點喘不過氣來，黃江海拉著他毫無目的的亂竄，雖然他離開了那些人，但他明白那些人也正在追趕他。在還沒安全之前，他不能鬆懈。

他看著眼前的山林，他們看起來都一樣，想要從追兵的手中逃脫，還需要運氣。冷靜！他可是黃江海啊！

將台灣的人帶回北京，是他的首要任務，不管是完整的還是破碎的，只要還活著就有價值。黃江海捉著阿進，不停的往前走，阿進的腿讓黃江海的行進顯得困難。他曳著阿進，來到外頭，沒想到外頭也有人。

黃江海將阿進推到他的面前，高聲喊著：「不想要他活命的話就出來！」

鮑大平率著手下出現，他看到阿進在黃江海的手裡，也是為難，而小維跟著李玉仙也跑了出來！

「把人放下！」李玉仙舉起槍對著他。

黃江海看著四周，這些人以他為中心，前後都出不去，他無計可施，仍做困獸之鬥。

「你逃不了的。」阿進對他說道。

「誰死誰活，還不知道呢！」黃江海還在企圖為自己找條生路。

是啊！誰死誰活，還不知道呢！阿進心想，反正他現在這模樣，只會成為小維他們的麻煩，不如一死，一了百了。

「我死了的話，你就沒有籌碼了。」阿進嘲諷的道。

「你……」

阿進將黃江海手中的槍，想辦法對著自己的頭，他的腳是廢了沒有錯，但他還有手，唯今，他只求一死，這讓黃江海訝異了！這阿進要是死的話，那他根本活不了，想要拔回手槍，阿進卻將自己的頭對著槍口——

砰！

子彈貫穿阿進的太陽穴，第一個叫出來的是小維，他紅著眼睛，看著眼前發生的一切，而黃江海的驚訝不比他少，人質死了，他還有什麼籌碼呢？

所有的人擁了上去！黃江海隨便發了兩槍，就沒子彈了，小維衝了上來，一拳將他打在地上，黃江海立刻吐出血來，但他不甘束手就縛，奮力抵抗！此時，一名大漢跑了過來，驚慌失措的叫了起來！李玉仙聽了，臉色大變，小維見狀況有異，問道：「怎麼了？」

「緬甸政府軍過來了。」鮑大平焦急的道。

李玉仙率領手下想要回到村莊，還沒抵達之前就停住了，因為她看到政府軍的部隊遠比她想得還要多，而其中甚至還有解放軍的士兵，她明白，這些人是沖著黃江海來的。

不管政府軍還是解放軍，完全不顧村莊裡大多是老弱婦孺，子彈無情的貫穿他們的軀體，鮮血，成了衣服上的裝飾。

哭叫聲不絕於耳，有小的，也有老的，幾個因為戰爭導致殘障的人，在大部分的守衛隊出去之後，保護著僅存的人，他們有的眼睛瞎了一隻，有的只能用一隻手拿著槍，又要裝子彈，根本防守不及，等李玉仙率領著人馬，快趕到村莊時，整個村莊幾乎已經滅絕。

李玉仙看到時，已經來不及了，而緬甸的政府軍發現了李玉仙，立刻轉向他們，原本要對準村子的大砲也掉轉過來……

一聲巨響！十多人立刻炸飛了起來！

緬甸的政府軍開始掃射他們，領頭的似乎認識李玉仙，他一看到她，就吩咐一排士兵，將槍口對著她，鮑大平作戰反應靈活，迅速將她帶開！

不管是村內還是村外，全都哭喊成一片。

那些政府軍目標明顯，他們對著李玉仙的手下無情的掃射，李玉仙等人無力反擊，對方火力太強大，甚至還有大砲，這突如其來的攻擊讓所有的人都慌了！

原本押著黃江海的人見狀，也鬆脫了押解的任務，黃江海趁機逃開，那個人想要捉他，子彈近在咫尺，他也只好跑開。

小維用手上的彈藥射擊，他每發一顆子彈，都正中目標。即便如此，卻無法衝出重圍，小維知道，等到他們手上的彈藥用光時，就是末日。

眼看著自己的手下，還有村人一個個倒下，李玉仙越發焦急，她所守護的正在逐漸失去，她無法完成她對丈夫的承諾……

此刻，另外一波子彈射向了政府軍，稍微消退了對方的射擊，緬甸政府軍和解放軍頗為訝異。

小維看到另外一票人馬出現，他覺得當中的那個人有點眼熟，他不禁張大了眼睛！

「阿晃？」

阿晃身後跟著的那票人馬，像是天降神兵，有效遏止緬甸政府軍和解放軍的攻擊。李玉仙看到出手相救的竟然是……昆沙？她十分錯愕，沒有遲疑太久，她馬上吩咐族人撤退。

李玉仙帶著鮑大平，還有一票手下，在昆沙等人的掩護下向後移動，他們的不足，由軍隊和軍隊去對決。

這不是李玉仙第一次跟昆沙面對面接觸，不過，卻是她第一次心平氣和跟昆沙面對面。她看到她的族人因為受傷而哀嚎，在他們需要治療時，昆沙的醫護資源很快上場，要不然，那些死不了的，只能痛著、叫著……。

她看著這邊這個左臂受傷的，那邊那個右小腿整個不見的，還有，前面那個滿頭都是血、露出兩個眼睛的……。

這些都是他們面對政府軍的圍剿時，所付出的代價。除非不得已，她並不想跟政府軍作對，就是因為她的丈夫現在還在政府軍的手上。如今，軍隊這麼一來，她的丈夫不知道是生還是死？想到這裡，她頹然的坐在地上。

鮑大平想要安慰她，但他這個人上戰場沒問題，對於安慰人這回事，那可比拿槍桿子還沉重。

他剛開口，也不知道該說什麼，又重重嘆了口氣。

而這時候，昆沙走了過來，鮑大平習慣性的拿起槍要防禦，昆沙的手下也拿槍警戒，李玉仙開口了：「大平，住手！」

鮑大平看了她一眼，李玉仙站了起來，見她沒有攻擊性，昆沙也示意底下的人先退一步，他的手放在後面，算是釋出很大的善意，李玉仙也不再像之前那樣的劍拔弩張，昆沙開口：「妳要不要再考慮一下我的提議？」

李玉仙看著他，道：「我答應過他，在他沒回來之前，好好守著他所有的一切……」她有些哽咽。

「你們很有實力，但是，如果碰到像今天這個情況，妳還能守住嗎？」

李玉仙沒有回答，昆沙趁勝追擊：「妳如果跟我們合作，我們也會照顧妳的人，像今天這種狀況，妳還能應付多久？」

李玉仙仍然沒有說話。

昆沙沒有再多言，給她一點思考的時間。他走到受傷的人面前，李玉仙的手下見是他，有的根本不想給他碰，他們沒有忘記，這個人老是來村莊外頭，三不五時就來騷擾，連阿吉也因為如此而失去了他的腳，有的則默默的接受他的幫助，要不然這傷口總是疼的。

李玉仙看在眼底，也沒有多說。她陷入天人交戰，守著村莊，不要輕舉妄動，給村人一個好的生活，這是丈夫在被緬甸政府軍捉走時，交代她的話，她也一直遵從，面對其他人對他們村莊的騷擾，她只採取自衛，而不去挑釁。附近的游擊隊或是馬幫，還不至於對他們造成太大的威脅。

不過，政府軍的話就很難講了，上次還捉走他們的醫生，為了救人，才不得已有那一波的攻擊，順手救了小維他們。而這次來的緬甸政府軍，還夾雜著解放軍……

她突然抬起頭來，問鮑大平：「那個被我們抓起來的人呢？」

鮑大平一愣，突如其來的戰火讓他們喪失了捉捕黃江海的機會，他連忙掃視周遭，都沒有見到他要的人。

李玉仙吸了口氣，再長長的嘆一聲。

黃江海整個人都泡在熱水裡，洗去多日的疲憊，傷勢也有妥善的處理。在牢裡的臭味像是滲入了他的皮膚，不管怎麼洗都洗不乾淨，最後，孫銘弄來了清除異味的花草，放入了熱水中，隨著清新的氣味滲入了他的鼻腔，黃江海才覺得整個人由內而外，真正的乾淨了。

孫銘站在旁邊，等黃江海站起來，他立刻將大毛巾遞了過去，黃江海接過大毛巾，擦乾了身體，換上乾淨的衣服，終於有機會好好跟他說話。

「你們怎麼知道我在那裡？」

「少校被捉的時候，我都看到了。」孫銘說。他的年紀雖還稚嫩，卻已經在黃江海的身邊十年了。從黃江海初任軍職時，他就跟隨在黃江海的身邊。而黃江海的軍旅生涯，他也看在眼裡。

自從黃江海將他從火災中救出來，他就對他死心塌地了。那時候，他只是一個普通的老百姓，跟著父母在街邊做生意，賣點烙餅糊口。而一場大火，燒了他們的攤子，延伸燒到整條街，而眾人對著他們一家人指指點點，憤怒的要求他們負起失火的責任，他的父母受不了指責，上吊自殺了。

而他本來也要追隨父母而去，是黃江海將他救了下來，帶他進入軍中，從此，開啟了另外一段人生。

從此，孫銘就一直跟在黃江海的身邊，知道他被抓之後，就設法跟蹤那群人，知道他被關的地方，之後，再想辦法跟緬甸政府軍周旋，從師部調派了人力與軍力過來，救出黃江海。

黃江海穿好衣服，再從鏡子裡看著自己的儀容，就算現在已經很晚了，他也要求一絲不苟。

「師部那邊……都知道了？」

「是。」

黃江海思索起來，他被緬甸的地方武裝部隊捉去，就算師部不處罰，他也臉上無光。他知道，一定又是師長的面子，保留了他的性命，還給予支援，但這種情面，還能賣幾次？

黃江海吸了口氣，望著鏡中的自己，他道：「安排一下，讓我跟師長聯絡一下。」

「已經安排好了。」

黃江海著裝完畢，孫銘帶著他走進了部隊，這批人馬已經不是他原先帶來的部隊，而是另外一批人馬，那些人看著他，即使只是士兵，他都可以感受到他們投射過來的異樣眼神。

來到通訊部，孫銘開口了：「少校想要通訊。」

「誰啊？」

「這是我們的連長黃少校。」孫銘指著身後的黃江海。

他雖然被救出來，但身上似乎仍然印著「俘虜」兩個字。這對自尊心甚高的他說來，的確是一份恥辱，亟待洗刷。

「我得跟師長聯繫一下，匯報最新情勢。」

那小兵也不再為難，讓黃江海進行通訊，在聯絡師長的隨從官之後，他直接向殿師長匯報了情況。

「很好，江海，我知道你吃了許多苦，主要是在不熟悉的高山之中，原本就有很多的局限。」殿師長在聽了黃江海的報告後，完全沒有責備的意思，反而予以安慰鼓勵：「打仗哪有不損兵折將的，犧牲了一些你連上的弟兄是可以理解的，你不要放在心上。只要堅持下去，帶著我增援你的部隊，最終達成任務，才是重要。」

黃江海聽到師長沒有任何指責，心中寬慰不少：「感謝師長的體諒支持，我一定會照著您與上級領導的意思，務必完成任務，請您放心。」

「對了，有一個新的狀況要讓你知道，」殿師長話鋒一轉：「就是原來被我們破獲的台灣情報局西南情報站，實際負責的頭號人物居然在我們嚴密的逮捕行動中，伺機逃跑了。目前行蹤不明，很可能還是潛伏在這一帶複雜的環境中。上級領導要你特別注意有沒有什麼來歷不明或形跡可疑的分子，只要有所發現，你就一併加以逮捕。記住要捉活的，留個活口，才有價值。」

「是，請師長轉達上級領導，我一定會完成任務，將這位情報站的負責人與台灣的突擊隊員全部捉到，不負領導的期望。」黃江海這句話不只是對殿師長說，也是對自己說。

「昆沙出現了?」傑森上校聽到這個消息,相當訝異。他總是跟在威廉中將身後,但總覺得遠遠跟不上他。

「沒錯,他跟中國那邊開火了。」

傑森上校相當驚訝!他朗聲:「開火?」

「我們發現昆沙的蹤跡,他跟中國,還有緬甸政府軍都打起來了,暴露了他的行蹤,看來我們終於可以解決這號頭痛人物了。」威廉中將看起來自信滿滿。

「你打算怎麼做?」傑森上校有點擔心。

「我們的軍隊正在往他出現的位置移動過去,而且我們也已經通知亞歷山大上將,只要他同意,我們就會把這個大毒梟捉起來!」威廉中將握著拳頭,憤怒的道。他經過大門時,門僮被他的氣勢嚇了一大跳,趕緊拉開門把,免得大門遭殃。

傑森上校跟著他走了出去:「但是昆沙不容易捉住。」這不是他們第一次跟昆沙周旋了。

威廉中將停下腳步,轉身,盯著傑森上校,開口:「捉住昆沙,是我們的重要任務,尤其我又身為將領,不能再讓昆沙繼續傷害我的士兵,這一點,你應該很清楚。」

傑森上校自然很清楚,這幾年,他們的士兵逐漸出現毒癮,體力素質平均往下滑，上層發現不對勁，調查出來發現，原來是毒品在部隊當中蔓延。由於士兵眾多，防不勝防，光是禁止達不到效果。當他們查出有一大部分的毒品來自金三角時，便決定掃蕩毒寇為首要。

「我很清楚，但是……」

「我知道你在擔心什麼。我們有最精良的部隊在這，而且亞歷山大上將已經同意會再派人過來，我們也會跟中國合作，你還有什麼好擔心的呢？」

「中國……」傑森上校不禁啞然了，前陣子他們才跟台灣合作，現在又跟台灣的死對頭合作呢！

在威廉中將的身邊，他明白沒有永遠的敵人，也沒有永遠的朋友，國際上更是如此。

「不過我們跟昆沙交手那麼多次，他又那麼狡猾，這裡還是他的地盤，我覺得……」傑森上校思考起來。

「不要被我們的情緒矇蔽我們的眼睛。」威廉中將道：「捕捉昆沙，勢在必得。」

———

由於村莊被毀，據地失守，李玉仙無可奈何，和鮑大平帶著殘餘的村民，一同來到滿星疊附近的寨子待了下來，至於要不要跟昆沙一起同盟，她還在思索。

丈夫的願望，就是希望跟隨他的這些人，能夠安安靜靜的生活，不過，只要他們跟政府站在對立的立場，這願望……就很難達成。

李玉仙沒有講話，鮑大平也不知道要怎麼幫她。艾小石是他的兄長，李玉仙就是他的嫂子，兄長不在，他只想著怎麼幫兄長照顧嫂子，分擔她的憂慮，其他的，從未多想。

他最常想的，就是在這亂世怎麼活下去？

小維看著那些缺條胳臂斷條腿的百姓，看著他們哀嚎，他想起了阿進，在得知腿廢了之後，嚷著人生都廢了，而在這裡，這種事卻是稀鬆平常，他的心情複雜，殘缺、破碎似乎是常態？

阿晃遞了水過來，在他身邊坐了下來。

「阿進……就這樣走了？」他已經從小維的口中，知道阿進的消息了。

「嗯。」

阿晃感到難受，如果……如果他再早一點過來就好了，那樣的話，阿進是不是就可以挽回一條命？

「我……我太晚來了。」他看著地上發呆。

在寢室裡，跟他交情最好的就是阿進了，以前阿進的奶奶還活著時，他常常帶著奶奶做的點心給大家吃，給阿晃的那一份總是最大份。也許是因為兩人處境相似，都是父母雙亡，他們彼此互動的格外親近。

只是……他連阿進的最後一眼都看不到。如果他是死在最初來到異域時，那也就算了，當發現自己只要再早五分鐘趕到，就可以改變他的命運時，阿晃更加難受了。

「就算你救了他，他也會……也會一心求死。」這樣的死法，似乎對阿進來說，是最好的結局。

死有輕如鴻毛、重若泰山，阿進要的……不過如此吧？

小維看著他，問：「你怎麼會跟他們在一起？」他看著前方正在指揮人員的昆沙，他所帶來的軍力令他瞠目結舌。

阿晃一時很難解釋，只道：「我……算是被他救的吧！」

小維詫異的看著他，他們還來不及交換發生在身上的事，一記聲音傳了過來：「阿晃——」小崔走了過來，手上拿著些藥物。「參謀長說這個給你，他說……你的朋友受了點傷，也上個藥吧！」

「幫我謝謝參謀長。」

「嗯。」

阿晃簡單幫小維包紮之後，帶著他到屋子裡休息，這間房間原本是張蘇泉安排他和小崔所居住的地方。見他遇到熟人，小崔自動讓出來，去別的地方睡了。

夜深人靜時，阿晃和小維則坐在門口，看著月亮。

「回去的話，非得去喝一杯小米酒不可。」小維開口。前提是他們能夠回得去台灣。

「算我一份。」

小維看了他一眼，提醒：「你在昆沙底下做事，要是讓中隊長知道的話……你會完蛋的。」

阿晃自然很明白，陳薰最討厭的就是毒，他身為軍人，雖然沒有辦法像警察在第一線掃蕩毒品，但在軍中，如果有誰吸毒被抓的話，陳薰必定給予重懲，而他一向表現良好，從來沒有讓陳薰失望。

「我會跟中隊長好好解釋。」

「也要回得去再說……」小維自嘲，他喃喃自語著。

阿晃望著月亮，他好想念山上的月亮啊……

小維正準備講些什麼，在他們眼前赫然出現幾把槍桿子！他能做的，就是把手高舉。

領隊持槍的是小崔，他怒視著他們。

「你們要做什麼？」小維怒目而視，小崔走到他面前，生氣的揍了他一拳肚子，憤憤的道：「沒想到你們竟然是解放軍的人。」

「你在胡說什麼？」小維聽到這裡更生氣了。

「只要是解放軍的人，一律殺掉！」小崔生氣極了！他看著阿晃，有種被背叛的感覺，枉費他把他當哥兒們。

「為什麼說我們是解放軍？」阿晃反問。

「你們剛剛說什麼……如果讓誰知道的話，就完蛋了！」

阿晃和小維啞口無言，看來，他們兩人的談話讓小崔誤會了，但又不知道該怎麼說明？畢竟，他們不是解放軍，而是國軍這一點，也不曉得滿星疊的人會怎麼想？國共戰爭後，後期因為為首的段希文以及李文煥不肯撤回台灣，軍餉被蔣介石停止發放，以致有些人為求溫飽，離開部隊和昆沙合作，這些都是阿晃在滿星疊待的日子裡才明白的。

有些人提起這一點就感到氣惱，覺得當初沒有資源，對他們的影響很大。而昆沙因為毒品生意，和三、五軍發生衝突，但對於跑到他這邊的軍人，還是願意收容。這一點一滴的恩怨，以致於阿晃在滿星疊，也不太敢表露自己的身分，盡量低調。

不過，也因為他什麼都不肯說，還是讓張蘇泉保持戒心，雖然讓他一同執行任務，但仍然派小崔監視他們，而小崔在聽到阿晃他們的談話後，就急著要將他們逮捕起來。

「我們絕對不是解放軍，跟你想得不一樣，請不要誤會。」

「你們不用說了！跟我去找參謀長。」小崔生氣極了，帶著士兵，架著兩人，來到了張蘇泉的面前。

「報告！」小崔滿臉怒容，迫不及待的說：「參謀長，這兩個人……是解放軍！」

張蘇泉聽他這麼說，也沒什麼反應，反而道：「你把他們帶來了？正好，我有事想找他們……」

「參謀長！這兩個人是解放軍！」小崔喊得很大聲。

張蘇泉拍了拍他的肩，道：「把他們兩個留下，你先出去。還有，今天的事誰也不准洩露出去。」

「參謀長……」

「出去！」

小崔無可奈何，只好先退下，而另外兩名士兵也離開了，留下阿晃和小維面面相覷。

「參謀長？」阿晃剛開口，就被張蘇泉打斷了：「你們兩個都從台灣過來的？」

阿晃心頭一驚！他什麼都沒說，張蘇泉已經知道了？小維、阿晃兩人互相看了一眼對方，到底是誰把這件事說出去的？

「永泰的人都告訴我了。」他的聲音很輕。

阿晃恍然大悟，原來是李玉仙提供的。

張蘇泉繼續道：「你們已經跟西南情報站的人接觸了，是吧？」

小維和阿晃兩人眼神交流，還在猶豫要不要透露什麼信息，張蘇泉則道：「永泰部落的人把你們送到西南情報站那邊，不過……西南情報站已經不存在了，你們去格蛋灣，肯定見到了什麼人吧？」

「你到底是什麼人？」這次，換小維問他了。

張蘇泉坐了下來，拿起桌上的杯子，斟滿水，喝了一大口，才道：「老曾他還好吧？還有陳哲那小子怎麼樣了？」

阿晃跟小維兩個人更加驚訝了！下巴都快掉了下來。見他們這模樣，張蘇泉笑道：「看來，你們已經跟他們見過面了。」

「你……為什麼認識他們？」阿晃迫不及待的詢問。

「我也是從那邊過來的……原本是……」張蘇泉似乎還有什麼話想說，最後還是停了。

這個消息讓他們大為震撼，說不出話來。

遠遠的，傳來砲火的聲音，聲音很遠，但經歷過戰火的人，只要聽到這等聲響就開始警覺。

張蘇泉敏銳的站了起來，說：「今天這事，你們什麼也不能說出去，知道嗎？」說著，就走了出去。

阿晃看著張蘇泉的背影，他似乎隱藏著比他們更多的祕密……

砲火在大地打了好幾個窟窿，那好不容易長成擎天的樹木倒得倒，沒倒的也傷痕累累，斷枝殘幹，焦土遍野，被流彈或飛濺的火焰摧毀的生物，更是不計其數，人類族

群之間撕裂的傷害，蔓延到了地球萬物。

若從高空看，可以看到人類如蟻，在叢林中竄動，砲火毀滅著大地，任何一點一滴的焚炙都是巨大的毀滅。

兩軍交峙，自然顧不及對土地的溫柔，戰火隆隆，遠近盡是煙硝，槍林彈雨，又豈能顧及白骨遍野？

而在美軍的軍帳裡，一向穩重的威廉中將有點焦慮，照理說，他們應該已經攻下昆沙所處的位置，怎麼等到了這個時刻還沒有消息？他有些不耐煩，踩來踩去，總算，他的副官跑了進來，他急問：「現在怎麼樣了？」

「中將……」副官吞吞吐吐。

「說！」

「我們攻不下……」

「你在胡說什麼？我們有這麼優勢的兵力，怎麼會攻不下？」威廉中將有些生氣了。

「我們寸步難行啊！威廉中將。我們人數雖然多，但是對路況不熟，加上大砲沉重，戰車非常吃力。」副官說明著。

威廉中將臉都變了，他知道這一帶地形崎嶇，山路難行，所以他調來最精良的武器與人員，就是希望能夠克服這點困難，想利用最新科技的武器取得勝利，沒想到仍有無法克服的問題存在。

副官又說了：「還有，我們的士兵來這裡後，就水土不服，前幾天，有八百名的士兵生病，上吐下瀉……」

「這種事你怎麼不早說？」威廉中將怒叱著！

「原本以為是小病，結果人數太多，現在已經不只八百人了……」

「軍中首要就是士兵們的健康，現在他們生病了，要怎麼作戰？」威廉中將氣急敗壞，原本他對這場戰役信心滿滿，但現在狀況頻頻，加上進度緩慢，他的情緒糟透了！

副官被威廉中將罵得不敢吭聲，從外面進來的傑森上校適時拯救了他：「威廉中將，我們得談談。」

威廉中將見他臉色嚴峻，一定有要事，他吩咐副官下去，傑森上校說了：「中將，我們得撤退。」

「撤退？你說什麼？」威廉中將相當不悅。

「我跟中國那邊談過了，他們表示已經七十二小時了，一點進展都沒有，希望可以保留兵力，等到昆沙出現時再逮他。」

「亂來！」威廉中將氣極敗壞的道：「我們當初同意合作，就是要把這個毒梟逮捕，怎麼能夠出爾反爾？中國人太不守信用了！」除了亞歷山大上將派來美國的士兵，就連中國方面，他們也有交涉，希望能夠透過中國對亞洲的地理位置熟悉度，幫助他們。

「我覺得……他們對於逮捕昆沙這一點，沒有跟我們一樣的理念，您還記得我們第一次跟中國的楊上校在一起時，他說的那句話嗎？他說：『反正昆沙只會賣鴉片給西方人』。」

「只會賣鴉片給西方人……」威廉中將喃喃咀嚼這句話，突然醒了過來。「那是英國，不是美國！」

「對他們來說，英國、美國都是一樣的。」傑森上校提醒。

兩百多年前，英國的東印度公司在跟中國貿易的時候，表面上是進行茶葉交易，事實上卻開始販售鴉片。

那是一段烏煙瘴氣的歷史，是中國四分五裂，同時也是走向近代的時刻，就算他是美國人，但也對中國和英國的歷史有一定程度的了解。他突然明白，中國雖然對昆沙相當忌憚，但在毒品銷售給外國人這一點上，卻沒有持反對意見與反感，他們要的，最主要是消滅昆沙的勢力，緝毒反而是其次。

威廉中將坐了下來，想起在和楊上校討論圍剿昆沙時，對方那副似笑非笑的表情，終於得到解答。

雖然楊上校同意跟威廉中將合作，不過，配合度卻不怎麼積極。楊上校哪管他們是英國人還是美國人，對中國人來說，那段侵門踏戶的歷史，民族自尊仍感到屈辱，這次的消極性配合，不過是剛好而已。

威廉中將拿起桌上的咖啡，啜飲了一口，已經變冷了。

心，也涼了。

戰火攻擊著滿星疊，從高空看，就像無數的火花被茂密的叢林吞噬，一場突如其來的大雨更是打消了士兵們的作戰意願，在大雨滂沱中，美國軍隊發揮不了戰力，加上潮濕及叢林，戰力變得薄弱。生病的人數從八百上升到逾千人以上，甚至還有傳染病。

這一波的傳染病讓軍醫束手無策，就算武器與兵力精良，也只能先叫停。威廉中將就算再焦急，也無可奈何。原本旺盛的鬥志，因著接二連三的失敗而消滅。

在連續攻擊了一百多個小時後，那槍火聲漸息，大砲也撤出了叢林。

有經驗的人在聽到聲音之後，知道戰爭即將結束，開始恢復正常生活。待雨過天晴，戰事亦息，滿星疊本營以及大大小小寨子裡的人，把那被子彈破壞的地方進行修補，還有掉在地上，沒有爆破的炸彈清除。這種危險的事情，不可能由一般民眾來做，阿晃、小維也被叫去幫忙，把能清的砲火殘餘清走，有的砸地面砸得太深，確認沒有危險，也只能先擱置。走在街道上，如果看到幾門火砲，也是正常的。

人員雖有傷亡，但都不算大，而在美軍的攻擊下，離滿星疊本部最遠的寨子，約兩、三百人全都撤到其他地方，大部分地方都還保留實力。

而昆沙並不在本部，從美軍一開始攻擊時，他就出去迎戰了，留張蘇泉在滿星疊指揮。

阿晃不知道昆沙的狀況，一方面，他希望這個毒梟能夠被捕，免得危害世人，然而，他如果被逮捕，眼前的這些人又該何去何從？

他努力將地上的危險物品都清除乾淨，還給村莊一片平靜，終於，孩童出來跑跳，街上開始有了歡笑聲，好像前幾天的那些戰火都沒有發生一樣。

阿晃和小維坐在街邊，嚼食當地民眾做的點心，慶祝砲火遠離。還不到用餐時間，吃這個只是解饞，跟在山林時有一頓、沒一頓的相比，他們在滿星疊的日子並不會太難過。

只是……什麼時候才能夠回家？

在這裡待久了，都忘了自己是台灣人，雖然日子過得刻苦，但也算安定。

「總算停火了。」阿晃喃喃念著。家啊……

「他們打不進來，如果……我們沒有人帶，想要出去的話，也很困難。」小維說著。

「這裡的確不好進來。」阿晃記得當初他被帶進來時，也是山路蜿蜒，有些甚至稱不上路，只是條勉強能夠前進的地方。如果車子想要出入，還要走另外的路，也因為如此，所以旁人不明白昆沙的大本營確切的位置究竟在哪，更不用說這附近還有七、八個寨子，都屬於昆沙的勢力範圍。

滿星疊這個位置，可是經過特別挑選的啊！

小崔朝他們走了過來，他的臉色不是很好看，自從那晚他被張蘇泉趕了出去，又見阿晃和小維沒事，覺得很悶，他對阿晃失了以前的熱情。要不是張蘇泉叫他過來，他還不想來呢！

「參謀長找你。」他沒好氣的道。

「我？」阿晃一愣。

「對。」

不知道張蘇泉找他有什麼事？阿晃站了起來，跟著小崔前進，而小維則繼續吃著他的點心。

看著小崔的身影，這算是他難得跟小崔在一起的時候，他知道小崔在生他的氣，即便張蘇泉表示他不是解放軍，但小崔還是不太高興。

「小崔……」

「幹嘛啦？」小崔不耐煩的問。

「你……還在生氣？」

「有什麼好氣的？參謀長都說你不是解放軍，我還有什麼好生氣的？」小崔挖苦著。

難得在這裡能夠遇到聊得來的人，阿晃不想他不開心，道：「我也不是故意隱瞞，而是……我有我的苦衷，如果能夠公開的話，你一定是第一個知道的，好嗎？」

聽他這麼說，小崔也軟化下來。

他並不是真正討厭阿晃，而是氣他的隱瞞，每個人多少都有些祕密，他也不是要阿晃非得把祕密公開不可，見他這麼有誠意，算是把他放在心上，加上之前相處的不錯，小崔也有點不好意思。

「你說的喔？」

「對。」

小崔爽朗的笑了起來，道：「好，我相信你！參謀長就在前面，你快點進去吧！」

見小崔接受他了，阿晃也覺得開心，多個朋友總比多個敵人好。他帶著笑容進到了張蘇泉的辦公室，見氣氛嚴肅，他立刻收起笑容，走到張蘇泉面前。

「參謀長。」

「我現在需要你做一件事。」張蘇泉開門見山：「你去幫我找人。」

阿晃一愣，他在這裡人生地不熟的，要去找誰？

「找誰呢？」

「指揮官。」

「啊？」阿晃的眼睛瞪得好大。「什麼？」

「我要你代替我去找指揮官。」

阿晃錯愕的看著他，不敢置信。「什……什麼？」

張蘇泉繼續說：「指揮官出去和美國人開火，後來就失去聯絡了。不只指揮官，隸屬於指揮官的小隊都消失了。本來想說指揮官會自己回來，但這都過幾天了，他還沒出現，恐怕有意外。為了不讓其他人知道，所以我選擇了你，你帶著你的伙伴，由你們兩個人帶人去尋找指揮官。」

阿晃相當震驚，這可不是小事。他問：「要不要再等等看？」

「指揮官不可能跟我失聯，更何況……已經過了約定好的時間很久了。」張蘇泉露出擔憂。

阿晃相當震驚，他明白昆沙如果不見，在滿星疊一定會引起很大的震撼，但他更驚訝的是：「這事……不是應該找你們自己的人嗎？」

「如果讓其他人知道指揮官不見，將會人心惶惶，指揮官對於這裡的人意義不同……」張蘇泉望著外面，深沉的道：「絕對不能讓他們知道發生什麼事。這次跟九年前的狀況不一樣。」

一九六九年，昆沙被緬甸軍方逮捕，引起不小的風波，而這次，昆沙再度消失，如果沒有處理好的話，將會引起動盪。

「其他人……不會聽我們的話。」

「這部分你不用擔心，他們不會知道任務是什麼？只有你還有小維，還有阿年三個人知道。有什麼事情，你可以找阿年，他會協助你。」

阿年……

阿晃想起那個常在張蘇泉身邊出現的年輕人，長相清癯，年紀看起來和他差不多，卻有著異常的穩重，他見過阿年一、兩次，但談不上什麼交情。

「為什麼要把這個任務交給我？我這一出去……可能就離開了。」

張蘇泉瞅著他，平靜的反問：「你會嗎？」

阿晃沒有回答。

張蘇泉那副眼光，讓他不由得想起了陳薰……好久沒有見到中隊長了，不知道他還好嗎？他們在這裡發生的事情，陳薰會知道嗎？在他的有生之年，還可以見到那個亦師亦父的人嗎？

「報告！」一名小兵站在門口。「他們要走了。」

「我知道了。」張蘇泉站了起來，他道：「我去跟李玉仙道別一下，你要一起去嗎？」

「他們要走了？」

「他們還是不打算跟我們合作啊！」張蘇泉走了出去，阿晃看著他，有點不太清楚他到底是什麼樣的人。

他跟著張蘇泉來到了滿星疊的大門入口，李玉仙和他的人馬準備離開，見張蘇泉過來，她道：「指揮官呢？」語氣也有所不同，不再劍拔弩張。

「指揮官還沒回來。」張蘇泉輕描淡寫。

在美國攻打滿星疊的這幾天，他們也只能留下來，好不容易停火，她決定盡速離開。

「今天天氣變好了，我們要離開了，本來想跟指揮官見個面、說個話的，下次吧！」他們和昆沙之間的敵意，似乎已經消弭許多。

「真的不打算留下來？」張蘇泉又問。他知道李玉仙是股很好的力量，底下的人多能戰鬥，也具有指標性，撣邦許多人也會聽他們的話。對於昆沙想要統一撣邦一事，會是個很大的幫助。

李玉仙搖搖頭。「我會找個地方，等他回來。」原來的地方已經不能使用，她得另起爐灶。

「等指揮官回來，他還是會去找妳的。」張蘇泉提醒。

「到時候再說吧！」李玉仙看到張蘇泉後面的阿晃，開口：「欸！你要在這裡，還是跟我們走？」

這是個很好的機會，可以離開這裡，阿晃張開了口，吐出的卻是：「我……留在這裡。」

「你要在這裡做事嗎？」李玉仙盯著他。

阿晃不願意跟毒扯上關係，急忙道：「不是那樣，是……」

「他是台灣來的，我們不會為難他的。」張蘇泉悄聲的道，不讓太多的人聽到他的聲音。

「那……我們走了。」李玉仙也不再說什麼，她一吆喝，後頭的人開始移動，阿晃在人群當中，看到了失去左腿的阿吉，由他的父親抱著，跟著族人開始移動。

李玉仙跟著張蘇泉所派的人，帶著他們離開了滿星疊。

——

昆沙這個對泰緬滇寮地理位置如此熟悉的人，都會在這裡消失，他們還找得到他嗎？

阿晃覺得希望渺茫，但還是接下這個任務。他帶著張蘇泉給他的部隊，還有小維，以及阿年，往昆沙失蹤的方向前進。

在這之前，他很少跟阿年有過交往，也不太了解他是什麼樣的人，只知道他常在張蘇泉的身邊出現，似乎很受張蘇泉重用。這次在阿年的協助下，他省了很多事。阿年不只幫他張羅了很多，也讓阿晃在這些人的心中迅速建立威信，讓這些人能夠聽他的命令。

這個阿年……真是不簡單啊！

他們走得又熱又渴，小維趁著休息的時間，走到阿晃身邊，壓低聲音抱怨：「你幹嘛答應這個鬼任務呢？」

阿晃檢查手上的武器，預防隨時可能出現的攻擊，他道：「這也……沒辦法啊！」

「什麼沒辦法？你又不用聽從張蘇泉的指揮。」

「是沒錯……」
「那你還答應做什麼？」
他小聲的道：「如果他不見了，這裡……會更亂吧？滿星疊的那些人，就沒辦法過上現在的生活了。」雖然滿星疊的生活品質，也稱不上絕對的優良，但至少安全，還有軍力守護，如果昆沙不在的話，那些人恐怕連現在的生活品質都過不上。
「那不關你的事吧？」小維憤憤不平。
「是不關我的事，算我欠他們的。」在滿星疊的日子，所有事情的點滴，他都看在眼裡，感恩在心裡。
「你……」
當初他一聽到阿晃接下這個任務，就持反對意見，不過阿晃不為所動，而且還要他一同出這趟任務，把小維氣得要死。小維更生氣的是自己，為什麼還答應跟他一同出來？在這兒，他變得越來越不像自己了。
現在當急要務，是想著要怎麼回去台灣吧？怎麼卻拼命給自己找不相關的事，反而離回家的路越來越遠了。
家啊……
他們的家，在大海的那一邊……
看著滿眼的綠意，阿晃不由得想起自己的家鄉，那也是一片同樣的綠意，高低起伏的山巒，卻是截然不同的生長環境。那裡的孩子，為求溫飽而努力；在這裡的孩子，是跟炮火一起長大的。

生存，是唯一的目標。

他們朝北邊，往看見昆沙最後身影的地方而去，在這支部隊中，阿年是唯一知道他們真正任務的人，阿晃走到他身邊悄聲詢問：「你說快到了，你跟指揮官是約在哪裡會合的？」

阿年指著前方，說：「那裡。」阿年說過，在跟美軍作戰的時候，他所屬的小隊跟昆沙約好集合的地點，沒想到等了超過四小時，還沒有接到來自昆沙的消息，他們不敢再耽誤下去，趕緊回去跟張蘇泉報告狀況，才有這次的行動。

阿晃看著四周，這裡跟滿星疊的氣候不同，這片山區陰暗而潮濕，即使頭上有大太陽，但枝葉茂密，陰氣沉沉，如果非不得已，他是不會選擇進入這片山林的。不過，這的確是掩人耳目的好地方。

阿晃不確定昆沙到底發生什麼事。他看著四周，企圖找尋任何可能的線索。

「大家找一下，如果有什麼可疑的狀況，不要衝動，要先回報。」阿晃吩咐著，十來個人倒也聽話，在附近搜尋可疑之處。

小維來到他的身邊，嘴裡還在念著：「在這種鬼地方消失，恐怕會被山給吃了。」

「山不會吃人，人才會。」阿晃有意無意的回了這句。

一行人在附近搜尋，想要尋找蛛絲馬跡，不過之前這裡下過雨，不要說人的痕跡，連動物的痕跡都被雨水沖刷掉了，搜尋無果，他們以會合地為中心，阿晃擴大了範圍搜尋，還是沒有線索。

在附近找了兩個多小時，沒有任何發現，阿晃只好先讓眾人休息。

小維坐下，就道：「這不是找麻煩嗎？」他開始喝水，而這裡蚊子很多，他用手拍打，一掌就打死了三隻蚊子。

阿晃左張右望，道：「阿年呢？」

「還沒回來嗎？」小維也沒看到他的人

「我在附近看一下。」阿晃站了起來。

「別連你自己都消失了。」

阿晃沒有離開太遠，他在附近走動，看著這片山林，想像如果他是昆沙的話，會因為什麼情況而沒有和伙伴會合。一個就是在跟美軍交戰的時候，戰死沙場；另外一種可能就是，他提早到會合的地方，結果遭到埋伏，逼不得已離開了會合地點……

眼角似乎有人影，他喊了起來：「什麼人？」

對方迅速的跑走，阿晃追了上去，而他帶過來的人聽到聲音，也全都往這邊跑，在這片泥濘之地想要追上一個人，比平地困難許多，而對方似乎對地形相當熟悉，眼見就要跑走，小維舉起槍擊中對方！

對方大叫起來！摀著受傷的大腿，還想逃跑，但動作明顯慢了下來，很快地，阿晃一行人追到了他！

「說，是誰派你來的？」

人。」

對方冒出一連串阿晃聽不懂的話，阿年一把上前，揪住了他的頭髮，也丟出一大堆話，雙方都不甘示弱，讓阿晃看得傻了眼，沒想到阿年看起來挺斯文的，碰到敵人可是不留餘地。阿晃仔細看著那個人，覺得那人挺面熟的，終於，他脫口：「他是馬幫的人。」

「你認識？」小維疑惑的問。

「這個傢伙我見過。」他被旺卡那些人捉住時，有兩天的時間和他們面對面，把幾張愛揍他的人的臉瞧得都熟了，而這人就是其中一人。

他忽然想到什麼，抬起頭來，問：「這片山頭……有人居住嗎？」

「這裡是旺卡的地盤。」阿年說明著。「我剛問過了，他是出來巡邏的，結果被我們發現。」

阿晃想起旺卡和昆沙的恩怨，更不用說周林搞出來的事件，如果……旺卡趁著昆沙與美軍在對峙時突襲的話，那昆沙會有勝算嗎？

「我們得過去找他一趟。」阿晃開口。

「這事跟馬幫有什麼關聯？」小維不能理解。

「那傢伙……跟昆沙有仇。」

阿晃和小維、阿年三人商議過後，旺卡所盤據的山頭，就在與昆沙會合的地點附近，更讓他想一探究竟，確認昆沙的失蹤與馬幫有沒有關係。

「能夠問出他們的所在位置嗎？」阿晃問著阿年，想從他們抓的那個人口中套出情報。

「我知道在哪裡，跟我來。」阿年說著，就往前走。

阿年帶著一行人來到了旺卡的山寨外頭，還沒看到寨子，就已經看到哨兵。想要進去似乎有點難度，阿晃和小維討論了一下，決定先在外面觀察，再來擬定方案。

他們從白天等到晚上，只有馬幫的人影，並沒有看到昆沙，卻意外地，發現解放軍的身影！

「啊啊啊！」

無情的鞭子落在身體上，傳來清脆的聲響，在叫聲未息之前，另外一記鞭子又落了下去！完全不給那個人喘氣的機會。

一鞭又一鞭，像有什麼深仇大恨似的，旺卡把情緒全都發洩出來，半晌，他似乎累了，停了下來。

旺卡把鞭子交給身邊的人，咒罵了一聲，說：「我去喝口酒。」說著就離開了。

接過鞭子的阿生，看著躺在地上的柱子，背後鮮血淋漓，不禁搖頭嘆息，他蹲了下來，說：「你怎麼會這麼傻呢？」

「我……嗚嗚嗚……」柱子不斷嗚咽哭泣著。

「你這個樣子，誰也救不了你。」柱子從乾草堆勉強爬起來，捉住阿生，打著同情牌：「阿生，幫幫我，再這樣的話，我會死掉的。」

「那你就不該偷拿貨啊！」

「我……我不知道那貨是要給哥倫比亞人的……」柱子嗚咽著。

「就算不是要給哥倫比亞人的，你也不能動啊！你明明知道頭目最恨的就是馬素那傢伙，你還把貨偷走，拿去賣給他，你不是找死嗎？」阿生搖了搖頭，嘆了口氣。

「我只是……只是……」柱子想為自己做的事辯解，想了半天，卻想不出有什麼話好說？最後只能哭泣。

他真的不知道那個貨是要給哥倫比亞人，如果他知道的話，他怎麼也不敢動啊！他們這裡窮鄉僻壤的，什麼不多，就鴉片最多，不要說自己人，連美國本土，還有哥倫比亞的毒販都很有興趣，紛紛往這裡找貨。他知道有哥倫比亞人要來談生意，只是沒想到是那批藏在山上的貨。

他本來想說拿一點賣給馬素——旺卡的死對頭，賺點錢，就可以過上幾個月的好日子，沒想到竟然會被發現。

算他倒楣，以前偷貨都沒事，就這次偷有事……他如果不離開的話，一定會死的。

「阿生，幫幫我……」他向阿生求情。

「我沒有辦法。」阿生拒絕了。

「難道你要看頭目殺掉我嗎？」

「不會的……」阿生說的有些心虛，這點他可不敢保證，這裡上上下下都知道旺卡最愛的就是財，柱子把旺卡的毒品拿去轉賣，而且還是賣給馬素那個死對頭，旺卡現在還沒把他殺死已經是奇蹟了。恐怕，旺卡是想在他死前先折磨他吧？

「阿生……」

阿生站了起來，準備走出大牢，柱子又再喚了一句：「阿生。」

「做什麼？」

「我有話……想要告訴你。」

「什麼事？」

「你過來一點，我再告訴你。」

聽到這裡，阿生只好湊了過去，他蹲下來，問：「什麼事？」

不待他反應，柱子用盡全身的力氣，搶走他手上的鞭子，很快地，把鞭子當作繩子，圍繞住阿生的脖子，阿生無法呼吸，他漲紅著臉，嘴裡念著：「你……你在做什麼？」

「我在救我自己……」柱子說。

「你……」

「對不起……」柱子淚流滿面。

不到三分鐘，阿生已經沒有了掙扎，他倒在地上，一動也不動，柱子看著他，邊哭邊說：「對不起、對不起……」為了活命，他只能這麼做。

柱子離開大牢，往出口前進。他在這裡待了這麼多年，自然知道東南西北，唯一比較難的，就是寨子人口太多，每個關卡都有人守著，他好不容易跑出屋子，趁著夜色，只要再逃出大門，就可以到外面的世界了。

只是在入口處，有四個人站崗，雖然他們的武器不是最新穎的，很多都是作戰時留下來，或是撿來的，但是要殺人還是沒問題的。

柱子可不想冒險，他拖著疼痛的身體，知道現在如果被抓的話，必死無疑，他必須離開這地方才行。

只是……四周都有人，該怎麼辦啊？

他突然想到，之前有隻野狗跑進寨子裡，被他和阿生發現之後，兩人殺了狗，煮了一鍋當宵夜。而那隻狗是從角落跑進來的。想到這裡，他找到當初那隻野狗進來的狗洞。那是在灌木叢後的一個小洞口，雖然小，不過，他的身型瘦小，說不定可以過得去……

不假思索，他趴在地上，朝洞外爬出去，這狗跑進來得快，人出去的慢，加上身上的傷，讓他齜牙咧嘴，痛苦不已。

柱子在想方設法下，終於將身子鑽出狗洞。還好他身形不大，平常總是被笑又矮又短，不過，這時候反而發揮自身優勢，爬了出去。

柱子再也不願回頭，不想回到那個曾經養他，卻又要殺掉他的旺卡身邊，他拖著疼痛的身子，快步的往前跑。

阿晃一群人待在山寨外面，不敢輕舉妄動。旺卡雖然是個馬幫，但他底下的人具有規模，亦擁有槍械，昆沙失蹤一事還不知道跟他有沒有關係？貿然進去太危險了。況且，在旺卡的地盤上居然還出現解放軍的身影，這太詭異了。他們只能在外頭觀察動靜，等到晚上，再想辦法進去裡頭探狀況。

被他們捉住的那個人在他們的腳邊，嘴巴雖然被綁著，還是咿咿呀呀叫個不停，小維踢了他一腳，念了兩句，對方終於閉上了嘴。

阿晃和小維低語著，卻突然聽到奇怪的聲響。所有人都集中精神，朝著聲音的方向望去，而那聲音，竟然是從旺卡的山寨裡傳出來的。緊接著是幾發子彈的聲音，還有人群的吵嘈聲，他們一行人將身子壓得更低了。

他們屏著氣息，看著眼前發生的事，很快地，從山寨裡頭跑出一個人影，他跑得那麼急，像是身後有什麼洪水猛獸追趕著他，旺卡很快出現，他壯碩的身軀向來引人注目，他帶著一票人馬追了出來。只見前方那個人跑得飛快，而後頭的人馬則拿著槍射擊，那個人往他們這邊跑來，如果讓旺卡發現他們，定會引起不必要的紛爭——

一聲慘叫！只看到那個人跌倒之後，往這邊滾過來！

那是名看起來很滄桑，身材矮小的男人，即使在夜晚，隱約可以看到他的容貌，而對方滾了兩圈之後，看到阿晃一行人，驚訝的張大嘴巴！很快地，他被阿晃摀住嘴巴，拖到更暗的地方。

旺卡帶著他的人馬在四周搜尋，找了近半小時，都找不到，這麼遠都可以聽到他不斷的咒罵，漸漸地，搜尋的人逐漸減少，但仍保留著幾個人在外搜尋。這時候，未見到任何解放軍，看來都在寨子裡了。

阿晃等人也沒有停在原地，他們在旺卡的人要靠近的時候，就悄悄移動位置，避開搜尋，而那個人也很配合，似乎很明白狀況。

一直到旺卡的人馬都回到裡頭，阿晃讓阿年去質問那個人。阿年懂得北京話、僤族、傣族等多族語言，難怪張蘇泉很看重他，讓他過來協助。

半個小時之後，阿年終於走到他們身邊。

「怎麼樣了？」阿晃迫不及待的追問。

「那個傢伙叫做柱子，之前偷了旺卡的貨物，被旺卡逮到，他被逼要吐出貨來，但他已經將貨賣掉了，根本還不了，剩下的事，你們可想而知。」阿年淡淡的道。

阿晃望著柱子，突然想到什麼，他說：「你問一下，那個貨是不是本來要給哥倫比亞人的？」

阿年一怔，不過還是去幫他問話，回來臉上充滿驚奇。「那些貨原本是要給哥倫比亞人的沒錯，之前旺卡原本要跟巴勃羅交易看貨，結果東西不見，旺卡非常生氣呢！」

原來就是這個傢伙，害他蒙受不白之冤，終於逮到罪魁禍首了，阿晃看著柱子，也無法可憐他，自作孽，不可活啊！更何況，他還因此吃了那麼多苦。

「那你再問問他，裡頭被關的，還有其他人嗎？」

阿年轉身，準備上前詢問，未料，柱子突然拔腿而跑，發出很大的動靜！

對在山裡生活的馬幫們來說，一點聲響都要注意，那些人一察覺到不對勁，立刻有人往這裡跑來！

阿晃怕被發現，急喊：「撤退！」

一行人在夜色的掩護下，迅速離開這個山頭。那旺卡見柱子逃走，心生不悅，他帶著手下大舉搜山！

為了避免正面衝突，阿晃一行人來到個詭異的地方，山裡氣候多變也是正常，上一刻可能還是好天氣，下一刻就下雨，而他們進到這裡，卻濕冷異常，除了濕氣與煙霧，也不見有什麼異樣。

「這是什麼鬼地方？」小維望著左右，他發現，這裡幾乎沒什麼聲音，正常的山裡，就算沒有人，也有像是風聲或是鳥叫，這裡太安靜了。

整片山林，除了他們一行人所製造出來的聲音，別無聲響，就顯得有些詭異了。

他們繼續往前走，只見迷霧越來越大，白色的霧氣像是簾幔般，漸漸地，對方的臉都看不清了。

「退出去。」阿晃喊著。

已經來不及了，因為這片霧來得太迅速，很快就蓋住了他們的身子，不過幾尺，已經看不到前面的人。

「小維？」阿晃試著喊著他們的名字。

「我在這裡。」

「阿年？」

「我在這。」

明明聽得到對方的聲音，但是都看不到身影，阿晃只好又喊著：「你們不要亂跑！」

「你他媽的才不要亂跑！」小維也生氣了。

「聽得到的人就過來集合！」阿晃吩咐著，為了避免大家分散，他只好不斷喊著，讓其他人往他這邊走過來。

「媽的！這是什麼鬼地方，看都看不清……」小維的聲音由遠而近，突然啊的一聲大叫，阿晃連忙往聲音來源處跑過去，他跑沒幾步，就被絆倒！而且倒在泥濘裡，全身濕漉漉的。

「幹！」阿晃吃疼的叫了起來！

「你在幹什麼？」小維忍不住罵聲連連，阿晃才發現他正躺在小維的身上，趕緊爬了起來，兩人靠在一起，免得又走散。

這霧濃得誇張，伸出手，連自己的手掌都看不到，好不容易找到彼此，阿晃道：「這裡不太適合前進，我們先後退。其他人呢？」

「我找到你們了！」阿年跑了過來，他的臉上、身上滿是泥巴。看來，他剛剛也跌落在泥濘裡了

「還有人嗎？」

「我在這……」另外一個聲音也傳了過來，話音未落，就聽到槍火的聲音，然後是慘叫聲！

「啊啊啊——」

阿晃連忙舉槍，往聲音的來源處衝過去，但因為迷霧太大，他一方面要注意腳下，還得注意眼前突發狀況，所以跑的比平常還慢，等他來到聲音來源處，見到一名解放軍站在他的眼前！他吃了一驚！而對方顯然也沒想到他會突然出現，阿晃直接給了他一槍！

那名解放軍迅速倒下，而他倒下的地方，躺著張蘇泉讓他帶來的人。

解放軍也滲透到這片森林來了？阿晃剛急著跑過來，而濃霧太大，前後又不見

人，看不到發生什麼事……在他的身後，又傳來幾記槍聲與叫聲，他只好隨時注意狀況，在這裡，比得就是誰的反應快了。

如今，他只能靠著耳力辨位，阿晃不斷聽到痛苦的聲音，還有槍擊。還有……有人迅速朝他跑了過來，阿晃舉槍，準備自保，赫然發現是小維，他趕緊把槍口舉高，差點誤傷自己人。

「這是什麼鬼地方？」小維見到他就是一陣咒罵。

阿晃忙問：「其他人呢？」

「不知道，都看不見人呢！」

「阿年呢？」

「他剛剛明明在後面……」小維轉身，這動作是多餘的，就算阿年跟了過來，這迷霧裡什麼也看不到。

槍火聲在附近掃射，阿晃感到左腿被射入一顆子彈，小維的右手臂也鮮血直流。看來對方亂槍掃射，在這片濃霧裡，他們成了活靶子。

阿晃捂著傷口急道：「我們先出去！」

「這鬼地方……解放軍到底怎麼進來的？」小維邊罵邊跑。

阿晃也沒辦法給他答案，這解放軍來得太意外了！他們在迷霧裡逃竄，這霧比他們想得還濃、還大，而那些解放軍像鬼魅似的，從霧中跑出來，用手上的武器掃射。

兩人趕緊離開原來的地方，不知該逃向何處？

些問題。

黃江海看著眼前縛住的那幾個人，只要他一聲令下，這些人的生命很快就會結束。不過這些並不是他要的人，殺掉他們，也只是浪費子彈，或許，旺卡會替他解決這些問題。

旺卡看著那票人，怒不可遏，柱子跑了已經夠令他生氣了，而他的寨子外面，竟然還有滿星疊的人，他整個人如火中燒。

「昆沙呢？叫他出來！」旺卡走到一名士兵身邊，往他的腰際一踢，對方吃疼，但雙手被縛在身後，根本無法掙扎起來，旺卡索性用腳將他的頭往土裡埋去。

「這些……都是滿星疊的人？」黃江海出聲。

「沒錯，他們都是昆沙的人，竟然跑到這裡來？那個傢伙肯定也在這附近！」旺卡生氣極了。仇人相見，分外眼紅，這要是昆沙在他面前，不把他砍個十八段才怪。

「交給你吧！」黃江海對這些人沒有興趣。

旺卡一聽，拿起手上的槍，將眼前的那幾個人亂槍掃射，終於，怒火消了些，他道：「這昆沙簡直不把我放在眼底。」

「別忘了交易。」黃江海提醒他。

「沒忘，記在這裡呢！」旺卡咧著嘴笑。有錢可賺，他怎麼會忘了跟黃江海的交易？

阿晃等人在寨子外頭看見的，正是由黃江海率領的解放軍。黃江海和幾個馬幫接觸之後，接洽上旺卡，正在討論合作時就遇上柱子逃跑一事。為表誠意，他撥了一部分軍力協助，旺卡在追逐柱子的過程中逮到國民黨的人，便通知黃江海，黃江海便立刻領著解放軍過來。可惜的是，這些都沒有他要的人。

黃江海看著那些死了一半的俘虜，另外一半也好不到哪裡去，被旺卡當作發洩的對象，拳打腳踢。他思索著那被逮的兩個人，究竟去哪裡了？

他也聽說了旺卡跟昆沙之間的恩怨，那麼，旺卡逮到昆沙的手下，要怎麼處理就是他的事了。

背後又傳來幾記槍響，黃江海回頭一看，剩下的那些人全都死了。

好不容易，旺卡終於消了氣。

即便之前受過夜戰訓練，但在濃霧裡仍然無法發揮，霧裡不時傳來砲火的聲音干擾判斷，也因為濃霧的關係，所以他們沒被解放軍發現，不論對哪一方而言，在這種環境下作戰都是苦戰。

兩人躲在一棵樹底下，睜大了雙眼，聽到附近的砲火及槍聲，分不清是敵是友。

濃霧一片瀰漫，加上無計可施，只能祈禱這砲火趕快過去。

然而上天從來沒有聽到他們的心聲，總是將他們逼到絕境。阿晃和小維舉著槍枝，不敢大意，附近的聲響越來越大，還不時有砲火的氣流竄過，在看不見的時候，其他感官就會更敏感了。

當解放軍出現在他們眼前時，兩人的心都快跳了出來！

小維立即反應過來，他舉起槍就往對方射去，但老舊的槍枝加上潮濕的環境，無法正常發揮功能，小維子彈發射不出來，對方發現這點，往他的右肩一射，並沒取他性命的意思。

阿晃見狀不對，他知道自己的槍枝已經沒有子彈，只好用最原始的方法攻擊他，但隨即他的後腦杓受到重擊，人立刻倒了下來！

在他視線所及之處，站著好幾雙腳，都是解放軍的。

掙扎無果，兩個人被五花大綁，準備離開這濃霧叢林，但是這霧實在太大，解放軍雖然抓住了他們，卻不知道該往哪裡走？

「往哪走？」

「這邊……」

「那邊不對，應該往這邊……」

幾個人開始吵了起來，好不容易抓到人，他們最大的心願，就是趕快離開這個鬼地方，一群解放軍吵著該如何離開，爭鬧不休，幾乎要起衝突，這時，四周有動靜，他們突然緊繃起來，槍枝高舉，只要一有不對就動手。

「我是孫銘！」迷霧當中，有個聲音傳了過來。

解放軍聽了大喜，其中一名喊了起來：「孫副官，是您啊！您怎麼在這？」

「其他小隊都出去了，就你們沒有出來，所以我過來帶你們了！」孫銘邊說，邊走到他們面前。

「孫副官，你這進來……又怎麼帶我們出去啊？這裡可是分不清東南西北呢！」其中一名解放軍道。

「有這個呢！」孫銘亮著指南針。「跟我來。」

他們小心翼翼，跟著孫銘離開了這片迷霧，阿晃跟小維走出迷霧叢林時，看到他們的人有的被殺，有的被捉，激動的想要上前，被阻攔了。

而在他們的人旁邊，不只站著旺卡，還有黃江海。

旺卡看到他們，咧嘴而笑。

「總算逮到你們了。」

阿晃、小維和那些滿星疊的人，全都擠在一起，他們不清楚在他們進到迷霧裡的這段時間，到底發生了什麼事？

「合作愉快啊！黃少校。」旺卡看起來開心極了！

想到這些人都是張蘇泉託付給他的，如今死的死、傷的傷，阿晃心頭越發沉重。

「嗯。」黃江海淡淡的道。他走到小維面前，有些訝異，他蹲了下來，再次確認，最後才道：「別來無恙，又見面了啊！」

「您認識他？」旺卡見黃江海跟小維似是熟識。

「認識。」再看到阿晃時，黃江海覺得眼熟，憑著他的記憶，他努力在腦海中搜尋，啊……這不就是那個他在逮捕小維時，掉下懸崖的那個人嗎？當時他在山中發現可疑分子，打算將他們抓起來，沒想到竟然被這個人逃脫。看來，這個人注定是他的。

「這兩個人……我要了。」

旺卡的眼睛都亮了！

「你要這個人的話，那獎金……」

「這個人是我們自己捉來的，又不是你的手下抓的，憑什麼要錢？」孫銘嚷了起來。

旺卡感到不悅。「孫副官，你這話就不對了，好歹你們可是在我的地方抓到人，這錢怎麼說我也有一份吧？」

「你……」

「孫銘。」黃江海出聲了：「把錢給他。」

「少校？」孫銘不太服氣。

黃江海瞪了他一眼，孫銘只好把說好的報酬拿出來，遞給旺卡，旺卡接了過去，打開袋子，確認是金子無誤，笑咪咪的收了起來。

孫銘沒想到這個人可以貪婪至此，他走到黃江海的身邊，還想要再說什麼，黃江海說：「旺卡說得沒錯，我們也是因為他的關係，才有機會逮到這個人。這錢給的合理。」

「還是黃少校爽快，之後如果還需要什麼幫忙的話，我必定當仁不讓。」旺卡樂不可支。

孫銘嫌棄的撇了撇嘴，旺卡這副嘴臉，看了就讓人討厭。

「把這兩個人帶走。」

阿晃和小維兩個人被五花大綁，丟上了車，這次，有嚴密的軍隊護送，一路上耽擱甚少。

想起之前的疏失，黃江海就對自己發誓，這一次，絕對不能再出任何意外了。

車子馬不停蹄，只要再一天不到的功夫，就可以抵達自己的國土了，把這兩個人帶回北京，任務才算完成。

只是，車子沒有了燃料，也是沒辦法前進。加上解放軍跟著他兩天兩夜，雙眼都沒有闔，他再怎麼急，也得讓人或是車子休息一下。不過，底下的人是休息了，黃江海卻不打算休息，還在四處巡守，連孫銘都看不下去了。

「少校，你去休息吧！」

「我不累。」

「身子不是鐵打的，是肉做的，您還是先休息吧！」孫銘不死心，再度勸著。

「你覺得我有空休息嗎？」黃江海看著他，孫銘是最了解他的人。

孫銘不知該如何勸他。這黃江海的倔強，他是知道的，但人畢竟不是鐵打的，怎麼能不休息？無可奈何，孫銘只好陪著黃江海巡守著每寸營地，如果有需要的話，可以隨時加以協助。

而在車內的阿晃和小維聽到外面的對話，小維喃喃：「這個傢伙是不用睡覺嗎？」不論是早上，還是晚上，都可以聽到黃江海的聲音。

不要說黃江海，連他們也無法入眠。

躲了這陣子，還是落到解放軍的手裡，這是一開始就知道的事，不管他們如何逃避，最後還是會走到這個結局，如果早知道都會死在解放軍的手裡，還會那麼認真躲藏嗎？接下來，他們將面臨什麼事？未知的恐懼緊緊揪住他們的胸口……

車身搖晃了一下，緊接著，光線照到他們的臉上，小維看著走進車子裡的人，正是黃江海。

「好久不見。」黃江海冷冷的道。

小維盯著他，嘴裡溢出：「誰稀罕跟你相見？」

黃江海微笑起來，跟這個小維說話，真是不寂寞啊！他蹲了下來，捉住他的臉道：「你還是一樣啊……」

小維啐了口唾液到他的臉上，阿晃一驚，這個舉動要是引起黃江海的不悅，小維會倒霉的。

黃江海從口袋裡掏出手帕，優雅地將臉上的唾液擦掉，然後捧起小維的臉，用沾著唾液的手帕幫他擦拭，小維想要把頭轉開，卻被他捉得緊緊的，雙手被縛在身後的他動彈不得。

「脾氣這麼糟糕，這樣不行啊！」黃江海語氣溫和，眼神卻透露著冰冷。他來到阿晃的面前，看著疼痛不已的他，道：「識相的話，就免受皮肉之苦了，大家都是中國人，還是有點情面的。」

阿晃看著這副帶著冰冷氣息的臉孔，脾氣也硬了起來：「要殺要剮，就痛快一點。」

黃江海抿起一絲微笑，道：「你們的命不是自己的，知道嗎？來到這裡，就應該有自覺。要知道……你們很多伙伴，連見到領導的機會都沒呢！」

「你快點殺了我們！」與其被凌辱，不如死了痛快！

「死？不如跟我說說你們從哪個單位來的？在哪受訓？還有多少跟你們一樣的人？」黃江海企圖從阿晃的口中問出一點關於台灣的軍事情報，畢竟能夠直接捉住對岸的特戰隊員，不套出一點訊息就太可惜了。

「……不知道。」

黃江海並沒有動怒，他早就知道想要挖出情報，沒有那麼容易，畢竟，兩岸的立場不同，大家都在堅守自己的本分，阿晃和小維如此，他亦如此。

他們不說，無妨，有的是機會呢！

——

車子不斷前進，他們將面臨更嚴苛的命運了吧？想到落到黃江海的手裡，命運未卜，兩人即便不甘願，也無可奈何。一九二七年，自國共分裂對抗以來，他們的命運就和國家息息相關，即便後來才出生的他們，也脫離不了……

車身突然顛簸起來，而且角度之大，阿晃的身子被甩出去，壓在小維的身上，小維不自禁的叫了起來！

「你小心一點！」

「我……我也沒辦法……」阿晃解釋著，在說話的時候，因為車身過於顛簸，牙齒還咬到了舌頭。

幾分鐘後，車子終於完全平靜下來，並且停止前進，兩人面面相覷，不知道發生了什麼事？

很快的，有人過來看他們，確認他們沒有脫逃，然後跑去向黃江海報告：「囚犯還在。」

黃江海吁了口氣，吩咐幾個人加強看守囚犯之後，往前走了約三十多公尺，來到了斷崖之前——半小時之前，它並不是這樣的。

黃江海站在這頭，望著對面，原本這邊的山頭和那邊的山頭是相連的，然而剛才的地震，卻將山頭分開了。

這超乎黃江海的預料，本來再開十多個小時，就可以抵達雲南，和當地官員接觸，將消息報告給北京。不料，方才一個巨大的地震，迫使他們不得不停下來，還把路震斷了，也還好他當機立斷，要所有的車都暫停，要不然摔下去可不是好玩的事。

明明近在咫尺，卻遙若天涯，只差一點就可以達成任務了，黃江海感到焦慮。

「少校，這該怎麼辦？」望著這突如其來的變故，孫銘也十分無措。

黃江海看了一下地理，道：「看來……只能繞路了。」

「繞路？那得走更遠的路了？」孫銘叫了起來。

「不然你有更好的方法嗎？」

孫銘沒有回答，他跟在黃江海的身邊，一同路勘。最後，黃江海表示：「要讓所有的車子通過，恐怕沒有辦法。我們得分成兩部分，一半的人押著那兩個國民黨翻過山走過去，另外一半的人開車過去。」

「這樣的話，那兩個人會不會逃脫啊？」孫銘擔心著。

「要有他們會逃跑的準備。」

「我知道了。」

孫銘率領著士兵，來到了拘押阿晃和小維的車前，將兩人拉了出來，逼迫他們往前走，小維怒道：「幹什麼呢？」

「叫你走就走。」孫銘也不打算解釋。

阿晃看所有的車子全都停了下來，士兵們不是站在車邊，就是走路，他悄聲道：「前面應該有狀況。」

小維瞪著那些解放軍，而黃江海帶著一票人馬，往他們這邊走來。

「好好的車不坐，還走路呢？」小維挖苦著他。

黃江海也不吭聲，孫銘打了一下他的後腦勺。

「走你的路吧！」

很快地，阿晃就明白他們為什麼得用走的了，大地像是裂開一樣，露出巨大的縫隙，他看到幾名解放軍在前頭，打算攀下山頭，他疑惑的問道：「這山……斷了嗎？」

一旁的解放軍聽了，道：「剛才的地震斷了路，少校要你們從這裡下去，再爬到對面。你們注意點，跑的話，就直接斃了！」說著，還把槍指著他們。

兩人頓時明白方才在車上那個顛簸是怎麼來的，看來他們趕上了地震。有兩個解放軍過來，將他們的手鬆開，被綁了太久，筋骨都僵硬了，他們不過動了動肩膀，想要伸展筋骨，立刻就有槍指著！

「下去！」

兩人也沒有選擇，在槍枝的要脅下，捉住準備好的繩索，爬下峭壁，等到了峭壁底下，再從另外一面山壁爬上去，才能抵達對面。而在兩面峭壁的底下，已有解放軍等著他們。他們有什麼不當的念頭，很快就會被打成蜂窩。

這點攀爬對阿晃來說是小意思，只不過花了一點時間，等他到了底下，早有解放軍在山底等著他們了。

見他們已經到了山底，山頭上的解放軍也陸陸續續下去，上下都有槍火控制，避免犯人逃脫。

黃江海見兩人已經被控制，無法生事，才沿著繩索下去，他攀爬不到一半的時候，突然聽到奇怪的聲音，他停下動作，側耳仔細傾聽，而底下的阿晃和小維兩個人臉色早已不對勁，他們拉著繩子，準備再爬上去，解放軍們拿槍指著他們，阿晃和小維不禁大吼：「快點逃，再不逃就來不及了！」

山下的士兵們還有點莫名其妙，而山頭上的士兵看到遠方有白色的銀龍，不禁迷惑了……

「上去！快上去！」黃江海也發現了異狀，連忙叫著。

還在山上的孫銘聽了，雖然不知道發生什麼事，趕緊拉著繩子，叫其他人把黃江海拉上去。

底下的解放軍還搞不清楚狀況，這少校不是說要爬下來，再爬另外一面山繼續前進嗎？怎麼又回去了？很快地，水聲在他們耳邊響起，所有人望著狹谷中那奔騰的河流，正往這裡衝過來——

「讓我上去！」

「我要上去！」

解放軍們放棄了武器，拼命捉著繩子，想要上去，而一開始已經捉住繩子的阿晃和小維，則被他們捉住，將他們揣下去，而爬到一半的黃江海，上也不是、下也不是，最上頭的孫銘和其他人則緊捉著繩索，希望將黃江海救上來，然而繩索的重量實在太重，根本無法將底下的人救上來。

洪水的速度比救援的速度更快，並且在空虛的山谷中，頃刻填滿縫隙，猶如巨龍張爪般，朝那些妄自尊大的人類撲噬而來——

推擠聲、哀嚎聲響起，山谷底下還沒有來得及爬上去的解放軍，頓時被這洪水沖走，那水在他們的身上撞擊，已是巨大的壓力，而洪水更是將他們四面八方包圍，很快的，阿晃和小維就在水裡，遠離了解放軍……

水勢實在太大，阿晃根本不知道他被衝到哪裡去？有人抓住了他，還拼命哭嚎，原本落水就已經很吃力了，這下還被不諳水性的解放軍緊緊捉住，兩人只有死的命。

阿晃努力掙扎，那人還不肯放棄，不得已，他只好用頭顱將他敲暈，那個人的手終於鬆開，阿晃的身體可以自由施展了，只是沒了解放軍，還有這水龍，地震過後所引發的山頭大水，從上而下的洪水灌溉著他……水流實在太大、太急、也太有力，也不知道會將他沖到哪兒去？

第六部

世外桃源女兒村

意識浮浮沉沉……就像他的身體一樣，在水裡往上……又往下……

很快的，又是一片黑暗。

再度有意識時，他的耳邊有一些奇怪的聲音，他想要睜開眼睛，眼皮卻好重，只能打開一絲縫隙，隱隱看到人影。

他的眼睛又閉上了……

不知過了多久，他重新張開了眼睛，同時大口的呼吸，喉頭還有一些水，嗆得他猛咳嗽，咳得他猛流眼淚。

在他咳嗽的時候，見到一雙女人的腿站在他面前，他還來不及看清楚，那雙腿就跑走了。

「咳咳咳……咳！」

阿晃不斷咳嗽，想要將身子裡的水分咳出來，那水嗆得他差點不能呼吸，他用力吸氣，覺得有點頭暈。

他閉著眼睛，等著暈眩過去，半晌，總算振作過來，看著周圍的環境，這裡……是茅草屋，牆上還掛著一些木製的東西，也還有些民生用品，像是有人居住？

這是哪裡？

他站了起來，搖搖晃晃的走著，來到了屋子外面，聽到外面的聲音，雖然聽不太懂她們說的話，不過卻聽得出來那些聲音是開心的、愉悅的，像是沒有什麼事能讓她們煩心，他看到那些女人穿著花花綠綠的衣服，身上還有鮮花和珠貝，有些女人把頭髮挽了起來，有些則放下。

女人？

他左右張望，還真沒見到一個男人。他到底是迷糊了，還是闖進了什麼奇怪的世界？

喉嚨癢癢的，他忍不住輕咳了一聲。

這聲音令得他周遭的女人全都往他這個方向瞧，阿晃被她們盯得渾身都不自在，那些女人從十多歲到三、四十歲都有，她們見到阿晃也不扭捏，落落大方，還往他走了過來。再怎麼見過大風大浪，見這麼多女人朝他過來，阿晃感到前所未有的威脅……

一個聲音喊了起來，那些女人全都停了下來，像是紅海似的，女人往兩邊分開，一個穿著無比華麗的女人，朝他走了過來。那名女人的威脅，比其他女人更甚。

那吹彈可破的皮膚，明亮的大眼，阿晃感到心頭像是被什麼擊中，微微一震……

那女人來到他面前，說出了一連串他聽不懂的話，一直到後面，他勉強聽到：「……是漢人嗎？北京話可以嗎？……」原來，她正在嘗試以不同的語言試著跟他溝通呢！

「北……北京話……」

那個女人笑了起來，說：「原來是漢人啊……可以、可以。」她繞著阿晃行走，看得阿晃有些頭暈。

「什麼？」

女人臉上的笑容，讓他不明所以，不知道為何，這笑容讓他有點不安，倒也不是威脅，但總感到……不懷好意。他也不明白為什麼有這種感覺？明明這不過是個女人，但仍無法令他掉以輕心。

女人伸出手，摸著阿晃裸露的胸膛，阿晃才想到他是赤身裸體，明明下水前，他還穿著衣服的……他有些尷尬，連忙退回屋子，那個女人跟了進來。

阿晃看到牆上掛著的正是他的衣服，他趕緊取下，穿了起來，邊穿邊問：「我怎麼會在這裡？」

「神送你來的。」

「什……什麼？」

「女兒神……是祂送你來的……」女人邊說邊靠近他，她靠他這麼近，他幾乎可以聞到她身上的香氣，他身體感到一陣酥軟……在戰場上對付敵人都沒有像這一刻那麼有挫敗感，在這個女人前面，他有種輸了的感覺。

腹中突然一陣咕嚕聲，兩個人同時盯著他的肚子，很快的，女人嬌笑起來。

阿晃不只被食物圍繞，也被女人圍繞了。食物不停的送上來，那些女人也不斷在他身邊穿梭，阿晃低下頭，吃著那些食物，不敢直瞅著那些女人。

這到底是什麼地方？為什麼只有女人，看不到男人？他覺得他像是動物園裡的動物似的，一直被盯著，就算一堆食物在他面前，他也無法好好下嚥。

他用眼角偷偷的望著那些女人，這裡像是另外一個國度，什麼解放軍、什麼任務……都是上輩子的事了。

在這亂世當中，竟有這一片祥和？

他曾經奢望這樣的世界，一個和平的世界，但那像是夢……而現在……他該不會是在夢裡吧？他偷偷捏了一下自己的臉，好痛！這不是夢！

在得知他會漢語，後面來的女人也以漢語跟他講話，雖然不是非常標準，但大致上都還能溝通。

她們不停的拿著食物過來，然後跟他交流：「這個……是給你吃的。」

「好吃嗎？」

「要再吃一點嗎？」

阿晃一時不知如何應付。她們以為他是豬嗎？一直不斷的餵食，他也不好拒絕，只能以笑容回覆。總算填飽了肚子，阿晃的手停了下來，烏雅問道：「真的不要了嗎？你要吃飽一點，才有力氣喔！」

「不、不用了。」再吃下去，肚子就漲破了。

烏雅吩咐其他人將食物拿下去，她正是第一個跟阿晃溝通的女人。阿晃看著她，明顯感受到她的地位和其他人不太一樣。

「這裡……是什麼地方？」他再度開口。

「這裡是女兒生活的地方。」

阿晃不太理解，此刻，烏雅讓眾人將食物都撤下去，手就伸了過來，她的指尖才碰到他的身體，阿晃像是受到什麼恐怖的刺激，身體立刻彈開！烏雅疑惑的看著他：「怎麼了嗎？」

「沒、沒事。」阿晃急忙掩飾著。

只要跟她的眼神交集，他就覺得慌亂，第一次相見時，身子的酥麻感又出現，讓他覺得身子像是又要癱軟起來，眼見烏雅的手又伸了過來，阿晃急問：「妳要做什麼？」

「幫你換藥啊！你看你身上都是傷。」烏雅指著他身上大大小小的傷口。

「我、我自己來。」

「之前也是我幫你換的啊！」

阿晃想到昏迷時，身子都被她看光了？一想到這一點，臉上有如火在燃燒，他的臉都紅了。

「怎麼這麼紅？又不舒服了嗎？」烏雅的手又要碰上他的臉，阿晃連忙退後一步。

「沒、沒……我很好。」

烏雅嬌笑起來，那笑容如此明媚，讓人的心頭蕩漾起來。有種奇怪的感覺逐漸漫延開來……

「別緊張啊！我只是幫你換藥而已。」

「我、我自己來……」他有點侷促。

「你能嗎？」烏雅瞅著他，這阿晃身上不講舊傷，光是落在水裡，被水流撞擊到岩石，又出現新傷，還有大大小小的槍傷都有，真要他自己換藥，光那背部的傷口他就無法處理了。

阿晃無法，只好讓她幫他換藥，他轉過身，這樣的話，就可以不用看到她的眼睛了。

只是……就算不看到她的眼睛，她離他那麼的近，他可以感到她的存在，還有她身上若有似無的馨香，當她的手指碰到他敏感的肌膚時，那酥癢的電流更是讓他無措……

她只是在幫他換藥啊！阿晃不斷提醒自己，但他仍克制不了心猿意馬，心頭有如小鹿亂竄，在她的觸碰之下，身子泛起奇異的感覺。

那是在戰火之後，溫柔的慰藉。

在換過傷藥之後，烏雅站了起來，將換下來的藥物拿出去丟掉，阿晃這時候才敢大口喘氣。

剛剛跟烏雅在一起，他的空氣像是被抽走了，不過，卻不是真正的性命威脅，而是一種前所未有的顫慄感覺，不至於讓他討厭……那是一種全新的體驗，是他跟其他女人在一起時沒有過的感覺。

他走出房子，想四處走走看看，這裡看起來相當普通，甚至沒有軍隊的影子。他並沒有走遠，因為他發現，他一出現就成了目光的焦點。那些女人的視線全集中在他身上，他感到不太自在。就算他沒踏出去，還是三不五時有女人過來，老的、小的都有。阿晃無可奈何，只好躲回屋子裡，這下，她們總不會再把他當作動物圍觀了吧？

才正想著呢，一個小女娃的頭從門外探了進來，睜著好奇的大眼，骨碌碌的看著他。

阿晃看到那張小巧圓潤的臉蛋，相當討喜，不想嚇著她，朝她一笑。

小女娃也不膽怯，見阿晃釋出善意，她也走了進來。

阿晃看著她，好奇的問：「妳叫什麼名字啊？妳……聽得懂我在講什麼嗎？」

「我聽得懂啊！烏雅有教我漢語。」小女娃稚嫩的聲音，聽著就讓人覺得舒服。

「我叫珠妹。」

「珠妹啊……你們這裡都沒有男人嗎？」阿晃把腹中的疑問提出來。

珠妹搖了搖頭。

「他們去哪裡了？」

「他們出去了。」

「去哪裡？」

「去山下。」

「他們什麼時候會回來？」
珠妹滿臉疑惑，彷彿他問了一個很奇怪的問題：「他們不能回來。」
阿晃訝然了！
「為什麼他們不能回來？」
「他們沒有用，所以不能回來。」
阿晃差點被她的話噎住，什麼叫男人沒有用，所以不能回來？他正想要追問清楚時，烏雅走了進來。
「珠妹，妳怎麼在這裡？」
珠妹看到烏雅，吐了吐舌頭，從烏雅的身邊跑開了，跑到外面時，還從窗戶外往裡頭瞧，模樣可愛逗趣。
阿晃則好奇的問：「剛才珠妹說……男人不能回來，是什麼意思？」
烏雅坐了下來，瞅著他道：「男人啊……這幾天應該快來了吧？」
「什麼？」
「春天到了。」烏雅揚起微笑。

烏雅在村子裡的地位和其他女人不太一樣，阿晃看著她在裡頭走動，三不五時跟

其他女人交流，似乎在交代什麼事情。她們對她的態度，也帶著尊敬與服從，這裡的人或多或少都會講漢語，溝通時以她們自己的語言交談，面對他時，會體貼的以北京話溝通。

烏雅很忙，只要烏雅不在的時候，珠妹就會偷溜過來，看得出來她對他相當好奇，而且相當純真，只是珠妹的問題還真令他招架不住：「為什麼你這邊是平的？跟烏雅，還有秀拉、塔拉的都不一樣？」珠妹說著，就往他的胸口摸過去。

「這個……咳，因為……因為你們是女人。」他趕緊捉住她的手，不讓她亂來。

「為什麼男人跟女人不一樣啊？」珠妹好奇的問。

「這個……」

「你有鬍子耶！可是烏雅沒有，秀拉也沒有，塔拉也沒有，為什麼男人要有鬍子啊？」珠妹捏住他這陣子長出來的鬍子，左右拉扯，把阿晃疼得眼淚都要流出來了，

「痛痛痛……」

「你這邊好奇怪喔！」珠妹又用手指戳著他的喉結，大概力道太大了，這一戳，讓阿晃半晌說不出話來。如果面前的是個男人對他如此無禮的話，他鐵定給他一點教訓，可是現在在他面前的，不但是個女人，還是個女孩，可就讓他束手無措了。

「珠妹，妳在做什麼？」一名女子走了過來，打了一下珠妹的手，珠妹鬆開，看著來人，問道：「為什麼男人跟我們不一樣？」

「哎呀！你還小，不懂啦！」那名女子也沒多做解釋。

「我六歲，我已經長大了！」珠妹開始生氣了！她甚至拉著阿晃的手，說：「我已經長大了，對不對？」

「對、對對對。」

「妳才幾歲啊！還沒十五，都還沒穿裙呢！」那名女子提醒她。

珠妹淚眼汪汪，沒多久，眼淚就掉了下來，阿晃連忙安慰：「怎麼哭了起來呢？」

珠妹撲到阿晃的懷裡，委屈的投訴：「秀拉說我還沒有穿裙啦！」

原來她就是秀拉啊！阿晃望著她，秀拉看珠妹告狀，也生氣了。

「我說的是實話啊！妳才六歲，要怎麼穿裙？」

珠妹哭得更大聲了，旁邊的人看到，也跑了過來，在得知原委之後，有個五十多歲的女人說：「珠妹，秀拉沒有說錯啊！妳還小，怎麼穿裙？」

「是啊！再過幾年，就可以穿裙了。」

「不要……我要現在……」珠妹哭哭啼啼的，幾個女人又哄又騙，還是無法將她從阿晃的身上帶開，她的手腳緊緊攀在阿晃身上，像黏住似的，誰都勸不下來，一直到烏雅的聲音響起。

「怎麼了？」

珠妹的哭聲突然停住，像剛才的啼哭都是假的，秀拉急忙說：「烏雅，珠妹已經開始想要阿註了！」

「珠妹……」烏雅的聲音變得冰冷。

阿晃察覺到懷中的珠妹鬆開雙手，並滑下他的身子，淚眼看著他，露出一抹狡黠的微笑，他才知道他被騙了！

珠妹從人群中，一溜煙的跑走，幾個女人追了過去，原本聚著的人群也散開了。

阿晃還是不明所以，他問：「這是怎麼回事？」

「她想要你成為她的阿註，可是她現在還不能當阿夏。」秀拉給了他簡單解釋，反而讓阿晃更迷糊了。

「那是什麼？」

秀拉看著阿晃，一雙眼睛更明亮了，她湊到阿晃的耳邊，輕聲：「我也可以喔！」語畢，她看到烏雅在瞪她，秀拉一點也不以為意，笑嘻嘻的把編好的髮辮在他面前晃動，大笑著跑走了，阿晃不明所以。

「看來不把你早點安排，會有人開始吵起來……」烏雅淡淡的道，阿晃渾身打了個顫，他覺得……他似乎被算計了。

噗通！

阿晃落到水裡，他很快的站了起來，抹去臉上的水，一臉茫然，不知道發生什麼事，還好這池子不深，只到他腰際，底下也沒什麼石頭，沒什麼危險，只是……突然被推到水底，還是讓他嚇了一跳！

「烏雅，妳在幹什麼？」他朝著岸邊的烏雅叫著，剛才她把他帶到這池子邊，二話不說，就將他推入水底，這突來的意外不免讓他錯愕。

由於這裡都是女人，而且一片祥和，他也放下戒心，才讓她們得手，更何況，他根本沒料到烏雅會突襲他。

烏雅笑吟吟的看著他，原本想要生氣的阿晃，見到這笑容，氣也消了，她的笑容像有魔力似的，能夠安撫他躁動的心，罷了罷了！栽在她手裡，他也認了。

他正準備游上岸，此刻，岸邊出現許多女人，她們的手裡都拿著簍子，將裡頭的東西往簍子外頭倒，剎時，水面上盡是花瓣，加上波光粼粼。從她們的口中，發出奇異的聲音，月夜之下，整個情況顯得有點詭異。

阿晃不知道她們在幹什麼，他想要離開這裡，此刻，烏雅也跳了下來，然後，朝他走了過來。

此時的烏雅渾身濕漉漉的，月光照在她身上，像是鑽石似的，此刻的烏雅看起來十分美麗，完全像另外一個世界的人。這時候，阿晃感到他的心裡，像有什麼被洗刷似的，彷彿……彷彿之前那些痛苦的遭遇，只是為了在這一刻與她相遇……

兩名女人為烏雅披上了繡有花鳥的白色披風，從烏雅的口中，冒出他所聽不懂的語言，烏雅伸出手放在他的臉上，他可以感到她的手掌是如此柔嫩……

阿晃完全動彈不得，讓那些女人將飄著花瓣的水往他身上潑，半晌，他才反應過來，說：「你們……這是在做什麼？」

秀拉也在他的身邊，她道：「幫你淨身啊！」說著，她拿著水桶，盛了一桶水往他頭上澆淋，而旁邊的女人口中念的像是經文，他想要逃離這個奇怪的地方。

然而，這個念頭在烏雅的注視下，迅即消失，他知道他毫無抗拒的能力。烏雅瞅著阿晃，似笑非笑，那張臉蛋，此刻變得更嬌豔了。

終於，儀式像是告一段落，烏雅離開水面，而那些女人也紛紛離開，阿晃把身上的花瓣都撥下來，緩緩的回到岸上。

他搞不懂這是什麼把戲？難道這些女人日子過得太無聊，找些事來玩嗎？無可奈何，阿晃從水裡爬了起來，準備回到這幾天他所住的屋子，走在村子裡時，發現家家戶戶門口都點上紅色的蠟燭，一片喜氣洋洋。

還沒走到門口，秀拉就攔住了他。

「去哪兒啊？」

「我身上都濕了，去換個衣服……」他突然想到，這整個女兒村沒什麼男人的衣服吧？

「你走錯地方了，你要去那邊的花樓。」秀拉往他身後一指，那是整個村子裡最高的樓層，說是最高樓層，也不過三樓，這裡的屋子多屬二樓，大概百來戶，粗估有四百多人吧。

「花樓？那是什麼地方？」

「烏雅在那裡等你。」

阿晃仍是一臉迷惑，秀拉推著他往花樓的方向前進。阿晃來到了秀拉所指的位置，那花樓倒也精緻，從外頭看，窗口掛著用紅色的布紮成的花朵，他準備從正門進去，被秀拉捉住，說：「從那裡上去呢！」

「啊？」阿晃看著她指的方向，才見到窗戶前面有個梯子。

「從這裡爬上去？」

「對啊！快去吧！烏雅等著呢！」

既然烏雅等著他，他就上去吧！阿晃從梯子爬了上去，往下一看，村子裡好些人都站在自家的門口，看著他呢！

阿晃覺得自己像在幹什麼壞事，想要下來，秀拉擋住了他，嚷著：「下來幹什麼？快上去！」

這些女人到底想做什麼？

無可奈何，阿晃只好爬了上去，上了三樓，眼前是一間佈置的相當喜氣的房間，他覺得怪異，再看底下，秀拉和幾個女人已經把梯子拿走，笑嘻嘻的跑走了，他如果想要離開，就得往下跳了！

他的舉動被烏雅看到，笑道：「才來，就要走？」

「我這身子都濕了，想說去換件衣服。」

「衣服？也不用穿了，要換什麼呢？」烏雅倩笑。

這話可有點挑逗的意思了，阿晃再心儀她，也不好回應，他道：「我……我該回去休息了。」

「今天你就住這裡了，還要去哪裡休息？」烏雅走到他面前，擋住他的去路。

「嗯？」

阿晃還來不及問，烏雅幫他褪去濕答答的衣服，阿晃再愚笨，也是個正常男人，這女人、這女人……他的身子開始有了反應。

「這……這樣不太好吧？」

「放心，只要你在這裡的日子，我會對你負責的。」

此刻的阿晃不知道該怎麼拒絕，也不想抗拒，他不會主動去招惹女人，但是……既然是烏雅投懷送抱的話，那就投降吧……

多日的寂寞像是飢渴得到抒發，每次他看她的時候，不只是欣賞，還多了些情愫慾望，只要烏雅出現在眼前，他的胸口就感到澎湃，像有什麼要發洩出來，他在烏雅身上看到在別的女人身上沒有的東西……

當烏雅的身子貼著他，觸動最敏感的神經，阿晃三萬六千條神經像是瞬間鬆懈，他決定放縱一回……特別是眼前特別打扮過的烏雅，不只眼睛、眉毛，她所展露出來的風情，他根本無法拒絕，更不用說，烏雅主動引燃他身上的慾火。

「做我的阿註吧！」

阿晃什麼也搞不清楚，她就如同一團火撲了上來，阿晃覺得他整個人都在燃燒，這種前所未有、神經不斷被刺激著的感覺，像是身上的水分也因這烈火而燒乾，滲出的汗水更多了。

什麼逃亡、什麼砲火，什麼解放軍，都過去吧！現在的他，多麼渴望正常的生活，有個所愛的女人，跟她一起生活，像現在……烏雅在他的身子底下，微微的呻吟挑動著他的血脈，細碎的嚶嚀是最好的春藥，阿晃把自己深深的、深深的埋入她的身子……

情慾的浪潮淹沒了他，在這一刻，他不是什麼軍人，也不屬於任何黨籍，在這一刻，他只是個男人。

這大概是他這陣子最好眠的時候，阿晃張開眼，看著天花板，覺得一切似乎都不太真實，不過昨夜身子的感受……卻是騙不了人的。

他不但睡得沉，也睡得香甜，更沒有惡夢，而在醒過來的時候，烏雅早已穿戴完畢，並且換了另外一套服裝，見他醒了過來，露出豔麗的笑容。

「把衣服穿著吧！等等要帶你出去。」

阿晃順從的聽話了，他換上她為他準備的服裝，這次從屋內的樓梯下樓，從正門出去。

跟著烏雅走在村內，阿晃覺得他所受到的目光更集中，女人們看到他，都露出神祕的笑容，有的直接放下了工作，甚至跟在他後面，他感覺自己像是一塊肉，被她們虎視眈眈。

「她們在看什麼？」

烏雅領著他來到一間樓房，二樓的窗戶大開，旁邊還有梯子。她吩咐：「今晚，你就從這裡上去吧！」

「什麼？」

「這是秀拉的花樓。」

阿晃有種不好的感覺，他捉住烏雅的手，吃驚的問：「你……你說什麼？再說一次。」

「你放心，秀拉會告訴你下一個花樓到哪去。」

「等一下！」阿晃攔住了她，驚疑的問：「我要問的是……那個……你叫我今天晚上去那裡？」他指著秀拉的花樓，快要說不出話來。經過昨晚的纏綿，他已經知道花樓的意義，只是他沒有想到昨天跟烏雅纏綿之後，烏雅竟然叫他到另外一間花樓去？

「對呀！」烏雅完全沒有不對勁的感覺。

「等等……這樣不對吧？妳怎麼……怎麼能夠說出這種話？」

「男人在這裡的目地，就是幫我們傳宗接代。你身強體壯，我相信你可以做到的。」說著，烏雅還拍了一下他結實的胸脯，逕自往前走。

阿晃更震驚了！他過去拉住烏雅。

「等等，妳把話說清楚。」

「我不是都說清楚了嗎？」見他還是滿臉震驚，烏雅不禁嘆了口氣，說：「你怎麼比其他男人還笨？我都說了，今晚讓你去秀拉那兒，明天早上，秀拉就會告訴你該去誰家花樓。這麼說吧！你只要早上看誰家的二樓窗戶掛著花綵，就是你該去的地方，等到我們有孩子之後，就大功告成，到時，我們會送你出去的。」

阿晃覺得自己的臉色一定很難看。

「你們……你們……」

烏雅耐著性子，不厭其煩的解釋：「你不是問了，這裡為什麼沒有男人？我們這裡是女兒住的地方，不管是父親，還是兄弟，都是住在外面，時間一到，阿烏他們就會把適合的男人送過來，用你們的話來說，阿烏就是那些年紀比我們大的男人。等這裡的女人懷孕，生下第一個孩子後，你們就可以出去了。你雖然不是阿烏送過來的，不過……你也很適合。」烏雅說著，還把手貼在他的胸口。

阿晃已經驚訝到說不出話來，他跟著烏雅來到了村裡最大的房子，這間屋子相當寬敞，也在入口的正對面，有片巨大的牆，那牆看起來像是人臉，空間可以容納數百人，看起來像是村子裡集會的地方。

在這麼寬闊的地方，中間只有兩根柱子，分別為「男柱」和「女柱」，都出自於同一棵樹。而在柱子當中，有個火塘，烏雅對著火塘行了個禮，然後將旁邊的柴火放進去。

「妳的意思是……叫我晚上去跟秀拉……」

「只要那些頭髮綁起辮子的，你如果喜歡，也可以去找她們，只要她們願意，你也可以跟她們在一起。」

「等等！」阿晃的頭快要爆炸了！「這裡到底是什麼地方？為什麼會有這種事？」

「我們一直以來都是如此，男人幫我們生孩子，時間到了，就該離開。」

「那……如果這樣，要是……要是生了男孩子怎麼辦？」

「如果生了男孩子，就會送出去，阿烏他們會帶去撫養，如果是女孩子才能在這裡生活，幾百年來都是這樣。我知道在其他地方，男人跟女人是住在一起，一直到老，不過，我們這裡一直以來都維持著女兒神的教誨。男人，只是為我們生育，但是不能留在這裡太久。」烏雅看著牆上那棵巨大的樹木，上面若隱若現，有張沉睡的人臉。

阿晃感到有點不太舒服，他覺得自己被利用了。

「你們……一直生活在這裡？」

烏雅思考了一下，才道：「一百四十多年前，地牛翻身，這個山頭裂了很多地方，我們受女兒神保護沒有受傷，但卻和那些跟男人混雜、一起居住的族人分開。這樣也好，我們這些女人在這裡清淨多了，只有在春天的時候，才會有男人被送進來，而我們一向是跟送進來的男人進花樓，不過……你出現在這裡，我想，這一定是女兒神的旨意，今年一定會有很多的女兒出生。」她喜滋滋的，一副好事一定發生的樣子。

阿晃覺得有點不可思議，他從山上到平地讀書時，覺得自己已經跟其他人格格不入了，而烏雅的話，讓他覺得是兩個世界的人。

他忍不住脫口問道：「你們都沒離開村子嗎？」

「我們在這裡過得好好的，也沒有皇帝來管，離開村子做什麼？外面的世界太複雜，我跟我的祖母一樣，我們的任務就是帶著這些人好好的過日子，才不讓愛新覺羅那些人，來控制我們的生活呢！」

「已經沒有愛新覺羅了。」

愛新覺羅……阿晃覺得頭有點暈，他到底在跟哪個朝代的人講話？

烏雅一臉不解的看著他。

「愛新覺羅沒有了？那現在皇帝是誰？」

「現在也沒有皇帝……」

「沒有皇帝？」烏雅高聲叫了起來：「那現在外面不是更亂了嗎？」

外面的確是大亂沒有錯，但跟烏雅認知的卻是兩個世界，阿晃不知道該怎麼跟她說明？不僅愛新覺羅作古，連軍閥割據的時代都過去了，國民黨都離開大陸去了台灣……烏雅把手搭上他的肩，道：「這樣的話，你就先在這住下來，反正等第一個孩子出生，還有段時間，你住在這裡，要是有誰欺負你，告訴我，我會幫你討公道的。」

阿晃覺得腦子一團混亂，他覺得他跟烏雅不是同時代的人，還有，她要他跟其他的女人生孩子……她們把他當作什麼？

「我要離開這個地方。」他脫口。

烏雅望著他，眼神一凜。

「你還不能走。孩子還沒生呢！」

看著烏雅那張美麗的臉龐，阿晃覺得這跟他一開始認識的那位女人，完全是兩回事。

他走出堂屋，想要離開這奇怪的地方，好歹回到他原來的世界。烏雅不知道喊了什麼，外頭的女人們湧了上來，擋住他的去路，最前面的是笑臉盈盈的秀拉，只見秀拉抬起手，手上有著粉末，然後輕輕朝他一吹……他暈了過去。

等阿晃醒來時，發現他不但被捆綁著，而且被高吊在樹上，他看著底下那些圍觀的女人，喊叫起來：「放我下來！快放我下來！」

珠妹看著阿晃被高綁著，跑到烏雅身邊，央求：「烏雅，讓他下來嘛！」

烏雅蹲下身，說：「如果不把他綁起來的話，他就會跟鳥一樣，離開這裡喔！」

聽到這裡，珠妹驚惶失措，她猛搖頭。

「什麼？阿晃會離開這裡？我還沒變成他的阿夏呢！不行！不行！」

烏雅摸著珠妹披在肩上的頭髮，只有簡單的兩個髻，等到她成年了，能夠綁辮子了，珠妹也可以成為阿晃的女人，也就是成為阿夏了。綁辮子可是她們這裡長大的一個象徵，穿裙子也是，表示年紀到了，可以生育了，只是那時候的男人可能就是別人了。

不過烏雅不打算把這事告訴她，反正過兩年，珠妹就會忘掉阿晃，到時會有其他的男人進來。男人嘛！不過是她們生孩子的對象，誰都沒關係。

阿晃看著底下那些女人，覺得自己搖搖晃晃的，上不著天、下不著地，跳傘之後的感覺又湧了出來……有片刻，他覺得自己又成為俘虜了。

這些女人……跟那些砲火，他真不知哪個比較危險了？

有兩名女人匆匆的跑過來，用納西語對著所有人大喊，烏雅不知道說了什麼，之後幾個女人留下來看守，其他數百名女人，連同小孩，都跟著烏雅興奮的跑走了。

現場留有秀拉跟珠妹，還有其他幾名女人，阿晃要求：「秀拉，把我放下來吧！」

「不行啊！等等你跑走怎麼辦？」

「我不跑行了吧？」

「沒有烏雅的吩咐，你就待在那裡吧！」

———

小維張開眼睛，就覺得自己一定在夢裡，要不然就是生前還算積德，才能夠上天堂。

事實上，他連自己死了還是活著，都搞不太清楚，只見那些女人朝他走過來，至於她們講些什麼話，他是不太清楚的。

「可以幫我鬆綁嗎……」他的話還沒有說完，他所待著的這艘船就被二十多個女人抬起來，往岸上走。

他左右張望，一群看起來柔弱的女人，將他帶上岸，卻沒有立即釋放他的意思，小維不知道接下來會怎麼樣？也只能聽天由命了。

在被大水沖走後，他一度以為自己要溺斃，要死在洪水當中，也就聽天由命，讓河水沖走。

好不容易，他被沖上岸，撿回一條命，眼前出現一群人，他們將他帶到村子，還讓他吃飽喝足，給他換上新的衣服，然後，一群人趁他睡著時，將他綁起來丟到小船上，離開之前，那些人的嘴裡還念著奇怪的話，像是經文似的，好像在舉行什麼儀式。

小維沒想到後面的演變，只能隨波逐流，經過這些日子，他早已經明白遇到人並不一定是好事，還不如一個人快活呢！現在他只能躺在船上，聽著水聲，看著飛到他身上的鳥，還有岸邊的猴子，經過兩天兩夜，順著水流，進到一處山洞，在他覺得自己是不是會餓死時，就被一群女人帶走，來到這個奇怪的地方。

他也不知道被這些女人帶走是好是壞，反正橫豎都是一條命。

他被抬進一個村子，兩邊屋子不高，最高只有三樓，而且他還看到被高掛起來的阿晃……

嗯？

小維不可置信，他用力眨了眨眼，企圖看清楚一點，果然，那被綁得像粽子掛在樹上的正是阿晃。阿晃也看到了他，眼睛也瞪得老大。他們兩人竟然以這種詭異狀態重逢？

小維被抬進到村子中間的堂屋，二十多個女人將船放下，並鬆開了他的繩子。

小維坐了起來，他看著左右，那些女人看起來有點詭異，做出的事情也是匪夷所思，他看著在火堆前的那名女人，出聲：「這裡……是什麼地方？」

那名在火堆前的女人，繼續添加柴火，嘴裡不知道在念什麼，面對著她面前的牆壁，小維發現那牆壁隱隱約約像是個沉睡的女人。

半晌，烏雅走到他的面前，半蹲著，看著他的眼睛，嘴裡念著：「原來是漢人啊……」

小維不明所以的看著她，烏雅像審視物品似的，一番打量，又不時捏捏他的手臂，還有他的胸膛，露出了滿意的笑容，她伸出手，小維也不客氣，握著她的手站了起來。

「這裡是什麼地方？」他好奇的問。

「你會知道的。」烏雅露出美麗的微笑，她指著身邊一個年約十七、八歲的少女，說：「跟著塔拉過去，她會告訴你該到什麼地方。」

「你……沒有打算殺了我嗎？」小維還是保持著警戒，誰知道這些女人究竟是什麼人？剛剛他還看到阿晃被吊著呢！

烏雅瞪大了眼睛，道：「那不是太可惜了嗎？」

小維疑惑的看著她，不懂她的意思，塔拉跑了過來，主動伸手拉住小維，其他女人也是跟在他身後，小維感到有點訝異，見她們似乎沒有惡意，暫時鬆懈下來，同時也有點莫名的虛榮。原來他這麼受歡迎啊？

當他跟著那群女人，經過綁著阿晃的樹下時，抬起頭看著他，阿晃和他交視，都頗為訝異會在這個地方見到彼此。

「那個……他怎麼了？」小維指著被吊著的男人。

塔拉哪知道他們兩人認識，道：「他呀！不聽烏雅的話。你只要好好聽話，就不會跟他一樣了。」

「烏雅是誰？」

塔拉笑了起來：「剛剛跟你講話的就是烏雅啊！」

小維還不能理解到底發生什麼事，他被帶到阿晃之前住的屋子，陸續有人送進來清水與衣物，塔拉吩咐：「你就先把你自己清洗一下吧！如果需要什麼，就跟我說。你可得好好準備啊！」

阿晃從樹上掉了下來，他不自覺地叫了起來！秀拉忙過去將他扶起來，但沒有打算替他鬆綁的意思。

「疼了是不是？」

阿晃看著聚在他身邊的女人，也不知道該怎麼對她們發脾氣？這些人並無意取他的性命，看起來只是要給他一個教訓罷了，不過把他吊起來也太過分了。

「烏雅到底在做什麼？」他滿懷怒氣。沒有她的允許，這些女人怎麼可能這麼對他？

「烏雅正在花樓裡準備呢！」秀拉毫不掩飾。

阿晃有不好的感覺。

「有誰要進去她的花樓？」

「剛才帶進來的男人，你也看到了吧？」秀拉毫不掩飾。「本來今年的男人，應該是剛才那個，因為他是阿烏們送來的，但是你突然出現，烏雅說，一定是女兒神把你送給我們的，所以你才先進烏雅的花樓。你雖然不是阿烏們送過來的，不過多一個男人也是好事。」

但對阿晃來說就不一樣了，烏雅……是他的女人，怎麼……怎麼能夠小維進烏雅的花樓？

「把我放開！」他嚷著。

「烏雅說了，過了明天才把你放開。」秀拉推著他，他不得不前進。

「你要帶我去哪？」

幾分鐘後，阿晃跟雞被關在一起。在這個村子裡，生活寧靜，這大概是她們對於不聽話的人最大的處罰了。

阿晃看著那些雞，那些雞也歪著頭看他，像是無法理解，為什麼一個人類會跟牠們一起在雞舍裡？

阿晃冷靜下來，想著這幾天的事情，他發現，他不能以外面的眼光來看待烏雅，她們在這裡居住了那麼久，只知道外面的皇帝是愛新覺羅，那麼，外面發生什麼事，她們無法知道，而所謂的倫理……她們自有自己的倫理，不能以外面的眼光來看。

就算如此，他還是無法接受烏雅竟然要讓小維碰她，一想到這裡，他整個人快被妒火焚燒殆盡。

他站了起來，看著外頭的女人們，一副喜氣洋洋，在各處擺著蠟燭，還掛上花綵，就像當初他進花樓前那樣的氛圍，只是現在要迎接另一個男人……

他坐在雞舍，一時也不知道該如何離開。見到珠妹走了過來，她左手手臂掛著花籃，並且拿著幾朵花，她的右手則將花瓣輕輕擷取下來，放到籃子裡。

「珠妹……珠妹……」他喊著。

珠妹走了過來。

「阿晃，你怎麼被關起來了？」她驚訝的睜大眼睛。

阿晃沒有回答：「妳可不可以幫我解開繩子。」

「不行，烏雅會生氣的。」看來珠妹對於烏雅也是帶著敬畏。

「我被綁得好不舒服，妳可以幫我解開嗎？」阿晃試著打苦情牌，他知道珠妹對他頗有好感。

「要問烏雅……」

「烏雅現在在忙，算我拜託妳好不好？妳就用妳的剪刀，幫我把繩子剪開好嗎？算我拜託妳了。」

珠妹望著他許久，最後，終於點了點頭。

小維待在屋子裡，正在享受著食物，不管接下來會發生什麼事，起碼先吃飽才有力氣應付嘛！他餓了兩天，飢腸轆轆，現在總算有食物果腹，他可要吃個盡興。他正吃得開心，阿晃趁其他人不注意溜了進來，見到他，小維跳了起來，一臉欣喜：「阿晃，你被放下來了啊！」

「你怎麼會在這裡？」

「這個……說來話長，你又怎麼從那樹上下來的？到底發生什麼事？」小維還有很多疑問，阿晃反問：「她們有跟你說什麼事嗎？」

「說什麼呢？」小維不懂他的意思，他的肚子還餓著，又回到食物前大嚼起來。

「你吃了嗎？如果還沒吃的話，就一起來吃啊！」

「不準動烏雅。」

「什麼？」

「不可以進烏雅的花樓。」此刻，阿晃覺得滿腔的怒氣快要爆發。

「什麼花樓？這聽起來像是什麼不正經的地方……」小維話都還沒說完，阿晃已經衝了過來，揪住他的衣領道：「不准你亂說話！」

小維搞不清楚阿晃在做什麼？他捉住阿晃的手，怒道：「莫名其妙的，你發什麼神經啊？」

「不准你動烏雅！」

小維想起那張絕美的臉，再見到阿晃那氣呼呼的臉，還不明白發生什麼事，只明白他是因為那個女人而動怒。好好的跟他打招呼，迎來的卻是拳頭，他也火惱了。

「這麼生氣做什麼？她是你的女人嗎？」

這話一出，阿晃立刻被挑起怒火，他把小維推到牆壁去，準備教訓他，小維也不甘示弱，反正他也吃得差不多了，動動手腳，剛好可以消化一下，兩個人在屋子裡打來打去，連屋子外面的人都聽得到。

烏雅聽到消息，很快趕來現場，看到兩個男人打來打去，也生氣起來，這就是為什麼老祖宗說村子裡不可以有男人，男人就是麻煩！

「住手！通通都住手！」

兩個男人像沒聽到似的，還在混戰當中，最後，烏雅指派幾名力氣比較大的女人，將他們兩個分開。

「你們在做什麼？阿晃，你為什麼會在這裡？」烏雅看著他，她明明記得她命人把他關在雞舍了啊！

阿晃看著她，又看著小維，這麼多人望著他，他的話也說不出口，而烏雅眼見現場一片狼籍，是她領導這個村子以來，最大的混亂，她氣急敗壞，怒道：「全部給我關到雞舍！」

——

兩個大男人就這樣被關在雞舍，旁邊還有雞走來走去，像是十分不解為什麼屢屢有人類闖進牠們的世界？

而阿晃和小維兩個人身後被縛，也不好掙脫，其實，以他們兩個的身手，要逃離那些女人也不是不可能，只是兩人不同心，加上烏雅手中不知道放出什麼粉末，兩個人身子使不上勁，一下子就被那些女人制服。阿晃這才覺得，果然不要惹女人生氣啊！他連烏雅什麼時候出手都不知道，等他身子癱軟，粉末已經吸進鼻腔了。

而小維則盯著阿晃，怒道：「這到底是怎麼回事？」

「哼！」阿晃撇過了頭。

手雖然被縛，不過腳可是自由的，小維生氣的踹了他一腳，阿晃立刻倒在地上。

「你是哪根神經不對？明明好好的，卻要鬧到被她們關在雞舍？」小維覺得自己很無辜。

「雞舍總比花樓好。」阿晃嘀咕著。

「什麼？」

「最好把你都關在這裡。」阿晃使著性子。

「你才一輩子都關在這裡。」小維又踢了他一腳，阿晃正準備反擊，兩個人又不得安寧，這時候，烏雅的聲音響起：「都被關在雞舍裡了，還這麼不安分？」

兩人同時望著雞舍外面的女人，小維抗議起來：「是他先鬧事的。」

「你們認識？」烏雅覺得他們之間的氣氛頗為微妙。

阿晃盯了他一眼，沒有否認，小維則道：「對，我們認識，只是這傢伙不知道哪根神經不對勁，提到花樓就變臉！」

烏雅眉頭一挑，「他說了什麼嗎？」

「他說……」小維努力想著阿晃的話：「他說不可以進烏雅的花樓，我連妳的花樓在哪裡都不知道，怎麼進去？是要用飛的嗎？」

「這是真的嗎？」她盯著阿晃。

阿晃扭過身，沒有講話。

烏雅倒是覺得有趣了，嘴角泛起微笑。這男人不知道在使什麼性子，還不准其他男人進她的花樓？難道她沒有跟他說過，他看上了誰，就可以進誰的花樓嗎？再說，她擔負著女兒神交給她的使命，要讓她們的血脈流傳下去，跟男人在一起，是天經地義的事。

而在女兒湖中，哪些女人跳進水裡，就表示對他有興趣，等烏雅同他合房之後，其他女人就可以輪流邀他上花樓，百年來都是如此，這是傳統。

在烏雅看來，這個阿晃來這些天了，還搞不清楚狀況，不但拒絕去秀拉的花樓，還叫另外一個男人不能進她的花樓，這倒有趣了。

「他不能來的話，那……你來？」

聽著這近似露骨的話，阿晃向來黝黑的的臉孔反而紅了，小維認識他這麼久，還不知道他有這麼一面？

「欸？你沒事吧？」敢情阿晃生病了，才對他動粗？

而在烏雅的心中，卻有不同的感受，一股異樣的感覺也在她心頭蔓延開來。畢竟，有一個男人只要她，其他的女人都不要，這讓她另眼相看……

跟阿晃一樣，小維同樣被推落女兒湖裡，不同的是，當他從水底站起來，看到眼前的女人，雖然有些錯愕，但卻不像之前阿晃那般慌亂，嘴角反而泛起了微笑。

牡丹花下死，做鬼也風流。

而在岸上的烏雅，聽著其他女人進行東巴文的儀式，在儀式舉行的同時，她撫著阿晃的臉道：「你不去其他人的花樓，會斷了整個村子的命脈，這是很嚴重的事，那麼，只要你能夠讓我懷上孩子，我就不讓他進我的花樓，而他則延續使命。所以……你知道該怎麼做了吧？」

阿晃知道她已經做了很大的讓步，再怎麼說，烏雅是這個村子的領導者，她不能讓小維不進花樓，只是……要讓小維進烏雅的花樓，而且還在他的眼皮底下，那就怎麼樣也不行了。

他盡量想辦法適應這村子裡的規矩，並且與之拉拔著。

「只要有孩子……就行了吧？」這是烏雅所能想出來的折衷方式。

「對，只要有孩子……」

——

事情……怎麼會演變成這樣？

阿晃抱著烏雅，一個翻滾，成了他在上，她在下，對一個在村子裡沒什麼地位的男人而言，在花樓裡，是展現男性雄風的大好時期。

月色昏暗，就著跳動的燭火，阿晃見識到自己的另外一面，在烏雅的主動之下，他放縱自己的慾望，讓烏雅在他身子底下嬌喘連連。他的熱唇吻上了她的，激情的吞吃著對方，舌頭不自禁的糾纏在一起，久久不願分開。在燭光下，她美麗誘人的胴體，散發著成熟的氣息。他雙手緊握著豐實的乳房，下體則結合在一起，他感到一陣陣的快感，讓他通體舒暢。而在他的衝刺下，她發出了嬌喘與呻吟，那是陣陣高潮下的自然反應。

燭火不清，但已足夠讓他看清她的容顏，那美豔的臉蛋紅通通的，額際也滲出了汗水。

他輕柔的將她的汗水拭去，將身子深深地、深深地埋入她的體內。

烏雅的手不斷在他身上游移，手指碰到那些傷疤，輕聲的問道：「這些是怎麼回事？」

阿晃的身子停了下來，淡淡的道：「沒什麼。」

「這裡，還有這裡……」烏雅的手指在他身上細數，愛憐的問道：「你到底遇到多少事？」

阿晃在她身邊躺了下來。「忘了。」

「忘了？」

跟現在比起來，那些日子彷彿是一場夢，此刻的他不願去想起，他撫摸著烏雅的臉龐，想要將她鑄入腦海。

「你說……男人之後都會被送走？」

烏雅沒有回答，她看著阿晃，從他的語氣中感受到不捨，她竟然有了要將這個男人留下來的想法？

見她沒有回答，阿晃也不再追問，他望著天花板，那裡有個大大的花綵。

烏雅爬到他身上，啄了他一口。

「想那些做什麼？不是說好要生女兒嗎？」

是啊！說好要生一個女兒的，不，是要生很多、很多的女兒，如果他能夠讓烏雅生很多的女兒，是不是能跟她長相廝守？阿晃胡思亂想。

烏雅沒有讓他思考的機會，她在他的身上蠕動起來，挑起他的慾火，阿晃就算意識再遠，都可以感受到她的熱情如火。

也罷！以後的事以後再說，他還是先顧眼前再說。

他一把抱住了她，將全部的思緒及精力都花在她的身上，此刻，只有她與他，兩人世界，唯有燭火照耀著。

一陣風過來，燭火，熄了。

——

烏雅說到做到，這陣子，只有阿晃在她的花樓待著，天天在討論怎麼生孩子。

至於小維……每晚被安排到不同花樓去，一臉春風得意，看來，小維很快就融入這裡的環境，怡然自得。

白天時，阿晃常常看到他被五、六個女人圍繞著，這要在外面是會被認為不知廉恥，但在這兒卻不以為意，只要沒有耽誤到村子裡的工作，烏雅對那些村民的行為也不干涉，這裡認為喜歡男人也是好事，有機會為村裡延續生命才是重點，別像六年前來了個看似能幹的男人，待了半年，都沒讓一個女人懷孕，所有的女人一氣之下，時間還沒到就將他送走了！不能讓女人懷孕的男人，在她們的眼底就是沒價值。

阿晃在村子裡四處走走，平常烏雅忙著發落村子裡的大小事務，女人們也各忙著自己的事，阿晃也沒什麼事可幹，他走在街上，看到花綵結在塔拉的房間，看來昨天小維在這裡過夜啊！

他抬頭，正好看到小維從塔拉的花樓探出頭來，他看著小維，似乎有點疲累，看起來昨天晚上「工作」到很晚啊！

小維也看到了他，嘴角露出邪氣的笑容，小維用著家鄉的山地話跟他交談：「這麼早就出門，烏雅放過你了嗎？」

「她去忙了。」

「這麼早就去忙，看來是你昨天不夠努力，讓她不夠累……」

阿晃立刻變臉，他拿起一顆石頭，往小維身上一丟，準確無誤砸到他的額頭，小維也準備找什麼武器可以攻擊，塔拉適時出現在窗口，看到阿晃，她露出古怪的微笑，將窗戶關了起來，看來……小維一時三刻還出不了房間。

只是……烏雅跑哪去了？才一、兩個小時沒見，就有點想念她了呢！阿晃攔住在村子裡跑來跑去的珠妹，問道：「妳有看到烏雅嗎？」

「有啊！」

「她在哪兒？」

「她去那邊，還有那邊。」珠妹指來指去，阿晃不禁啞然，看來烏雅一大早就很忙碌啊！

他來到村子裡的堂屋，看著牆上，那些是他所不熟悉的東巴文，記錄著村子的歷史。

阿晃曾經聽烏雅說過，她們原本和其他人一樣，都住在地面上，只是她們跟其他摩梭族人略有不同。原來的摩梭族男女皆同住在一個村子裡，女性為大的她們，則有區別。在這裡，女人住在村子中間，而男人只能居住在外圍。於是，摩梭族便把她們這一支族人，稱為摩呵人，藉以區分。

一百四十多年前，地牛翻身，她們整個村子，特別是中間的地方下陷，當時居住在村子外緣的男人則跑走了。從此以後，這些女人和外界隔絕，唯一有聯繫的，就是之前曾居在村子外緣的男人們。

當時那些男人們想要將村子的女人接出去，不過當時的祭司，也是烏雅的曾祖母認為這是女兒神的旨意，要她們不受打擾，在這裡好好繁衍後代，所以這裡的女人就沒出去。於是每隔三年，阿烏們都會派個男人進到村子裡，和女人交合，如果是女兒，就留下來生活，如果是男孩，就送出去。反正這山谷很大，她們在這自耕自種，能夠自足。

而今年就是那第三年，阿烏們發現了小維，將他餵飽喝足，讓他洗乾淨，再趁著他不注意的時候，綁在小船上，放在河流，河流會進入山裡的暗流，起碼要花上兩天的時間才能來到村子。

如果他們要將男人送走，也是得從另外一條河，再花上三天的時間，才能送出去，進出不易。

這樣曲折的地理環境，讓女兒村得以與外界隔絕，因為連未成年的女兒們，也不清楚跟外界的連結，也讓女兒村這近一百四十年來，得以安寧。

就著火把，可以看到兩側都是陰暗的山壁，在山壁上有奇怪的蟲子，見到光之後，立刻跑走，也有的蟲子靠近，就被火焰燒了個精光。

孫銘手裡拿著火把，站在船上，他好奇的睜大眼睛，想看清這條山谷裡的河流，身子一歪，差點落到水裡，黃江海眼明手快，拉住了他。

「小心點。」

「少校，這裡真是他媽的鬼地方。」孫銘忍不住髒話脫口而出。他差一點就落到那黑黝黝的水裡了，誰知道那裡面有什麼？

黃江海也不反對，這裡……真的是個鬼地方。從入口進來之後，要不是有手錶，他都不知道他們在這黑暗的地方已經行進了三十個小時。這座山……超乎他想像啊！

雖然當地人已經警告過他，想要進到那個地方不容易，但……有國民黨人的下落，他當然得來一趟。

當初快要抵達雲南，地牛突然翻身，導致他失去一大半的兵力，而那兩個國民黨也跟著洪水消失的無影無蹤，還好在關鍵時刻，他被孫銘救了上去。

看著填滿山壑的水，他又驚又氣，不敢相信自己煞費苦心，最後那兩個人連同自己的部隊大都被水沖走。在繞路回到境內之後，他只好透過殿師長的關係，跟駐防雲南邊界的軍政局借兵，又追蹤了水流的方向，跟住在附近的納西族詢問，花了很多時間，發現了山裡還有久居，未被發現的摩呵人。

他花了一點時間，找到摩呵人的男族，費了點功夫，從那些男族的口中得知，他們曾經救過一個人，為了讓他繁衍摩呵人的命脈，他們將那個人送到女兒村。

在多方確認之下，他認為那個人就是從台灣來的突擊隊員，是他們要逮捕的對象。於是，他用武力脅迫那些摩呵人的男族，將他們帶到女族的地方。

現在他們來了，而摩呵男族到摩呵女族的道路神祕而遙遠，他們從乘坐船隻進入山洞，就再也不見天日。為了避免語言不通，他從男族那邊帶個能夠溝通的人來，在時針又走了兩輪之後，才得以見到光線。

從山洞出來見到外面的世界，有如隔世，在所有的人都適應光線之後，黃江海才讓他們上岸，開始行動。

一行人踏上土地，好奇的看著四周，這裡物產豐饒，他們看到結實累累的果樹，還有豐富的農作物，更令解放軍訝異的是，在農地裡耕作的都是女人。他們不是沒見過女人耕田，只是全都是女人耕田，就令他們訝異了。

那些女人也發現了他們，有兩個驚恐的叫了起來。她們的尖叫聲引來了一名美麗的女子，那名女子看到他們的來臨，也十分詫異，卻沒有驚恐的表情，反而朝他們走過來，並說出一連串他們聽不懂的話。

黃江海將那個摩呵男族的人推到那女人的面前，吩咐：「你去問問，我們要的人是不是在她們手上？」

那名男子望著烏雅，用他們所聽懂的共同語言東巴語，結結巴巴的開始說明：「他們……他們是來找人的。」

聽到他說的是熟悉的語言，烏雅很快說：「你是……你是我們的人？那他們是誰？」

那個被抓住的男子哭泣的道：「他們……他們說要找一個人，一個漢人，而那個漢人被我們送進來了，所以他們就強迫阿烏他們，要我帶他們進來找那個漢人。」

「什麼漢人？」烏雅有不好的感覺。

「那個漢人……是我們發現的，阿烏讓他進來完成女兒神交代的使命，那些人知道了，就說要找他……」

烏雅生氣了，她打了那個男人一個巴掌，憤怒的道：「既然知道要完成女兒神交代的使命，為什麼又讓這些無關緊要的人進來？」

「他們……把所有的人都抓了起來，而且還威脅阿烏……」

「什麼？」烏雅相當驚訝！雖然阿烏們一直協助她們服侍女兒神，地位較為低下，但男族與女族之間，仍保持著十分良好的關係，聽到阿烏被他們脅迫，也是十分訝異與憤怒，旁邊的女人更是騷動起來。

「他們要那個人……我們送進來的漢人……」

「這裡是什麼地方？沒有女兒神的允許，怎麼能夠進來？你們還帶著這些人，這是在褻瀆女兒神！」烏雅生氣極了！她對著為首的黃江海，怒叱：「把你的人帶走！」

黃江海聽不懂她在講什麼，只有對方才那個男人說：「叫她把我們要的人交出來，我們只要那個人。」

男人趕緊用東巴語對烏雅說：「他們要送來的那個人……」

「快點出去！」烏雅憤怒的說。

黃江海從她的臉色讀取了烏雅的意思，他問著手中那名懂得北京話和納西話的男人，說：「她如果不交出來的話，我們就進去找。」

那個男人只能哭泣，並且把意思傳遞出去，烏雅聽聞，怒聲咒罵，黃江海看她沒有讓他們進去的意思，下令：「進去搜！不可擾民，不可對女人無禮，要謹守紀律，違者一律軍法嚴辦。」

「是！」

解放軍收到命令後就衝了進去，而在農稼地上工作的女人全都驚叫起來！女人開始用手上的鋤頭或木棍進行反擊，企圖阻止部隊的行動。

這些女人感到驚恐，她們雖然需要男人，但絕對不是這些別有企圖、還攜帶武器的軍人。以往送進來的男人，阿烏都已經挑選過了，不至於對她們無禮。而這些人手上也拿著她們沒有見過的武器，那些槍械碰到她們身子的時候，感覺相當冰冷。

黃江海見狀，眉頭一蹙，這些解放軍是他從雲南認識的軍隊借調來的，並不是他親手訓練出來的子弟兵，難免難以控制。他正想叱喝不可傷害婦女時，烏雅拿著刀子衝到他面前，想要保衛她的人民。那把刀子只是她平常拿來割樹木、劃破獸皮，或是割斷繩子的工具，從來不是武器。而現在這些人闖進村子，她所能想到的，就是以短刀作為自衛攻擊的利器。

黃江海還沒動手，烏雅就被孫銘制服了，這一幕讓趕過來的阿晃見到，生氣的喊著：「住手！」

黃江海看到阿晃，眼睛亮了起來！

「原來……你在這裡啊！」

阿晃更沒想到會在這裡見到黃江海，他的神經開始警戒起來，怒道：「快把烏雅放開！」

黃江海看著孫銘捉住的女人，說：「原來她叫烏雅啊……她是你的人嗎？」

「這些人都是無辜的！把她們放開！」

黃江海看到周圍都是女人，為了避免節外生枝，淡淡的說道：「你就束手就縛吧！事情就可以順利解決。」

阿晃看到周遭，那些女人都已被解放軍控制住，恨不得衝上去。不過，烏雅在他的手上，他告訴自己不能太過衝動。阿晃勉強壓下怒意，說：「好，我跟你走，但你先把她放開。」

「我怎麼信任你？」

阿晃把雙手舉起來，道：「我並沒有武器。」

黃江海吩咐底下的人將阿晃捉住，而懂得北京話的烏雅聽到他們交談，知道這些人來者不善，是衝著阿晃來的。

每三年這裡就有新的男人進來，時間到了就會送走，村子裡的規矩，沒有男人能夠在這裡多留。不過，這次她的心不一樣，男人如果進到女人的心，就很難忘掉，所以她小的時候，會聽到那些阿咪，也就是村子裡年紀比較大的女人提醒，男人可以進花樓，但是不能進她的心，她還不太能理解。

而現在……她似乎明白她們在說什麼了，烏雅明白他們抓著自己，是要威脅阿晃，烏雅心下一急，索性用力咬著孫銘的手，一下就咬出血來！

孫銘大叫起來！她趁機衝了出去，抓住阿晃的手，就往後跑！

「可惡！」孫銘氣惱極了！他怎麼忘了女人是最不受控制的生物？

「給我追，抓回來，要抓活的！」黃江海開口了。

孫銘帶著解放軍，跟在阿晃的身後跑進了村內。

看著後頭追上來的解放軍，阿晃感到不妙，他明白這個村子沒有任何抵抗的能力，估且不說是個女人村，這一百多年來，除了外面的同族男性會跟她們有所接觸，這裡可以說是與世隔絕，只懂得安逸生活，而不曉得有外敵。解放軍攻了進來，一定會破壞了長期擁有的和平與和諧。

村裡的女人見狀不禁哭叫起來，而跟塔拉在一起的小維，聽到外面傳來不尋常的哭喊聲，從床上跳了起來！跟他身子交纏連結在一起的塔拉，還不知道發生了什麼事。

小維衝到窗戶旁邊，謹慎的往外看，而塔拉沒有遇過這種狀況，她一過來，就邊打開窗戶邊埋怨：「外面吵死了……」

小維正準備叫她不要開窗，塔拉的身影一出現，就被底下的解放軍發現，衝進花樓！

烏雅看到自己的村子被解放軍佔領，驚慌起來，她明白這些人是恐怖的威脅，只得吩咐其他人躲起來！不過，她們根本沒有地方可躲，這些從來沒有想過會有災難的女人們，村內根本沒有所謂的防護設施。不懂得何謂戰爭，便沒有守衛的防備設施。許多女人發現不對勁，她們的村子根本阻擋不了那些男人們的攻擊，紛紛跑到堂屋躲避。

烏雅也帶著阿晃來到了堂屋，阿晃知道在這裡聚集只會被解放軍包圍，最後難逃被逮捕的命運，他急忙道：「快點離開這裡！」

「那些人是會帶來毀滅的災難厲鬼啊！」烏雅用漢語對他說：「現在只有女兒神可以幫助我們了。」

「快走！」

「不行，在這裡的話，我們是死路一條。」阿晃勸說著。

「那些人是厲鬼，要請求女兒神幫忙啊！」烏雅堅持。

烏雅在火塘之前跪了下來，跑到堂屋的女人，也全都跪了下來，似乎以為只要這樣，災難就會自動消失。畢竟，幾百年下來，她們都是這麼做的。阿晃急了，他拉著烏雅道：「快點離開！」

烏雅沒有理會，甚至強迫他也跪下來，說：「跟我一起祈求女兒神……」

「不會有用的，快走……」

「我們要相信女兒神，只有祂才能帶我們脫離這場災難……」烏雅話還沒說完，解放軍已經衝進堂屋。

阿晃見狀危急，立刻拉著烏雅的手，將她從地上拖了起來，躲到堂屋大柱的後面。

堂屋裡只有兩根柱子支撐，能藏的人並不多，還好那柱子夠大，兩根柱子還可以藏著幾個人。

黃江海走了進來，知道他們逃不出去，溫情喊話：「各位女人們，不要害怕，我們絕對不會傷害妳們一根汗毛的。我們只是奉命行事，要抓捕兩位台灣國民黨派來的反動分子，任務完成，我們就會主動撤離，妳們仍然可以過妳們的日子。」

阿晃看著當前的處境，他滿心思想著這些女人的可能遭遇。他決定要站出來，接受黃江海的逮捕，不可以因他們的緣故，讓這些女人與村子受到任何傷害。他的心意，就跟滿星疊那一次，全校師生被周林等人擒住時，他挺身而出的情況一樣。更何況，這次還有他摯愛的女人……

烏雅似乎看出了阿晃的心思，卻抓住了他的手臂，淚眼盈盈，搖著頭，輕聲的道：「別出去。」她很清楚，這些人是衝著阿晃而來的。

「我如果不出去，妳們都會死。」

「你如果出去的話，你會死……」烏雅悠悠的道：「他們的所作所為，女兒神都會看到，祂不會不管我們的。」

阿晃望著牆上那個若隱若現的臉，那是烏雅她們的信仰，他從來不去批判，正如同他也有自己的信仰，但槍口都在眼前了，還把自己的性命寄託遙不可及的神靈，神靈也不會允許的。

黃江海的聲音離他更近了：「這些女人是無辜的，你跟我都很清楚這一點，看你是要自己出來？還是我過去找你。」

阿晃吸了口氣，他不能再讓這些人因為他的關係而死亡，這裡……原本是個祥和寧靜的世界啊……

不顧烏雅的阻止，阿晃緩緩的站了起來，並走了出來。

孫銘高舉槍枝，並未動手，他知道黃江海要抓活的，死的就沒意義了，他也示意其他人不要開槍。

烏雅見阻止無果，覺得自己的世界快要崩塌……她的生命當中，有無數個男人來來去去，本來她們這個村子裡，這種事習以為常，也沒想過會守著一個男人一輩子，更沒外界所謂的婚約束縛。在她看來，所謂結婚這回事，那完全是漢族人給自己的奇怪綑綁，兩情相悅時，便會願意為對方做任何事，等到情盡時，就是一拍兩散。

那她跟阿晃呢？

想起最近的柔情蜜意，烏雅的嘴角露出甜蜜的笑容。那些溫暖的夜晚，都叫人不捨。

她看著中央已經燒了百年的火塘，從未停歇，從她小時候就看著那火焰了，村子裡有派人顧著火焰，不論早晚，只要火勢漸小，就得隨時添加柴火，那火代表著她們的生命……生生不息。

她望著牆上的女兒神，想起她的母親，還有母親的母親都告訴過她，女兒神會守護著她們，那麼……

她所信仰的女兒神，請給她勇氣，守護那個不只是進入她的花樓，更是第一個闖入她心扉的人吧！

她伸出手，拿起一個燃著火焰的火把，將火把往黃江海的身上一丟！黃江海的衣服被火苗燒到，孫銘見狀，大為驚駭！急忙衝去想撲熄他身上的火焰，而火把掉到地上，開始燃燒起來！

火塘是由石頭鋪砌，而堂屋則是木頭製作的，這火把一落下，火焰開始蔓延。見狀，有幾個女人也拿出火塘裡的那些柴火，投向那些解放軍，解放軍只能閃躲。堂屋開始燃燒，孫銘將黃江海拉開，想辦法撲滅他身上的火勢。好不容易火苗都被打熄，黃江海急忙吩咐：「抓住他們，快！」

「少校！」

「快！」

孫銘轉頭，只見火焰已經高及屋頂，他們根本跑不進去，同樣的，裡頭的女人也跑不出來，他從火中聽到那些女人的尖叫聲，就是沒看到他們要的人……

轟！

堂屋瞬間倒下！而村子裡的屋舍全都有連結，包括堂屋，它連接柴房、樓房……此刻，火焰竄升，屋子一間接著一間，全都燒了起來！整個村子迅速被火海吞噬。

孫銘怕黃江海出事，拉著他從原來的路就要退開，黃江海哪肯跑，他好不容易找到這裡，發現國民黨的突擊隊員，怎麼能功虧一簣？

「少校，快走！」

「那個人呢？」

「他們……他們……」

大火不斷燃燒，黃江海也無計可施，他只能眼睜睜看著那火燒著村子，燒毀他的希望。空氣是熾熱的，他的心卻如同浸到冰水裡……

他又要失敗了嗎？

堂屋被大火吞噬著，屋樑也即將掉下來，他就要命喪於此了吧？阿晃突然覺得，如果就這樣死掉的話，也好，那些什麼任務、什麼解放軍，通通消失吧！至少，他可以不用再殺人與被殺；至少，他還可以跟烏雅在一起……

他抱著烏雅的時候，忍受火焰的燒灼，那火就在他們的周圍，身上的汗毛因為這高溫都已經要燃燒了起來……

「阿晃？」

「嗯？」

「我說過……我會對你負責的。」

這時候還說這麼奇怪的話？阿晃緊緊抱著烏雅，而烏雅推開他，爬向火塘，又像在念經文似的，不過，這次不是東巴文，她特意用阿晃聽得懂的漢語說著：「慈悲的女兒神……守護著女兒生生世世的女兒神，永遠守護祂的子民的女兒神，現在，為祢的子民開條路吧！」

阿晃出現了幻覺，那個女兒神……竟然微笑起來？不！不是微笑！而是女兒神的那面牆垮了下來……而在牆後，是一個又深又黑的洞……

阿晃這時才發現，在烏雅所趴的地方，似乎有個機關？不過被她的身影遮住，他看不清楚是怎麼打開的？

阿晃趕緊拉著烏雅，就要往那個洞進去，而烏雅則拉著附近還有氣息的女人，一個個往那個洞口跑。珠妹也在其中，解放軍闖入的時候，她被母親帶著躲入堂屋，過於驚嚇的她，似乎已經嚇暈，此刻軟綿綿的躺在母親的懷裡。

來到洞口的時候，珠妹的母親似乎已經沒有力量了，烏雅趕緊對阿晃說：「你先將珠妹帶進去！」

情況緊急，阿晃抱著珠妹，剛進洞口，正準備叫烏雅進來，此刻，一聲擊天巨響，隨後傳來女人們的尖叫聲！

天花板落了下來，而烏雅等人來不及進入洞口，就這麼被壓住，剛好擋住了洞口，不論是火焰，還是解放軍，都進不了那個洞……

阿晃想要去救烏雅，已經來不及了，他的手裡抱著珠妹，而洞口又被擋住了，他只能前進，無法後退。

眼前一片黑暗，他唯一能做的就是順著洞口，不停地前進，這個洞忽高忽低、忽大忽小，有時候，他可以抱著珠妹前進，有時候，只能一手抱著珠妹，一手匍匐前進。

不知道過了多久，久到他以為再也見不到太陽，在他筋疲力盡之前，看到前面有道微弱的光線，他背著珠妹勉強爬了出去，最後，終於看到太陽。

他躺在地上，看著頭上的陽光，聽到耳邊傳來潺潺的流水，神情有些恍惚。

他想起烏雅跟他說過女兒神的傳說，為了守護女兒們不受男人們的傷害，所以女兒神將村莊和外界的通道截斷，而這個通道只有擔任祭司的女人才會知道。

那個通道……現在他也知道了。

阿晃帶著珠妹，在山裡行走，他不知道這座山到哪裡去？帶著珠妹，他只能往有人煙的地方走。

如果是他一個人的話，還可以在山裡求生，但珠妹還小，不能讓她挨苦受凍，這是女兒村僅存的一絲血脈了……

珠妹趴在他的身上，兩眼茫然，一動也未動，阿晃知道她沒事，雖然受到驚嚇，但在堂屋崩塌之前，他和珠妹就躲進了洞裡，並沒受到太大的傷害，只是不管他怎麼呼喚，珠妹都沒有反應，她的神志像是隨著女兒村的崩毀一起埋葬了……

阿晃帶著珠妹，在山裡走了三天，餓了就摘點水果或拔草吃，在這裡的日子這麼久，已經足夠讓他明白哪些植物可以吃，哪些不能碰，渴了就找點山泉水喝，晚上冷的時候，他也把珠妹抱在懷裡，兩個人一起取暖。

「一起生個孩子吧……」

烏雅的話在他耳邊回響，孩子……他能有自己的孩了嗎？看著懷裡的珠妹，這就是他和烏雅的孩子吧？

因為有珠妹的關係，即便他很想念烏雅，但是他不能沉溺在悲傷之中，他如果沉溺的話，珠妹就完了。縱使撕心裂肺，也要先將傷口埋在心裡，就像以前那樣。

現在的他只想著，如果真有女兒神的話，請保護著女兒村的唯一血脈吧！

他在珠妹的額上一吻，就像父親對待一個女兒那樣，然後閉上眼睛和她一起休息。

等他張開眼睛，聽到耳邊有人在講話的聲音，他們在講什麼，他聽不太清楚，這裡的少數民族太多了，每一族都有自己的語言，他們或有共同語言，要不然就是一個民族的人，都會三、五種其他族的語言。阿晃在女兒村裡，好不容易跟著會漢語的烏雅她們，學了點納西語，但是，耳邊的這些聲音，又是什麼民族？

阿晃望著那些好奇的看著他和珠妹的人，他試著指了指珠妹，表示她需要照顧。那個人看了他良久，也不知道懂不懂他的意思，用手揮了揮，要阿晃跟著他走。

如果是其他時候，他會離開人群，免得帶來麻煩，不過，此刻他只能選擇融入人群，不然他一個大男人帶著珠妹，根本不知道要怎麼照顧她。

而小維，那個與他共患難的戰友……也消逝在女兒村了嗎？

第七部

亡命之徒在天涯

泰國。

天氣好熱啊！

雖然同樣都在亞熱帶，但這裡的氣候跟台灣還是不太一樣，乾燥的很，龔翊揚不斷用手帕擦汗，那汗水把手帕都濡濕了，他坐在老皮的車內，不斷看手錶，這時間怎麼還沒到？他拿起老皮幫他準備的水，喝了起來，緩解體內的燥熱，在水快喝完的時候，車門突然被打開，一個人閃了進來。

「走。」那個人低聲說著。

老皮立刻將車子開走，他們這輛車子停在這裡太久，會被盯上的，於是他開始出發，好讓龔翊揚跟張蘇泉說話。

「好久不見了。」龔翊揚跟小他十來歲的張蘇泉打招呼。

「將軍，好久不見了。」

「你……在張奇夫的底下，混得很好嘛！」

張蘇泉淡淡的道：「託你們的福。」

「不打算回台灣了嗎？」

「我如果回去的話，恐怕跟孫立人將軍一樣，再也出不來了吧？」

龔翊揚沒有說話，這一點，他還真不敢保證，畢竟執政者的想法，他也無法掌握。

一九五五年，陸軍二級上將孫立人被他的舊部屬郭廷亮指為匪諜，孫立人被遭軟禁，這事，連遠在金三角的張蘇泉都收到了消息。那麼，最初被情報局指派到昆沙底下做事的他，還能回去嗎？他會成為另一個孫立人嗎？

「這是你不跟台灣聯絡的原因嗎？」

張蘇泉淡淡的道：「你是過來指責我沒有跟你們聯繫嗎？」

「當然不是，自從你來這裡之後，我們就完全沒關係……名義上就完全沒關係了，對不對？」

張蘇泉笑了起來。

是啊！打從他離開台灣，被情報局派到昆沙身邊，照理說，他就不該跟台灣這邊有任何聯繫，不過，他還是情報員，做著最機密的工作，而他的工作只有幾個人知道。也就是說，如果那幾個人都不在了，就沒有人可以證實他的身分了。

「那你這次私下過來……不是為了敘舊吧？」張蘇泉很清楚這一點。

「我來找你，是想問你耀中的事。」

「耀中啊……」張蘇泉腦海裡浮現那個年輕人的臉，還有他找上他時的慘白模樣。

「西南情報站的那些人……到底怎麼被發現的？」

「共產黨發現文件不見了，自然知道有人潛入，至於怎麼發現的？肯定是有人漏了餡。共產黨那些人怎麼做事，你應該也知道。」張蘇泉皺著眉頭。

「那耀中他……」龔翊揚簡直不敢想像，如果耀中被送到北京當局，會遭受什麼樣的待遇。

張蘇泉望了他一眼，淡淡的道：「他沒事。」

龔翊揚感到錯愕，張蘇泉又道：「在共產黨準備逮人的時候，他已經逃出來了，連皮毛都沒傷到一根。」他知道龔翊揚想要知道他這個愛將到底是生是死。

提到程耀中，龔翊揚就想到那批為了解救被抓走的西南情報局人員所犧牲的突擊隊員，不自禁閉上了眼睛。如果……一切事情的始端，是因為耀中的關係，那就由他來收拾吧！誰叫他是耀中的直屬長官呢？

「他現在在哪？」

「不知道。」

「你不是說有他的下落？」正是他聯絡張蘇泉，想要透過他的力量找出程耀中，張蘇泉說他有耀中的下落，他才過來的。

「別急。」車子有點顛簸，張蘇泉換了個姿勢，才道：「西南情報站被破時，耀中就逃到了我那裡，現在叫阿年，前陣子有個任務，我跟他商量過後，他去執行了。對了，台灣那邊派來解救耀中的突擊隊員，有兩個在我那邊，阿年跟他們一起去執行任務，不過到現在還沒回來。」

龔翊揚聽到派出的突擊隊員還有生還者，相當訝異！

「還有人活著？昆沙知道嗎？」

「他都跟國民黨鬧翻了，怎麼可能讓他知道？」他望著龔翊揚，說：「你派出的這幾名還不錯，守口如瓶啊！」透過李玉仙，還有跟西南情報站僅存的陳哲、曾冠良聯繫，他還得旁敲側擊，才確認那兩個人的真實身分。

「國家沒白養……」

「等他執行任務回來之後，我再通知你吧！」昆沙失蹤的事，張蘇泉不打算告訴他。「另外，你得跟我到另外一個地方。」

「什麼地方？」

張蘇泉說了個地名，老皮聽聞，便將車子往遠方開，龔翊揚也不曉得要去哪兒，反正來都來了，既來之、則安之。他閉上眼睛小寐一會，等車子停了，他張開眼睛，來到一個陌生的地方，張蘇泉道：「我先讓老皮送我回去，前面那間屋子，你進去之後，有人在等你，我想你們也會談一陣子，等等老皮會回來接你。」現在昆沙不在，他得早點回去滿星疊坐鎮。

龔翊揚下了車，老皮將車開走，他往裡頭走去，這裡是間近乎荒廢的二手車行，他往裡頭走去，見到有人正在修車，見到他就以泰文打招呼，在看到來人之後，那人不敢相信的拿下眼鏡，用衣服擦了擦，重新戴上之後，露出開心的笑容。

「將軍……」

「陳哲，是你？好久不見了。」

「誰啊？」後頭的曾冠良聽到陳哲說著字正腔圓的北京話，探出頭來，見到龔翊揚，一臉驚愕，瞬間，一張老臉涕淚縱橫。他抹去淚水，龔翊揚見狀，上前給了個擁抱，這老伙伴也是辛苦了。

很快地，曾冠良平復下來，他問：「將軍，您怎麼會在這？」

「阿泉帶我來的。」

「那個胳臂往外彎的？他在哪？我去會會他！」提到他，曾冠良就有點生氣，大伙在情報局還說要為國家奉獻犧牲，哪知張蘇泉到了昆沙那邊之後，就變成他的人了？

「好了！好了！要不是他，我也不知道你們在這兒。」

曾冠良恍然大悟，他轉身問陳哲：「該不會這個地方也是他找的？」

陳哲沒有回答，表情昭然若揭，他知道曾冠良對張蘇泉頗有微詞，認為他到了昆沙身邊，成了參謀長，對黨國已有異心，認為這種人根本不適合當個軍人，覺得他是個恥辱。

不過，西南情報站被破時，他聯絡台灣的同時也聯絡了張蘇泉，之後小瑾的手下布瓦來告知他們還沒到達孟連，小瑾和唐允禮就戰死的事。後來，張蘇泉的人找到了他們，並帶他們到了曼谷，安排了一個棲身之處。

他雖不再為國民黨做事，但是，對於曾經相處過的情報局同仁還是不吝施以援手。

「你這傢伙，竟然背著我跟他聯絡？」曾冠良發現之後，氣得想要揍陳哲，陳哲訕訕的道：「他總是個老大哥……」

「去你的老大哥！」

「好了！好了！平安就好、平安就好。」龔翊揚安撫著他，道：「既然你們在這裡，找個時間，我把你們弄回台灣吧！」

曾冠良仍氣呼呼的，陳哲則道：「不行，現在還不能回去。」

龔翊揚不解，陳哲道：「國民黨內有共諜吧？要不，咱們的情報站怎麼會被破獲？就連來救援的突擊隊也都被打了下來，我們這邊也沒得到消息，我懷疑……有人在中間搗蛋。」

「你是說情報局裡有內鬼？」

「事情演變至此，不懷疑都不行。」

龔翊揚想了想，道：「這一點，我會跟老葉談談，我在明處，不方便把人揪出來。」當時國防部情報局指派任務的局長是葉翔之，現在已經退休了，不過他相信這種事情，葉翔之不會不理的。

見到龔翊揚過來，曾冠良心情大好，道：「還站著做什麼？先進來坐，有什麼事情，我們慢慢談啊！」

———

阿晃帶著珠妹在這個小村子暫住，透過烏雅教他的納西語，他勉強和當地的人溝通，反正他皮膚黑、輪廓深，在台灣常被平地人帶著歧視的口氣，稱作番仔。在這裡似乎沒有太大的困擾，反而藉著這些優勢，他能夠很自然的融入村子。

對外，他說珠妹是他的女兒，幾個村子裡的女人看到珠妹可愛的模樣，都拿著小女孩喜歡的玩具過來，想要逗她玩耍。不過，珠妹毫無反應，那些女人見了，也只得作罷！

其中有名女人好奇的問道：「阿晃啊！這珠妹怎麼了？傻傻的，都不說話。」

「啊……她……她的母親死了。」阿晃含糊的道。他既已視烏雅為無緣的妻子，那麼，珠妹身為女兒村的血脈，就成了他無血緣的女兒了。

「原來啊！」那些女人寄予同情的眼神。

村子裡的小孩想來找珠妹玩，珠妹只在地上畫畫，沒有理會他們，小孩們覺得無趣，就不再理會她了。

阿晃幫忙村裡的人收地瓜，完成農事之後，他來到珠妹的面前，輕聲叫著：「珠妹？」

珠妹沒有回應，依舊用樹枝在地上畫著，阿晃仔細一看，那正是烏雅、秀拉，還有塔拉她們幾個人的畫像。雖然都是女人，服裝看似差不多，但烏雅身為村子裡的祭司，她的祭司袍是最明顯的；還有酷愛花朵的秀拉，右邊髮際上總愛插一朵大紅花；還有塔拉，髮齊至眉，也是很好辨認。珠妹的畫雖然幼稚，但透過特徵，仍能很清楚她畫的是誰。

阿晃的心中一慟……烏雅……如果不是他闖進她們的村子，或許，他們就不會相識，女兒村也不會遭到如此浩劫……

畫著畫著，珠妹不知道想到什麼？突然尖叫起來——

「啊啊——啊啊啊——」

阿晃知道她又想起大火焚燒女兒村的那一幕，在跟珠妹睡覺時，她閉著眼睛，哭著喊著女兒村裡的每個人的名字，他只能把珠妹緊緊的抱在懷中，不停的安撫著她。

他抱著珠妹，不停的哼著歌，珠妹又哭又叫，不停的拍打著他，阿晃也只能讓她打，這是他能夠做的……

良久，珠妹終於安靜下來，也許是哭得累了，她趴在阿晃的懷中睡著了。

阿晃將她抱了起來，回到屋子裡，讓她躺在床上。這裡是村裡的人好心借他一間空屋，裡頭空蕩蕩的，民生物品也是村民提供的，免得這對「父女」挨餓。

「阿晃啊！」門口有個人叫著，阿晃走了過去，那是當初阿晃從女兒村逃出來後，第一個接觸的外面村人，是阿晃在這裡難得遇到的好人。阿禾憨直善良，待人和氣，他喊著：「來吃粑粑吧！」

「好……」阿晃才剛說完，看了一眼睡著的珠妹，說：「不用了，珠妹在睡呢！」

「我老婆剛做的粑粑最好吃了，吃完就回來了。」阿禾催促著。

「可是……」

「珠妹在睡覺，沒事的。」阿禾說著，就把阿晃帶到他家，阿禾的妻子剛做好粑粑，把它放到桌上，阿禾的三、四個孩子圍在桌子旁邊，迫不及待，就想伸出他們的手拿，被阿禾制止了。

「等等，先給叔叔吃。」

阿禾的三歲小孩聽見，拿了一個粑粑遞給阿晃，阿晃接了過來，他不禁慶幸遇著了他們一家子，雖然是不同民族，語言也不算流暢，但還勉強可以交通，在這人煙稀少的地帶，算是很幸運了。

「等等帶一些給珠妹吧！」阿禾的老婆說。

「不用了，我給她一半……」

「一半怎麼夠呢？」阿禾的老婆說著，拿著樹葉，將兩片粑粑放在上面，包了起來，說：「這拿回去給她吃。」阿禾的老婆對珠妹這個失去母親的小孩感到心疼。

「這……」

「吃、吃！你們父女兩個都吃。」阿禾也不給他拒絕的機會，除了左手一個，再塞給他右手一個，阿禾的老婆拿了水過來，免得他吃太快噎著了。

「對了，阿晃，你跟珠妹還要去哪嗎？」阿禾的老婆問道。

「嗯？」

「我看你們兩個也不知道要去哪，不如就先在這住下來吧！前面還有塊地，阿禾一個人忙不過來，不如你就幫幫他吧！」阿禾的老婆話說得客氣，把收留這話說得甚是溫暖，現在阿晃住的那空屋就是他們的。

「這……」

「是啊！你一個男人跑來跑去也就算了，珠妹這麼小，你是要帶她去哪裡呢？」阿禾第一次看到阿晃時，就知道這個人根本沒地方可去，乾脆將他帶回村裡。

「我……我也不知道。」

「是啊，反正還有房子可以住，地也空著，你就跟我一起幹活，餓不著……」阿禾的話還沒說完，他七歲的大兒子就跑到阿晃旁邊，拉著他的衣服問著：「珠妹呢？」

「她不是在睡覺？」阿晃現在所住的屋子，離阿禾家不過幾尺，幾步就到了。

「我要去叫她過來吃粑粑，沒有看到她。」

阿晃一聽，急著把手中的東西都放下來，他跑回屋子一看，床上只有凌亂的棉被，珠妹不見蹤影。

阿晃感到全身的血液都被抽走，剛剛……她不是才在睡覺嗎？怎麼一下子就不見了？

「珠妹！」他喊了一聲，就往外面跑！

不只阿禾一家子，其他的村人也都跑了出來，紛紛問道：「發生什麼事了？」

「珠妹不見了！」阿禾連忙說明。

「啊？不見了？」

「怎麼會不見？」

「快去找，一個小孩子能到哪裡去？」

村裡的人紛紛出動，開始尋找，但珠妹小小的身影，就這樣消失了……阿晃簡直不敢相信，他一直想要留住的，卻一直在失去，他所喜愛的那些人一一的離開，就連珠妹……那個跟女兒村唯一的連結，也要離他而去嗎？老天為什麼連這一點慰藉都不肯留給他？

阿晃不斷的尋找，村子不過這麼點大，珠妹卻不在裡面，村人們擴大了範圍協助尋找，讓大伙不懂的是，珠妹是怎麼消失的？

「嗚……嗚嗚……」

珠妹不停的哭著，她不斷往前走，都找不到回女兒村的路，烏雅呢？秀拉呢？為什麼都不見了？她邊哭，邊在林子裡亂竄，找不到回家的路。

她本來在睡覺，夢中，她跟著烏雅、秀拉，還有塔拉在一起，她夢到，她們在幫她綁辮子，幫她穿裙子，然後烏雅用著慶祝的祭禱文，來祝福她長大，可以行使女人的權利了。她好開心、好開心，以為可以跟阿晃在一起了……

然後……然後……她看到她們在大火中，她聽到她們在喊救命，她哭著想要救她們，又不知道該怎麼辦？一急，她就醒過來了。

醒過來之後的珠妹，嗚咽的走出房子，想要去尋找烏雅她們，想要回到女兒村，想要告訴烏雅，她不會再不乖，會好好聽她們的話。可是……烏雅她們在哪？珠妹完全不知道她走在什麼地方，只知道這片樹林好大，月亮都出來了，她還沒回到女兒村……

「嗚嗚……」

月亮都出來了，可是……森林裡還是好暗，明明她剛剛還走在路上，為什麼現在都是山路？

一隻生物從她面前跳過，珠妹根本不知道那是什麼？只是反射性的叫了起來——

「啊啊啊！」

她蹲了下來，不斷的嗚咽，不敢動彈，她不知道該怎麼辦？她好怕……嗚嗚嗚……更讓她害怕的，是身後有腳步聲，珠妹更加驚恐，她的眼淚止住了，尖叫一聲，就往前奔跑，隨即一雙大手捉住了她！

「啊啊啊！啊啊啊啊啊！」珠妹不斷叫著，她用手打，用牙齒咬，把那個人的手臂咬出血痕……

「珠妹，是我。」

珠妹停止了咬他，她鬆開嘴巴，努力地轉過頭，雖然夜色很暗，但是這熟悉的聲音……

「嗚……哇哇哇……」珠妹哭得更大聲了。

阿晃將珠妹抱得更緊了，怕她又亂跑。

「沒事了……我們回家、回家……」

「我要找烏雅……」

聽到這熟悉的名字，阿晃的心頭又是一緊，他拍著她的背，不斷勸哄：「好、好，我們先回家，回家……好嗎？」

珠妹抓著阿晃，總算停止哭泣，阿晃也鬆了口氣，他帶著珠妹準備回到村子，回到路口的時候，見到村內燈火通明，整村的人都在幫忙找珠妹啊！

他心懷愧疚，都是他沒有照顧好珠妹，才會給大家添麻煩了。

走了十來步，他就覺得不對勁，空氣的氣氛不一樣了，隱隱帶著肅殺，他小心翼翼，再往前走了幾步，就看到解放軍，他們正在跟村裡的人講話，他隱隱約約聽到那些解放軍正在問：「聽說你們村子裡有外來的人？」

「啊……有嗎？我不知道。」這是阿禾的聲音，他含糊的答道。

「有啦有啦！前幾天你不是帶人回來？他就住在我們這裡……」這是另外一個村人的聲音。

他的行蹤被發現了？阿晃不敢再亂動，他蹲了下來，靜觀眼前的發展，只見那些解放軍拿著手電筒，四處搜尋，他如果再動的話，一定會被他們發現，畢竟手裡多個珠妹，沒那麼好躲藏。

倒是珠妹看到眼前的陣仗，受到刺激，突的又哭了起來，阿晃來不及叫她閉嘴，哭聲已經引來了解放軍！

「誰？誰在哪裡？」

五、六個解放軍衝了過來，他們把手電筒全都照著他和珠妹，阿晃用手遮住光，用身體護住珠妹。

「什麼人？」其中一個喊了起來，一個解放軍對他道：「這是一對父女呢！不是我們要的人。」

「真是！」那個解放軍走回村裡，朗聲：「如果有什麼可疑的人，就立刻通知局裡，會有重賞，知道嗎？」

幾個村人敷衍似的應聲，那名解放軍又喊著：「走了，去下一個村莊。」而方才和他講話的人則道：「我在這裡再搜尋一下，等會趕過去。」

「也好，你再檢查一下再過來。我們先走。」

其他解放軍一一上了車，先行離開，而志願留下來的解放軍，則對著其他村人喊著：「好了，沒事了，通通回去休息，不准出來。」

那些村民哪見過這等陣仗，全都嚇傻，他們躲進屋子裡，關上了門，而阿晃也抱著珠妹，冒充村民，準備回到房子裡，那個志願留下來的解放軍則跟了過來，阿晃有點緊張，他將珠妹帶回屋內，後頭的解放軍開口：「阿晃。」

阿晃愣到了，這個聲音……有點熟悉？他驀地轉過頭，那名解放軍拿著手電筒照著自己的臉，竟然是……小維？

他驚訝的說不出話來，跟在他後面的是阿年？阿年探進身子，悄聲的道：「你們先談，我在這裡注意有沒有人過來。」就在門口守著。

阿晃驚訝的望著穿著中國人民解放軍制服的小維，道：「你、你怎麼……」

「我才要問你，你怎麼在這裡？」小維的驚訝程度不亞於他。「你不是被燒死了嗎？」

他抱著懷裡的小女孩。珠妹驚疑的看著小維，小維也在女兒村待了那麼多天，偶爾還會逗她，她還記得他。

「堂屋後面有個洞，我從那裡逃出來，還有珠妹，那你……」

解放軍衝到二樓，見到塔拉和小維。他們記得要抓拿的是國民黨，而這些女人和國民黨無關。解放軍上前捕捉，小維哪肯乖乖就範？他赤手空拳和來人肉博，塔拉見狀，也拿起旁邊的東西攻擊解放軍，那個解放軍急了，拿著槍指著塔拉：「滾到旁邊去！」塔拉哪肯聽話？她沒見過槍枝這種武器，還以為是棍棒之類的東西，便上前掠奪，未料，槍枝走火！

「砰！」

子彈由下向上，從塔拉的下巴貫穿了她的腦袋……

「啊啊啊啊啊——」

望著意外死在他眼前的塔拉，小維痛不欲生，就在昨夜，她還柔情蜜意，用她柔軟而鮮活、熱情的身子貼著他，在他的情慾之處摩擦，在他的耳邊呢喃著他聽不懂的話。

塔拉說過，他們原來的語言是東巴語，不管學的是漢語，還是其他語言，東巴語是她們的母語，所以她用她的母語訴說衷情。

他還記得她媚眼盈盈，微笑時，會有兩個可愛的小酒渦，會用溫熱的身體跟他廝磨……

然後，就成了一具冰冷的屍體。

小維在花樓裡聲嘶力竭的喊著，眼睛瞬間發紅，或許塔拉不是他在這個村子裡唯一交歡的女人，但他每一個都憐惜。

小維怒氣騰騰，想要殺掉那些解放軍，這時候，有名解放軍衝了上來，意外地，他竟然朝他的同袍開槍！

「阿年？」只見阿年穿著解放軍的制服，小維更憤怒了。「你投向共產黨了是不是？」

阿年看著他，突然笑了起來，他的笑容裡沒有笑意。「投向共產黨，你以為……他們會那麼容易相信你嗎？」

「你……」

「參謀長要我跟著你們，找指揮官的下落，指揮官如果找不到，要如何回去覆命？要找指揮官，絕對不能喪命。」阿年指著方才他打死的那名解放軍，說：「換上他的衣服。」

小維還想說什麼，在這個情況下，阿年的建議聽起來不錯，在阿年的把風下，小維迅速換上解放軍的衣服，還把對方的槍枝都拿到身上，阿年則道：「等一下不要講話，跟我來。」

離開花樓，小維看到整個村子陷入大火，他想要幫忙救火，阿年卻捉住了他。

「不要亂動。」

「可是……」

「你一亂動，就會曝光，你想讓他們知道你是台灣來的嗎？」阿年在他耳邊悄聲的道，小維睜大了眼睛，這個阿年……到底知道他多少？

只見大火燒著女兒村，把村子幾乎燒個精光。

是啊……小維知道就算自己曝光身分，也於事無補，他眼睜睜看著這祥和的村子被滅村，由於火勢太大，除了村莊，還燒著山谷，沿著山壁，火勢竄了上去，最後，整座山頭都開始燃燒……

而黃江海一行人，在火勢還沒波及到自己時，乘著水路離開，當他們從洞口竄出時，山頭也開始崩塌。

天空，似乎傳來嘆息……

阿晃讓珠妹睡了，才跟小維聊起來，當他聽到再也找不到女兒村時，沒有講話，久久之後，他才吐出口氣。

夜，深了。

阿年在村子裡走動，禁止村民點火，村人們害怕他的制服，也都順從了，整個村子裡，只有阿晃這一間屋子傳來窸窸窣窣的說話聲，在小維交代完發生在他身上的事情，阿晃百感交集。

想著女兒村發生的事，就像昨天一樣，歷歷在目，那些熱情而善良的人們被戰火無辜的吞噬……似乎在這個動亂的年代，誰也逃離不了這樣的命運。

他情緒平息下來，看著在外面走動的阿年，有絲疑惑：「他怎麼會變成解放軍？」

「我們被那個黃江海捉住的時候，他打倒了解放軍，偷偷換上了解放軍的衣服，一直跟在黃江海身邊，我們被水沖走的時候，他也看到了，他跟著黃江海進到了那個村子，跟著解放軍一起活動，不知道在幹什麼？還有……他知道我們是台灣來的。」

「啊？」阿晃一愣。

「是參謀長告訴他的，你也別問我參謀長為什麼會告訴他？他也沒提。至少這傢伙是站在我們這邊的。」小維正說著，阿年走了進來，在夜色裡，看不太清楚他的臉。

「該走了。」阿年提醒。

小維明白他和阿年現在都是解放軍的身分，不宜在這裡待太久，他回頭問阿晃：「你打算在這裡待著嗎？現在黃江海已經發放消息，如果有看到我們的話，只要通報就有賞金。我們會來到這個村子，也是因為如此。」只是黃江海沒有想到，他想要抓的人，就藏在他的部隊裡。

阿晃知道他待在這裡很危險，今天解放軍過來，就是有人通報，躲得了一時，躲不了一世，今天那些解放軍不認識他，加上被阿年和小維給唬弄過去，總算沒事，如果今天來的是黃江海，女兒村的劫難……他不想再來一次。

「我……會離開這裡。」他悠悠的道。

「要跟我們走嗎？」小維問道。

「成為解放軍？」阿晃錯愕。

「最危險的地方，就是最安全的地方。」

「他就快要回北京了。」阿年說：「我打聽到消息，北京要他回去匯報這次任務的細節。他還沒離開，是想捉到你們，立了功好向上級交代。等過了這陣子，風波息了，你們就不用過這種日子了。在黃江海離開之前，恐怕會有更大的動作。現在他和雲南軍政局合作，就是要把你們逮到。」

看來得熬到黃江海回去，還有許多難關，阿晃思索著，憑他一個人要逃，除非待在山裡，否則有人的地方，就很危險，本來他打算逃到寮國，不過，現在他帶著珠妹，行動不是那麼方便。

望著珠妹，那張安靜的臉蛋，小小年紀已經承受太多苦楚，不能再跟著他奔波了。

阿晃想了會，說：「你們等我一下。」

他轉身離開，來到了阿禾的家前，阿禾和他的老婆都躺在床上，小孩睡在他們中間，兩夫妻對於今晚解放軍來到他們村子，又驚又怕，這時候突然聽到聲音，驚恐的差點叫了起來！

「阿禾！阿禾！」阿晃低聲喊著，不想驚動其他村人。

阿禾和妻子聽到是阿晃，兩人急忙下了床，跑了出來，看到阿晃的身後還有兩名解放軍，害怕的道：「這……這是……」

「阿禾，我想拜託你一件事。」阿晃握著他的手，誠懇的道：「珠妹就拜託你了。」

「什麼……什麼意思？」阿禾瞠目結舌。

「我……我必須要離開，珠妹她……就交給你們了，麻煩你們給她一口飯吃，不要讓她餓著，這樣就可以了。」

阿禾和他的妻子面面相覷，不曉得阿晃為什麼突然這麼說，阿禾的妻子較為精明，她怯怯的道：「難道……那些人是來找你的嗎？」

阿晃不好跟他們解釋太多，只道：「我如果在這裡，可能會給你們帶來麻煩，我不能留下來，珠妹就拜託你們了，好嗎？」

阿禾望了下妻子，有些為難，阿禾的妻子則道：「家裡不怕多一個人吃飯，只是，如果珠妹醒來，吵著要找她阿爸怎麼辦？」

「我……我不是她阿爸，我也不知道她爸爸是誰……」

阿禾愣住了，雖然才相處幾天，但是阿晃跟珠妹兩個看起來，就跟真的父女無異。

阿晃也不知道怎麼解釋，只道：「我不是要丟下她，我只是……我只是……不想她有意外。她跟著我，會出事的。」他哽咽起來。

「阿晃，你……我們會好好照顧珠妹的。」

阿晃聞言，終於露出了笑容，他轉身，跟著小維還有阿年離開了這個位於後峨樂各河邊的小村落。

他跟女兒村的一點牽掛，也斷了。

黃江海已經三天沒闔眼了，自從他來到雲南之後，就很難放鬆休息。其實，從他接下這個任務後，就一直沒有好好睡過覺了，為了能夠抓到那幾個國民黨，他全副的精力都投在這上面，而現在，雲南軍政局負責邊防的姜力平處長希望要把借給他的兵盡速調回去，他決定親自找他談一談。

「上校。」他找到姜力平，來到他的面前，問道：「我的任務還未完成，還需要借用你的部隊幾天，你若抽手，我很難做事。」

姜力平望著他，道：「黃少校，我也有我的任務，你也體諒體諒，讓我也能夠向上級交差。」

「你說的不錯，可是這樣突然要調回部隊，要我怎麼執行任務？」

「我也有我的職責所在，現在越來越多的苗人跑到這裡來，我不能讓寮國那邊的圍剿行動，影響到這裡的安危。」姜力平嚴肅的道。在金三角不只中國、緬甸、泰國政權彼此相互牽制，就連寮國也身陷其中。

自一九五三年以來，寮國的內戰，連蘇聯、中國，以及美國都介入了。以蘇聯及中國為首的共產陣營，支持寮國人民黨，而美國方面則暗地和民兵祕密支援王國的部隊。

寮國內戰延續了二十多年，一直到一九七五年，寮國的人民黨巴特寮取得了戰爭的勝利，而這場勝利對苗族等少數民族來說，是個悲慘的開始。

由於苗族曾經接受美國中央情報局（CIA）的扶植，以對抗巴特寮。巴特寮當權之後就開始殺害苗族反叛分子，寮國的苗族人一知道情勢不利，四處逃跑，仍被滅了近乎四分之一的人口，而雲南，則是他們逃往的地點之一。

在中、緬、泰、寮，還有其他國家所處的中南半島，是槍桿子匯集之處，戰爭、人禍不斷肆虐這塊土地，導致它傷痕累累。

當苗族難民逃到雲南邊境，邊境開始大亂，姜力平必須想辦法處理，雖然雲南邊境已經亂了這麼多年，他習以為常，但最近局事愈演愈烈，為了避免可能的動亂，他必須集中自己所有的部隊，如此一來，勢必影響黃江海的任務。

「借調兵力，是中央指示的……」

「這也是中央指示的！」姜力平道：「你想想，究竟是邊防重要呢？還是你那幾個國民黨突擊隊員重要呢？搞不好他們早已經死在山溝裡了！」

「不可能！那幾個人生命力極其頑強，沒這麼容易死。」

「我也不過提醒一聲，頂多再給你借用五天，之後，兵力就要全收回來。我們彼此多體諒對方的難處吧！」姜力平委婉的道。

「好，一言為定，時間一到，我定會歸還借用的兵力。」

姜力平點了點頭，表示同意達成協議。

黃江海離開姜力平的辦公室，一直陪在黃江海身邊的孫銘此時上前偷偷的道：「少校，五天，這、這可是軍令狀，你有絕對的把握嗎？」

黃江海沒有回答，沒有兵力的話，他完成不了任務。到時不回北京就是抗命，回去而又沒有完成任務，他過去立的功將被抹得乾乾淨淨，以後就無法再有作為。

「少校？」孫銘見他不語，擔心的又叫了一聲。

黃江海抬起頭，道：「還有幾天時間，我們不能放棄，不是還有幾個村子發現不明人士嗎？我們還有一些地方沒有搜，不到最後，不能放棄。還有……去聯絡那幾個馬幫！」

想到旺卡，孫銘的胸口就一縮，他忙道：「少校，這可不行啊！您跟他們合作，會出事的。」他總有不好的感覺，那個旺卡唯利是圖，沒啥道義，這要被賣了，可就欲哭無淚了。

「要不然……你還有更好的意見嗎？」

孫銘只能怔怔的看著黃江海，說不出話來。

第八部

脫險與被捕

身陷解放軍陣營當中，可真讓阿晃跟小維驚心膽跳！之前和解放軍正面對決，現在卻裝扮成為他們的一分子。面對真正的解放軍，就算腦袋靈活的小維，有時候也會一時反應不過來。

「你們兩個……怎麼之前沒有見過？」一名解放軍面帶疑惑走了過來。

阿晃瞄了一眼小維，希望他能夠化解這個危機，小維腦筋雖然聰明，但面對突如其來的狀況，又不能讓對方發現他們的真實身分，反而駑鈍了。

「什麼沒見過？」阿年不知何時，湊了過來，他挽著解放軍的手腕，親熱的道：「你不是老沈嗎？湖南來的，也不想想我們這裡人多，他們兩個剛從軍政局那邊調過來的，你不知道？哎呀！你怎麼會不知道？這要讓上面領導知道你不上心的話，等會記你一筆。」阿年又是唬弄又是威脅，唬得老沈一愣一愣。

隨後，阿年還把手搭在老沈肩上，說：「大家都是幫人做事，這一次，我就算了，要是讓孫副官知道您做事不用心，黃少校最近心情又不好，你可就吃不完兜著走了。」

「真、真的啊？」老沈氣勢頓時弱了下來。

「你沒看最近少校脾氣不太好，在他底下做事，大家皮都得繃緊點……」

「是啊！是啊！」

「自己也要小心啊！」

「欸！好。」

阿年說完，安慰似的拍了拍他的肩，老沈也一頭霧水的走掉了，剛才的他好像有什麼事，現在卻忘了，只擔心自己會不會被上級認為是怠忽職守，還是小心點好。他自個摸摸頭，離開了。

小維和阿晃鬆了口氣，看這阿年態度自若，彷彿像真正的解放軍，對軍情非常了解。

「這……老沈他們不會發現嗎？」阿晃悄聲問道。

「這裡的兵都率直，聽上面的話，怕生事，幾句話就可以唬弄過去了。再說，黃江海折損了不少人馬，現在的人大多從雲南軍政局這邊調來的，他也不見得每個都認識。只要不跟他正面接觸，盡量少出現在他面前，你們兩個還不至於被認出來。」他悠悠的看著他們，似正經、似調侃：「你們也不能被認出被抓啊！你們兩個可是我精心安排進來的。」

「放心，被抓的話，絕不會供出你的。」小維拍了拍他的肩。

阿晃和他們坐在軍車旁邊，其他人也都三三兩兩或站或坐，閒嗑牙，他們都隸屬於黃江海底下，部隊如果要出動，他們還是得跟上。

「走嘍！」前方有人大喊，阿年也跟著站起來，喊著：「來了！」完全沒有潛伏敵軍陣營該有的躲躲藏藏，像是他本來屬於部隊，很熟悉這一切。

他轉身吩咐：「你們兩個跟在我後面。」

阿晃和小維也只能這麼做，要不然待會被識破，可就麻煩了。他們跟在阿年後面，聽他的指示，跟著軍隊一起出發，到了幾處村子，捉了幾個他們懷疑的人，看著那些人驚慌失措，大聲喊冤的樣子，阿晃於心不忍。

像是看出他的心事，阿年在他耳邊，低聲的道：「不要露出馬腳，這些人頂多受到驚嚇，很快就會被釋放出來了。」

那些都是無辜的人，在解放軍的槍口下，一個個被帶走，被捉上車子，這是他們三個人執行的事，此刻，老沈跑了過來，說：「欸，你們幾個，跟著小隊過去。」

阿年疑惑的問：「有什麼事嗎？」

「少校要人跟他出發，叫我先把這些人押回去。」老沈說著，就接手他們手上的人。

阿晃和小維望了阿年一眼，阿年淡淡的道：「聽話照做。」

三個人抵達黃江海身邊，孫銘過來交代事情，經過阿晃和小維身邊時，他們將頭壓得低低的，加上阿年刻意以身體擋住他的視線，孫銘也沒有發現異狀，喊著：「等會跟著少校走，大家皮繃緊一點。」

底下的人互視，誰也不敢多說什麼，這黃江海連續搜捕完幾個村子，還不打算回去，要一支小隊跟著他走，而老沈則把逮捕到的人先押回去驗明身分，兵分兩路。

阿晃和小維跟著其他的解放軍坐在車上，那些解放軍也沒理會，雖然多數是雲南人，雲南地廣，大家都從各個縣市過來當兵，也不見得彼此完全認識，出任務時，即使不說話，也不是什麼大罪，兩人就盡量低調，不與人多話。

阿年早就查清楚了，上次被水淹後，黃江海的人馬剩不到三分之一，都跟著自己身邊而行。而向雲南軍政局借來的兵，則被安置在後，他們廝混就在其中。只要低調點，雖然冒險，但不失為極佳的躲藏之處。最危險的地方，就是最安全的地方。

車子連續走了十八個小時，又是山路，彎彎曲曲的，一行人甚感疲累，好不容易車子停了，上頭的吩咐又下來，一行人又跳了下來，在指揮下，跟著黃江海前進。

「他不累嗎？」小維不免嘀咕著，這連續坐車十八個小時，除了必要的解手之外，連吃東西都在車上，其他時間動也不能動，身子骨說不瘦疼是假的。

「他可是黃江海啊！」阿年淡淡的道。

黃江海就在前頭，兩人離他很遠，如果黃江海知道他要找的人，就在他的身邊，不知道會有什麼想法？

走著走著，兩人覺得這地方好眼熟，隨後，兩人瞪大了眼睛，這裡……不是旺卡的寨子嗎？

他們看了阿年一眼，阿年也露出些許疑惑，很快又恢復自若，看來，他們幾個都不曉得來這裡做什麼？

進到寨子之後，持槍的士兵們被擋了下來，不准進屋，只能待在院子裡。而黃江海和孫銘則繼續往前走，旺卡熱情的迎了上來。

「黃少校，好久不見。」

孫銘轉過頭，不屑一顧，黃江海當作沒聽到這句話，說：「我來這裡，是有點事找你。」雖然這兒馬幫多，但不一定每個馬幫都為他所用。有的熱情相待、有的打馬虎眼，而他相中的旺卡只要給他足夠的金錢，他就能把事情辦得妥妥貼貼。有時候為了效率，這種人也是得用。

「明白、明白，咱們又要合作了，是不？」旺卡一臉喜滋滋的。黃江海對他來說，就等於財神爺。

「我時間不多，就挑明說了，我這次來，是想跟你借人。」

旺卡一臉迷惑，黃江海又繼續道：「還是老樣子，借你的人去逮人。」

「你說要借人，這不等於要借手嗎？這些人都是我的手腳，你要借他們，我這兒怎麼辦？」

「我自然不會讓你吃虧……」

「少校，你這玩笑就開大了，這裡不是軍隊，說調就調，你把我的人借走，不等於拿走我的手跟腳嗎？」旺卡再貪財，也不想讓自己的勢力削弱，這人一走，實力不就被削減了嗎？

黃江海自然也意料到這一點，軍隊裡借兵，還有個中央可以號令，而旺卡本身就是個山大王，對他的話，自然可以不從。這一點，黃江海自然很清楚，他又提議：「要不，你這三天跟我翻遍這個山頭吧？」

旺卡一聽，不懂他的意思，黃江海又道：「我鎖定了幾處，懷疑國民黨突擊隊員逃到那裡去，我需要你的人，動作會比較快一點，當然了，該給你的不會少。」他沒有洩露自己即將要回北京的訊息。

聽到有財，旺卡又露出欣喜的表情，道：「行，可以，凡事好商量，咱們來談談吧！」

———————

解放軍一行下車之後，開始活動筋骨，畢竟坐了那麼久的車子，吃也沒吃好，想要休息也沒得休息，身子都有些倦了。好不容易能夠放鬆身子，一群解放軍輪流在活動舒展。

兩人站在角落，不想引人注目，他們沒料到會跑到這邊來，畢竟他們曾在附近鬧過事，阿晃還被旺卡逮過，要是被認出來，可不是什麼好玩的。

越不想要這回事，事情就越找上門，小維的眼角餘光發現有個馬幫的人死死的盯著他們。

他提醒：「你看那個人。」

阿晃看到眼前有個人，一雙眼睛正緊緊看著他們，那副嘴臉好眼熟，終於，阿晃想起來了，那是他第一次被旺卡抓住時，把他當玩物戲耍的人，同時也是他們尋找昆沙時，來到旺卡的山寨前，被他們逮捕過的巡邏人員。

阿晃提醒小維，兩人互望一眼，趁其他解放軍不注意的時候，壓低帽子，準備離開。

那個馬幫只覺得這兩個人好眼熟，他拼命思索，等他想起這兩張臉，立刻開口叫喊了起來！隨即聚集了一票人過來。

「被發現了，快走！」小維推著阿晃，兩人躲到解放軍的後面，想要躲藏起來，但馬幫的人已經靠攏，而解放軍見到他們來勢洶洶，其中一個貌似小隊長的人對著那些人道：「你們想幹嘛呢？」

「說什麼？」

「把那兩個人交出來。」一名懂得北京話的喊著。

那名曾經被阿晃逮過的馬幫不懂漢語，而懂得北京話的馬幫則語氣不佳，讓小隊長不滿極了！

「我要你們的人。」

小隊長惱了，說：「咋？我們的人豈是你說要就要的？」

「少廢話，把那人交出來。」那個懂得北京話的馬幫，想要替自己的伙伴討公道，而小隊長也不服氣，喊著：「交人？交什麼人？我們是正統的解放軍，你以為是要犯人嗎？」

那個馬幫已經不耐煩了，他走了上前，解放軍見狀況不對，拿起武器，馬幫在寨子也不是空手，個個都帶著武器走動的，甚至有人雙手持槍，兩邊大聲叫嚷了起來！局勢一觸即發！

「怎麼了?吵什麼?」孫銘跑了出來,後頭跟著的是旺卡。

「孫副官,這些人說要我們交人,把我們當罪犯啊?」小隊長氣呼呼的道。

「在亂什麼?」黃江海也跟著出來,他的眉頭緊蹙。

「少校,這些馬幫在找碴呢!」

旺卡聽了可不服氣:「好端端的,怎麼可能找碴?說不定是你們的人有問題?」

「不要以為我們少校給你臉,你就放肆了!該不會你們的人看我們不順眼,找麻煩吧!」孫銘總算逮到機會教訓他了。

黃江海站了出來,沉聲:「夠了,孫銘,讓他們把話說清楚。」

旺卡的人聽了,又道:「卡丁說上次抓他的人,就在這些人裡頭呢!」

旺卡眼睛睜得老大,他說:「把話說清楚!」

卡丁便是認出阿晃的那個人,在濃霧之林時,卡丁曾經見過他。在他說明之後,旺卡又驚又怒,他道:「少校,你自己把國民黨的人帶到我這裡來,又說要找人,是在耍我嗎?」

黃江海聞言,整個人吃了一驚!他聽不懂卡丁的話,追問著旺卡:「你剛說什麼?再說一次!」

「你帶來的人,裡頭就有國民黨的人!」見黃江海一臉驚疑,旺卡知道他也不曉得這事,看來是有人滲透進來了!他喊著:「把大門關起來!那些人一定還在這裡,務必把他們抓出來!」

馬幫的人喊了一聲，隨即分散，找國民黨的人去了！解放軍面面相覷，還不確定發生什麼事。黃江海則對孫銘道：「把那些人全查一遍！到底有幾個國民黨的人混進來了？」那幾個國民黨的就在他眼皮底下，而他竟然沒有發現？黃江海又驚又怒！

孫銘得令，上前把底下的人查了個遍，跑回來道：「少校，少了三個人呢！」

「把他們找出來！」

阿晃和小維躲了起來，他們知道身分已經曝光。本來只要再熬個幾天，等黃江海回北京，他們就沒事了。沒想到在旺卡這邊漏了餡，還起了騷動，那些人開始在找他們，不管是馬幫的，還是黃江海那邊的人馬。

「人呢？」

「往那邊找找看！」

緊接著是急促的腳步聲，還有不同的語言交錯，三個人躲在屋子裡，聽著外面的聲音，北京話還隱約可聽，但中間夾雜著其他語言，可就聽不懂了。

「他們在說什麼？」阿晃只好問阿年。

「他們在說……那幾個國民黨的人，抓到的話，一定要把他們碎屍萬段。」阿年一字不漏的轉述。

小維苦笑著，看來，他們這次真的是無法逃離這個地方。現在如果出現，一定先被他們給個一槍再說！他們甚至可以聽到孫銘憤怒的喊叫，想必他對於自己竟然被國民黨的人滲透，大為光火呢！

「該死的馬幫！」小維脫口謾罵。

阿晃從窗戶望著外頭，他們正在一間一間屋子搜尋，兩幫人馬同時執行，速度很快，眼看就要往他們這邊找來。

小維看一下有多少顆子彈，他在計算著，如果一顆子彈解決一個人的話，他們有沒有機會逃出？

「最該死的是解放軍！」阿晃冒了一句。

「沒錯，該死的解放軍！我要送他們去給小瑾陪葬！」想到這裡，小維又火大了起來，他的心頭像被刀劃了一下，疼……

阿年忽然抖了一下，他望著他們，說：「你剛剛說的小瑾……是誰？」

「西南站的啊！」阿晃直覺回答，他現在根本沒辦法去思考阿年問這話是什麼意思？

「蘇瑾？」

這下換小維訝異的看著他了，這傢伙……

阿年望著他們，黑黝黝的瞳孔盯著他們，有如一窪水潭，深不可測，說：「我現在……還不能被抓。」

「什麼？」

「我會救你們出來的。」阿年突然用槍打倒小維，再一腳把阿晃踢開，搶過他們兩人的槍，然後朝旁邊射了一槍！兩人都吃驚不已，正準備反擊，外頭的人聽到聲音，往這裡跑了過來！

阿年看人都過來了！對著他們說：「找到了！人在這裡呢！」

由於槍已經被阿年奪走了，兩個人也無法動彈，而讓尾隨而來的解放軍能夠迅速捉住他們，將手反綁，阿年也趁這時候，找了塊布，撕成兩份，不管兩人如何掙扎，硬塞入他們的嘴巴。

黃江海和旺卡也進來了，黃江海看到這兩張臉，先是驚愕，接下來，露出了笑容。

「沒想到……你們竟然一直在我身邊？」

阿晃和小維都看著阿年，他退到人群後面，旺卡望著那兩人，嚷了起來：「國民黨的人？」

「沒錯。」

「哈哈哈！看來我這個人真是福星啊！您只要一遇到我，就有好事！」旺卡毫不客氣把功勞往自己身上攬，狂妄自大的笑著。

此刻，孫銘也不計較這些，他看著那兩張臉，的確就是他們抓了又逃的國民黨突擊隊員。

「少校，捉住了！」他欣喜的道。

「沒錯。」黃江海的臉上，露出睽違已久的笑容，孫銘看到這裡，也不由得替他開心，嚷著：「太好了！少校！太好了！這下我們可以放心將他們押回北京去了。」

「回北京？」旺卡愣了一下，他現在才知道這個消息。

孫銘沒有再多說什麼，道：「這兩個人我們要帶走。」

「當然，我要這兩個人連個屁用都沒有，只是……我的弟兄們那麼辛苦，少校你也該發些獎金，表示一點意思吧？他們可也幫你把人抓到了。」這旺卡真是半句話脫離不了錢，孫銘嫌棄的看著他，倒是黃江海發話了：「錢是沒有，金子行不？」黃江海說著，掏出金塊，在這動盪之處，金子有時比錢還好用。

「行！」旺卡咧嘴而笑。「我就說少校大器啊！」

「不是還有一個？」卡丁突然說道。不過他說的是土語，黃江海一行人聽不懂，只有旺卡問：「什麼還有一個？」

「剛剛我看到混進來的，明明是三個人……」

「那你去搜吧！」旺卡吩咐，畢竟只有卡丁認得出來當初逮住他的那些人。

卡丁只好出了倉庫，隻身去找第三人，他有點奇怪，第三個人到底跑哪去了？

而就在他的身後，一個人影悄悄前進，以迅雷不及掩耳的速度，用匕首劃開他的喉嚨。時間倉促，他來不及挖坑，便拖到離他最近的一間屋子，裡頭擺滿了甕，看起來像是個酒庫，空氣中還有發酵的味道。他把屍體藏在成堆的酒甕後面，大家的注意力都在前面，一時片刻，也不會發現到這裡。他離開酒庫，回到解放軍當中。如此就將卡丁妥善處理了。

阿晃和小維兩個人被捉住，拖回車上，由於他們冒充解放軍跟在身邊，那些正牌的解放軍得知此事大為光火，粗暴的拖著他們。將兩人捆上車，還派人盯緊他們。

兩人相當無奈，更讓他們憤怒的，是那個一直在他們身邊的阿年，竟然是將他們送到黃江海手中的人？

果然……這裡什麼人都不能信呀！

他們的身子被綁，嘴巴也被塞住，無法交談，旁邊還有解放軍盯著，車子一路顛簸。總算在回北京之前，把這票人捉住，黃江海不禁浮出久違的笑容，放鬆了許多。

在車上的孫銘，看到黃江海露出的笑容，也替他開心：「少校，這下您可以安心回北京了，關心您的領導一定會很開心的。」

「是啊！」黃江海臉上的線條柔和不少。

阿晃和小維兩人被關在車內，望著彼此，什麼話也說不出來。在這種情況下，也不知道要怎麼脫逃？逃了那麼幾次，還是落到解放軍的手中，再逃還有機會嗎？天若要給死路，他們再逃還有用嗎？

車子停了下來，那些看守著他們的解放軍站了起來，準備下去活動筋骨，並趁著車子加燃料時，趕緊解手，要不然等等又不知道要坐多久車，才能再度下車呢！

「你們走吧！我來看著他們。」一個熟悉的聲音傳進兩人的耳裡……是阿年？

車上的解放軍下了車，阿年則持著槍走到他們的身邊，看到小維充滿恨意的眼神望著他，阿年也不以為意，他坐了下來，確定沒有其他解放軍，才輕聲道：「委屈你們了。」

小維恨恨地看著他，阿年也不介意，他道：「你們救援的任務從一開始就是失敗的，台灣的高層內部，早有共諜潛伏。」

兩個人眼睛瞪得好大，但因為嘴巴被捂住，沒有辦法講話，只能聽阿年繼續說：「東西還沒送回去的話，我還不能被抓，你們兩個只好委屈一下。」

阿晃不斷發出聲音，阿年見他似乎有話要說，將他嘴裡的布拿了出來，阿晃盯了他一會，才道：「你、你到底是什麼人？」

阿年沉默半秒，回答：「我是你們要救的人。」

車子又要停下來了，黃江海感到不耐，可以的話，他希望早點將這兩個國民黨突擊隊員送到北京，完成任務。不過，他這條路走得並不如願，曲曲折折，好不容易剩兩個小時的路不到就可到軍政局，卻又停了下來。

明明兩個小時前才加滿油，怎麼這麼快又停了？黃江海不耐煩的下了車，也讓所有的車子停了下來。

士兵檢查過車子之後，過來報告：「少校，車子在漏油，要花點時間修理呢！」

「需要多久？」

「大概要四十分鐘。」

「給你二十分鐘。」

「少、少校？」

黃江海一瞪，那名士兵不敢再說什麼，趕緊修車去。

在兩、三人彼此支援下，車子總算在黃江海要求的時間內修好，等車子能夠發動，黃江海就立刻回到雲南軍政局，姜力平早已得到消息，還走了出來，道：「黃少校，恭喜啊！任務完成。」

「託你的福。」

「好說、好說。」

任務完成，黃江海帶著孫銘，還有幾名原來自己的士兵離開了雲南。

想到這陣子吃的苦，翻山越嶺、競競業業，總算得到代價，在回北京的路上，他的嘴角浮現了燦爛的微笑。

「少校，太好了，這下你對領導總算有個交代了。」一直以來，孫銘都是最懂他的那個人，在他的面前，黃江海也才能夠放鬆自己。

他把身子靠在車背上，看著前面開車的孫銘道：「這一路也多虧你了。」

「那是少校領導有方，要不然憑我這顆腦袋，怎麼會完成大事？」對此，孫銘是很敬佩他的。

再聰明又有什麼用？如果沒有表現的話，只會抑鬱而終。黃江海並不覺得自己不如人，比起那些阿諛奉承，只會討好上級的人，他想要證明自己，往往需要更加努力。現在，他回到北京，不僅可以走路有風，連愛護他的陳伯伯都有面子。

車子不斷往前行駛，離開雲南軍政局後，他就朝北京的方向前進，雖然有火車可以搭，不過風險太大，他還是寧願辛苦些，親自押著那兩人。

黃江海坐在前方的軍車，透過後視鏡，看著後面押解的軍車，即便已經逮到那兩名國民黨突擊隊員了，但心裡仍然不太踏實……在旺卡那邊，孫銘報告時，說過當時少的解放軍是三個人……

「停車！」他喊了起來！

孫銘聽了，把車子停在旁邊，疑惑的問：「少校，怎麼了？」

黃江海下了車，來到押解犯人的軍車，在其他人的注視之下，他看到車上被押解的兩個人，雙手捆綁，全都背對著他。

還在……

孫銘也跑了過來。

「少校，怎麼了？」

「沒事……」是自己太多疑了嗎？之前屢次失敗，讓他對這次的順利成功，感到不安。

「是不是太累了，要休息一下嗎？」

「不用，我們回北京……」黃江海忽然想到什麼，他轉身，上車，將那兩個人的臉轉過來，頓時覺得血液被抽乾，身子一涼！那兩個人，根本不是國民黨的突擊隊員！

——

阿晃和小維兩個人打扮成苗族人的模樣，準備混出雲南，由於這陣子進入雲南的苗族人太多，防守雲南邊境的姜力平帶著軍隊驅趕，他的主要目的是要將雲南邊境為了爭地生亂的苗族趕出去，那沒滋事的，尚可留下來生活。趁著這波驅趕，兩人混入被趕的苗族人中離開了雲南。

其實雲南早有苗族的存在，他們分佈於中國西南和中南省份，範圍很廣，這次要驅趕的是因為政治迫害而來到邊境作亂的少數人，他們與當地人起了衝突，姜力平不得不出兵鎮壓。

不只雲南，這些人有的還到緬甸或泰國，政治難民的他們不斷尋找適合的地方生存，只求能遠離迫害。

那場被規模浩大的越南戰爭所掩蓋的寮國內戰，同樣衝擊著底層的人民，在戰爭的威脅下，誰都無法脫身。

「走！離開這裡！」姜力平吩咐底下的士兵用槍桿子趕走那些苗族人，那些苗族人民不服，大聲的喊著：「我們不過是要討個生活，犯得著這樣動刀動槍的驅趕我們嗎？」

「你們已經擾亂了這裡的安寧，必須離開這裡！」姜力平是當地少數民族提拔起來的軍官，他用著他們聽得懂的方言，在軍隊的協助下，讓那些人離開當地。

阿晃和小維兩人穿著苗族的服裝，趁著這一波驅趕，遠離了士兵的視線。看著那些人抹著淚，收起了家當，不知要往哪邊走的淒慘模樣，阿晃也只能壓下心中的感覺，不敢真情流露。

不管到什麼地方，都免不了奔波、逃難，回家的心又更強烈了啊……

只是……這天大地大，他們就算走上一輩子，能回得了家嗎？

兩人來到勐龍鎮，這是個小鎮，全部加起來也不到三十個村子，在阿年的指示下，他們來到了其中一個小村子，花了兩天時間，找到了他所說的屋子，並將屋前的一個瓦罐打破，從中掉出一份用防水紙包裹的地圖，收了起來。

那張地圖繪製了如何從雲南抵達泰國的路線，對於想要離開的他們來說，這是個很大的幫助。

小維在屋子裡找了他們所需要的東西，備齊之後，見阿晃看那張地圖看了好久，就詢問：「看什麼呢？」

「你不覺得……這個字跡有點眼熟嗎？」

「什麼？」

「這跟我們在西南站看到的地圖很像啊！」那張滇緬泰寮的地圖，繪製的相當細膩，不管是山川大地還是河流也相當清楚，甚至在國界交界之處，還有不少註明。紅筆、藍筆都有不同標示，看似複雜，其實一目瞭然。

「阿年不是說要找到他畫的地圖……」小維突然醒悟。「這是他畫的？」

阿晃望著小維，似乎明白了阿年的真實身分，有幾秒的時間說不出話來。難怪阿年一直表示，他現在還不能被抓。

「我以為……他被抓走了。」

「看來他逃走了。」小維覺得氣消了許多。

「他既然活著，為什麼不跟西南情報站聯絡？」

「下次見了他，你再問問他吧！我們該走了。」小維將準備好的包裹丟給他，連休息都省了，畢竟，他們還有很長的路要走。

兩個人各帶著背包，還有地圖，開始南行。

他們備了些乾糧、毯子，還在屋子裡找到了羅盤，這讓他們在山區行走，不至於迷路。

阿晃看著地圖，道：「回去之後，還要想辦法把這個地圖呈報上級。要是上級不相信我們的話，這……地圖應該會是很好的佐證。」

「要不，就把它燒了。」

「啊？不可以燒，燒了我們就口說無憑了。」

「如果我們可以回到家，要這地圖幹嘛？找不到人的話，不如就把它燒了。」

「這是阿年拜託我們的事。」

「那也要辦得到啊！」

兩人的腳步逐漸掩入樹林中，漸行漸遠。

二十五小時前。

阿晃和小維被縛，彼此相偎，坐在軍車上，此刻，他們兩個都沒有動靜，一直到車子停了下來，兩個人互相對望，片刻，車子的簾子被打開了，有個士兵過來看了一下他們。

「要不要上去看一下？」阿年站在那個士兵身後道。

「不用了，他們不是在嗎？」

「上去看一下吧！萬一出了什麼事，少校的個性你又不是不清楚，等等吃不完兜著走。」阿年又開始用他的三寸不爛之舌說服這個士兵了。

那名士兵一聽，也有道理，他上了車，簾子蓋了下來，就聽到幾聲悶哼，阿年掀開簾子的一角，問：「解決了嗎？」
「解決了。」
阿年聽到腳步聲，又道：「等等，還有一個。」他把簾子蓋了下來，叫住過來探查的士兵，說著：「你是小市吧？進去看一下裡頭。」
「副官讓我準備去檢查輪胎呢！」
「少校就在那裡，你去那邊，免不了一陣罵，你進去幫我看住犯人，我去幫你檢查輪胎。」
小市想想，也有道理，他上了囚車，裡頭同樣傳來幾句悶哼，阿年拿著槍把風，過了一會，阿晃和小維跳了下來。
「沒讓他們醒來吧？」阿年詢問。
「嘴巴塞了布，出不了聲的。」小維回答。
「前面就是雲南軍政局了，到了那邊，你們會被姜力平的人接收，其他的，就照我跟你們說的，找個機會，進到苗族人的所在地，等他們驅趕的時候，你們就可以正大光明的離開，先去勐龍鎮，再到南盆村，找到個當地的小酒廠，門口有一對木刻的龍鳳，進去之後，會有你們要的東西，還有一份地圖，上面會告訴你們哪邊才是安全的路線，你們就順著那路線行走，就可以到泰北了。」
阿晃明白了，但仍有些不太明白。
「如果你都知道的話，為什麼不跟我們走？」

「我如果走了，你們就更容易被發現。」

這倒是真的，阿晃知道阿年那張嘴巴很容易搧動、蠱惑人心，要不，車上那兩名解放軍怎麼會輕易受騙？

阿晃不禁慶幸，阿年雖然穿著解放軍的制服，但心還是向著台灣的，他要是倒戈的話，會讓台灣遭殃的。

前面的解放軍喊了起來：「上路啦！」

看來車子已經修理好了，附近休憩的士兵們都振作起來，準備趕路，而阿晃和小維也冒充著羈押犯人的士兵，在回到軍政局之後，脫離黃江海的控制，來到姜力平的麾下。

有了地圖及羅盤，兩人的速度加快許多，加上偽裝，也躲過幾次緬軍的盤查，靠著最近所學的納西語，加上兩人臉蛋的輪廓及滄桑，一路順利的按著地圖上的指示，來到了滿星疊附近的寨子。

再過一、兩天，就可以進入滿星疊大本部，只是在這之前，他們要先到附近的寨子，並先跟張蘇泉聯絡再說。

這張蘇泉肯定知道阿年的身分，要不然不會將他放在身邊，阿晃在離開雲南前，聽到阿年這麼安排時，內心想著。

兩人所進入的寨子，是滿星疊周遭最小的寨子，不到百戶，跟其他的寨子比起來，人口不算多。

兩人進去之後，並沒有見到人影，一片死寂。

「是這裡沒錯吧？」阿晃不禁懷疑起來。

小維在寨子裡到處走動，看著滿地砲火轟炸後的景象，他蹲下來檢查，看著地上殘餘的砲彈，上面還有「USA」的字樣，道：「應該是這裡沒錯，我們離開之前，滿星疊跟美國對戰，這裡的人……不是被打死，就是撤走了。」

阿晃自然希望是後者，要不然整個寨子的人如果都死了，那跟屠村無異，何況，他們並未見到屍首。

從地圖上來看，這個寨子距離本部最遠，人口又最少，如果美軍猛攻，是有可能造成這樣的結果。

「這樣的話，怎麼跟參謀長聯絡？」阿晃喃喃的道。

「阿年不是說有什麼無線電，不知道在哪間屋子？」小維邊走，邊看著周遭，眼尖的他發現其中有兩間屋子，裡頭都有槍枝對著他們，腳步立刻停了下來。

阿晃也發現了，兩人互瞄一眼，決定趁對方還沒動手時先跑走，而對方顯然發現了他們，用英語嚷了起來！

十多個美國大兵湧了出來，他們拿著槍對著兩人，當中有人用英語大喊：「你們是誰？」

兩人互看一眼，不確定現在這個狀況，他們到底要以什麼樣的身分示人？

其中一名像是隊長的人走了出來，吩咐：「看一下他們身上有沒有武器？」

兩名美國大兵過來搜身，在兩人的腰際發現兩支納干M一八九五，拿了出來，那是他們在勐龍鎮拿來防身的。

那名隊長接過納干M一八九五，念了句：「這也太舊了。」便遞給底下的人，要他們收起來。

「隊長，這兩個人要怎麼處理？」

那個隊長思索了會，道：「先看住這兩人。」

兩個人被美國大兵關進屋子裡，那個隊長看著他們，思索良久，最後，拿起無線電跟上級通訊：「威廉中將，這裡是潘迪，我們逮到兩個疑似昆沙的人，要如何處理？」

「昆沙的人？」無線電那頭傳來聲響。

「他們的身上有武器。」

「問出他們的真實身分。」

「是的，長官。」

潘迪收起無線電，看著兩人，嘆了口氣，他轉頭詢問底下的人：「有誰會說中文？」

底下的人面面相覷，一個個搖了搖頭。

「隊長，他們不是講中文，是講緬甸話，還是泰國話……總之，我很肯定他們講的不是中文。」底下有個小兵解釋著，潘迪一聽，頭也大了起來。

雖然戰爭當中，兩軍交接，難免傷亡，但如果殺了老百姓，事情傳了出去，聯合國可是會跳出來譴責的，更不用說，美國還是其中的重要成員。所以潘迪也不敢亂動。

潘迪看著他們，竟然問起他的下屬：「你們覺得他們是什麼人？緬甸？泰國？寮國？」

「誰知道呢？他們看起來都一樣。」其中一個士兵道。

「隊長！」從屋外跑進另外一名士兵，道：「這是他們的東西。」他手上拿著兩人的背包。

潘迪上前將背包的東西都倒了出來，裡頭除了衣物和乾糧，並沒有其他奇怪的東西。

潘迪關掉無線電，望著兩人，相當傷腦筋。他詢問底下的人：「誰身上有煙？」另外一名士兵掏出煙來，潘迪走到一旁，和那個掏煙的士兵討論起來：「馬克，你看怎麼處理？」

「叫威廉中將派人來處理吧！我們最主要的任務，不是要去那個什麼西南情報站找東西嗎？去了之後，那邊的人都沒了，也被破壞的差不多，說要找什麼文件，根本沒有指望。」

「是啊！」潘迪頭也很痛。

「是說……這個不是讓台灣當局繳出來就好了嗎？威廉中將幹嘛還要私下自己找？」

「你懂什麼？威廉中將當然想要比台灣早一步拿到文件。」

「可是……威廉中將不是跟台灣合作嗎？」馬克好奇的問。

「所以你不適合從政啊！如果我們今天能早一步知道中國內部的消息，哪還需要管台灣？威廉中將想要早一步得到文件，一定是另外有想法，要不然我們幹嘛還要跟台灣這個小地方合作？」潘迪用力吸了口煙，再吐出煙霧。

他們的談話，都被屋內的阿晃和小維聽了進去。

英語對他們來說不是問題，在特訓的時候，除了體能，語言也是很重要的一環，只是來這之後，一路上為了保命，有時連自己的語言也得假裝聽不懂，只求苟且求生。

這些美軍並沒有要取他們性命的意思，但也沒打算放他們走，這裡離滿星疊本部只差一步，只要能聯繫到張蘇泉，或許還有機會活下去。在明白他也是情報局派到昆沙身邊的人之後，至少在這個地方有個人能夠信賴。

潘迪走了進來，丟給他們兩人一人一個上面印有牛肉圖片的罐頭，阿晃和小維互望了一眼，把罐頭接了過來。

馬克又走了過來，說：「文件找不到，我們就這麼回去覆命嗎？」

「總比留在這裡好，本來找不到東西就要回去覆命，我們應該已經在喝熱咖啡了。而且，威廉中將跟昆沙作戰都已經結束了，還要我們繞道過來，看這兒有沒有留下什麼昆沙的情報，找了幾天也沒有得到什麼，我好想念我老婆煮的咖啡啊！」潘迪一臉懷念。

「我也想喝露娜煮的咖啡。」露娜是潘迪的老婆。

「等回到國內之後，你再過來，我叫露娜煮給你喝……」潘迪話還沒說完，一名士兵驚慌失措的跑了過來！

「隊長！麥可不見了！」

「什麼？」

「我剛剛跟他在巡邏，他就……就不見了！」

「他說不定去哪邊偷懶，你再去找找。」

「我都找過了，剛剛……剛剛我跟他在巡邏時，我們進了一間屋子，我出來之後，卻不見他的蹤影，他……他就這樣消失了。」那名士兵看起來非常害怕的樣子。

「哪間屋子？」

「就是那間。」士兵指著前方約二十多公尺的屋子，潘迪令人看好那兩個俘虜之後，把剩下的士兵全都召集過來，往麥可消失的屋子走過去。

潘迪來到了那間屋子，那是間很普通，看起來跟其他沒兩樣的屋子，進去之後，走了一圈，並沒異狀。

「麥可在哪裡？」

而方才那個通報的士兵則站在門口，膽怯的道：「沒、沒看到他。這裡太奇怪了，本來只是東西不見，現在連人都失蹤了。」

「混帳！」潘迪大怒：「這一定是有人搞鬼！」

「可是這裡都是我們的人，沒有其他人了。」士兵道：「我們來的時候，這裡已經是廢墟了，難道……難道這裡有鬼……」

「那麼膽小的話，怎麼當兵？」潘迪忍不住破口大罵：「如果有鬼的話，你再給他一槍下地獄就好！」

那名士兵嘀咕著，沒有再說什麼，而潘迪則四處張望。前陣子美國和昆沙大戰，雖然因為疾病蔓延、不熟悉當地地形等因素而導致出兵失敗，不過，美軍還是破壞了這個寨子。因為這裡人口最少，所以亞歷山大上將命他們集中砲火，要他們務必攻下這個寨子，好歹也有點戰績可言。

「誰在那裡？」潘迪一喊，拿著槍，就朝他看到的窗戶奔過去，快步跳了出去，左右張望，把他底下的人都嚇了一跳！

潘迪詢問站在外面的士兵：「你們有看到人嗎？」

七、八名士兵面面相覷，都搖了搖頭。

「你們警戒心也太低了，這個村子還有人！」潘迪怒叱，他非常肯定。

「隊長……」

「全打起精神來！」他忽然想到：「剛才抓的那兩名俘虜呢？」他快步朝著關著阿晃和小維的屋子跑過去，看守的士兵還在，潘迪一進去，就已經沒看到人了。

「狗屎！」他咒罵了一聲，轉身問著那名看守的士兵：「他們跑哪去了？」

那名看守人犯的士兵怯怯的道：「我、我不知道。」

潘迪罵聲連連，喊了起來：「他們一定還在，快點把他們搜出來！」

兩分鐘前。

阿晃拿到了罐頭，決定先打開來吃，在這裡，有得吃就先吃，因為永遠都不知道下一頓有沒有機會進食。飢餓是家常便飯，有食物的話，就好好珍惜享用吧！

只是這美軍……牛肉罐頭是給了，問題是怎麼打開？他們的刀子被沒收了，想吃也沒辦法，阿晃只得坐在地上，無聊的將罐子放在地上，無意識的滾動它，當罐頭在地上滾來滾去的時候，滾到牆邊……消失了……

阿晃不可置信的張大了眼睛，他拿過小維手中的牛肉罐頭，小維不悅的道：「幹嘛呢？」

阿晃又將罐頭往牆邊丟過去，罐頭……消失了。

小維驚訝的張大了眼睛，阿晃示意他噤聲，他們看了一下門口守著他們的士兵，那人一雙眼睛左右張望，預防外在的狀況，忽略了內部的兩個人。

阿晃和小維緊盯著牆角細看，在牆壁和地板有個縫隙，罐頭就是從那裡滾下去的。若是再認真細瞧，那牆角的顏色和其他地方不太一樣……

此刻，牆角陷了下去，露出一個黑漆漆的人頭，露出一對明亮的眼睛，阿晃直直的看著他，而那個人頭也直直的看著他和小維。

那個人頭示意他們噤聲，並且比手勢要他們從洞裡下去，阿晃點了點頭，確認那個美國大兵注意力沒在屋內，便迅速的從那個陷下去的洞口滑了下去，小維也跟了過去！

整個過程不到半分鐘，等兩人身子都進入那個洞口之後，洞口又被合起來。

阿晃和小維在黑暗的地洞裡摸索著前進，前段的部分只能靠觸覺，壓迫感很重，等到了有光線的地方，壓迫感才消失。地洞兩側有火把，而方才那個黑黝黝的人頭，也抹去臉上的黑漆，露出熟悉的臉龐。

「校長，你怎麼在這裡？」直到確定安全，阿晃才出聲。

「我還想問你們怎麼會在這裡？你們已經很久沒有消息了。」孫斌跟他們一樣，肚子快被好奇心撐破了。
阿晃沒有回答，只道：「這……說來話長。」
「沒事就好、沒事就好。」孫斌活動起來倒是挺矯健的，他在前頭為兩人帶路。
「這是什麼地方？」小維看著這無窮無盡，似乎永遠走不完的地洞發問。
「地底通道啊！」
「這通道……通向哪？」像是回答他的問題似的，他們來到一段較為寬敞的空間，空氣也較為流通，張蘇泉正在那裡等著他們。
「參謀長？」阿晃大為驚訝！
「你們沒事吧？」
「沒事，你怎麼知道我們在這裡？」
「我正奇怪你們怎麼會在這裡？」看來張蘇泉也不是特意來這裡救他們，只是剛好趕上了，他一臉灰頭土臉，像剛從泥坑裡出來似的。
「是阿年要我們到這個寨子，說在這裡先聯絡你，我們來了之後，就被那群美國人抓住了。」阿晃說明。
「他告訴你們這個地方……」張蘇泉一怔。「他還說了什麼？」
在旁的孫斌說了：「先離開這吧！有事待會再說，這裡被美國人佔據，要是被他們發現什麼就麻煩了。我剛剛已經把火藥都裝好了，準備炸毀。」
「火藥？」小維愣愣的看著他。

「是啊！剛才我是去裝炸藥的，正好看到你們，參謀長才想辦法把那些美國大兵引開，叫我去把你們帶出來。這裡沒有人比我跟參謀長更清楚了。」

雖然不太明白張蘇泉和孫斌兩人葫蘆裡在賣什麼藥，不過兩人也都聽話配合。他們跟著離開地道，兩人發現地道出口就在他們進來寨子的入口處旁，孫斌的手上拿著引信，他點了火，四個人迅速找了個安全的地方躲起來，約等了兩分鐘，寨子開始爆炸！不只一間，而前次沒被美國砲彈炸毀的屋子，現下全都被炸個精光！那些美國士兵倉惶而逃！

他們一直等到所有的美國士兵都撤離，並確保寨子都燒光，不留一點痕跡，孫斌才鬆了口氣，坐了下來。

「這寨子不是沒人嗎？為什麼還要炸毀？」阿晃疑惑的問道。

「裡頭……東西可不少啊！」孫斌淡淡的道：「炸掉的話，才不會被發現什麼。」

阿晃更加驚疑的看著他，看來……這不是個普通的寨子

張蘇泉則看著他們兩個，旁敲側擊：「阿年會告訴你們這個地方，一定也告訴你們一些事，他告訴你們……他的身分了嗎？」

阿晃還沒有回答，小維已經開口了：「他是西南站的情報員吧？而且……還一直跟你有接觸？」這一路上的相處，還有阿年表現出來的行為，他的心底早就有了答案。

「他還說了什麼？」

「他也不用說什麼，他……還在從事情報工作吧？」阿晃想起在旺卡那邊，阿年說的那句話，以及那雙他見過最深不可測的眼睛……

「看來……你們知道了不少。」

「他也不叫阿年吧？」阿晃突然問道。

張蘇泉淡淡的笑著，笑容裡……有著無可奈何。

「想要當一個最好的情報員，就是把自己原來的名字，還有身分，全部都拋棄掉。」

阿晃突然感到一陣窒息。

他想起那個為了自己的丈夫，不惜將自己性命都豁出去的小瑾，那個因為丈夫被抓走，所以拼了命想要去救回，最後，死在無情子彈下的女人。跟她一起死的，還有那個想要守護心愛女人的唐允禮。

而她的丈夫，還活在這世上的某一個角落。

這樣對小瑾公平嗎？

戰爭，又對誰公平了呢？

「對了，參謀長，你跟校長怎麼會在這裡？你們……應該不是專程來救我們的吧？」

「這裡是我跟阿年聯絡的地方，大本營是昆沙的地盤，耳目眾多，我跟阿年幾次碰面，都是在這裡，只有西南站被破，風聲最緊的這陣子，我才把他帶到大本營藏起來，這次來這裡……只是來找阿年所留下來的東西。」

「找著了沒有？」孫斌又問。

「沒呢！也不知道阿年把東西藏在哪裡？這傢伙……藏東西藏的密實，搞不好連拿到的人，也不知道東西在他手上呢？」

阿晃不曉得他要找什麼？不過，一定是很重要的東西，才會親自出馬。

「那寨子都炸毀了，這東西……」孫斌又問。

「再想想吧！我們先回去！」

——

通往滿星疊大本營的道路，是崎嶇而錯亂的，每一條路似乎都可以通達，也有可能迷路，裡頭的人從來不從一條路出入，在這裡想要熟知地理位置，非花上一年以上的時間不可。

阿晃和小維兩人跟著張蘇泉祕密進了滿星疊，張蘇泉這次派他們出去，並沒給太多人知道，畢竟昆沙失蹤，張蘇泉又不在，裡頭的人知道了難免不安，回來自然得低調些。

四個人進入大本營，沒有驚動其他人，張蘇泉帶著他們進到自己的屋子，打算先休息一下，來到屋子前，就見到小崔站在門口，一臉焦慮，見到張蘇泉時，喊也喊不出來。張蘇泉覺得有異。

「小崔，你怎麼在這裡？」

小崔想要說什麼，卻又顯得相當為難，他擠眉弄眼，很難讓人明白他到底想表達什麼。張蘇泉看不下去，帶著其他人進到屋子，赫然發現他一直在尋找的昆沙，竟然坐在屋內。

「總指揮！」張蘇泉驚喜的叫了起來！「太好了！我一直在找你呢！你什麼時候回來的？我……」

昆沙冷冷的望著他，還有他身後的人，這時候，他舉起手槍，正對著張蘇泉的頭顱。

所有人都嚇了一跳！滿星疊裡，誰不知道昆沙最器重、最信賴的就是張蘇泉，現在拿槍指著他，可是大事啊！

「總指揮，您、您這是幹什麼呢？」孫斌叫了起來！

昆沙望著他，道：「看來……你們都是一伙的。」

「說什麼呢？指揮官，我們找你找那麼久，你怎麼一回來就……你這陣子到底去哪裡了？」孫斌一臉焦灼。

「我去查參謀長。」昆沙說這話的時候，連保險都開了。

孫斌錯愕的看著他，道：「什……什麼意思？」

「你應該很清楚。」昆沙盯著張蘇泉，張蘇泉沒有動靜，一雙眼也直勾勾的看著他，氣氛相當緊繃，似乎只要稍有不慎，就會擦槍走火。

「這、這到底在做什麼？」孫斌喊了起來。

阿晃和小維也不好動靜，他們發現，裡頭除了昆沙，外頭還有軍隊聚集，看來，昆沙已經等他等了很久了。

「你這是做什麼呢？」

「你潛伏在我身邊這麼久，一定得到不少情報吧？」昆沙冷冷的道。

「指揮官，快住……」孫斌還想說什麼，昆沙掏出另外一把槍對著他，孫斌只得後退。

昆沙的目標很明顯，就是針對張蘇泉而來。

「說！」他大怒。

張蘇泉看著他，良久，吐出：「你沒事就好。」

昆沙一愣，隨即怒叱：「不要轉移話題，你是西南站派來的吧？我都已經查清楚了。」

阿晃和小維兩人互望了一眼，有些明白了，他們去找消聲匿跡的昆沙，他卻在暗處窺伺。他們不知道昆沙知道了多少？但只要證明張蘇泉是西南站的人，他在昆沙心中的地位，就一落千丈了。

孫斌發出類似呻吟的聲音，一切都無望了。

昆沙用餘光看了孫斌一眼，看來，這個校長從頭到尾都知道。他憤怒的想要開槍，看得出他用很大的力氣在克制，臉上的青筋暴露，再差一點就要爆炸了！

「奇夫……」張蘇泉喊著他的中文名字。

「不要叫那個名字！」昆沙怒道。

「如果你要殺了我，我無話可說，這裡……就交給你了。」張蘇泉沉重的道，身分曝光的這一天，真的到來了。

「滿星疊沒有你，也可以過得很好。」昆沙快要氣壞了！

「那……你就開槍吧！」張蘇泉沒有替自己辯解。

「不行啊！」孫斌嚷了起來！「沒有參謀長的話，這裡什麼也不是，指揮官，你這是怎麼搞的，失蹤那麼多天，讓參謀長吃不好，也睡不好，還派人出去找你，好不容易盼到你回來，你怎麼就槍口對著自己人？」

「他有派人找我？」昆沙一怔。

「是啊！這兩個小子就是去找你，路上還吃了不少苦頭，還被解放軍抓去，差點沒了性命，好不容易逃了回來，你怎麼就這樣對他們呢？」孫斌指著阿晃和小維，兩人有點不知所措。

昆沙看了張蘇泉一眼，他面無表情，倒是孫斌急了，猛道：「指揮官，參謀長是什麼樣的人，你還不知道嗎？你怎麼道聽塗說，就不怕三人成虎嗎？」

「是道聽塗說嗎？」昆沙冷冷的道：「你跟西南站的人，一直在開剎那邊聯絡，還把他帶到身邊，不是嗎？」

張蘇泉表情一變，開剎正是滿星疊底下大大小小的寨子其中之一，也就是他們剛剛救了阿晃和小維，並且爆破的地方。

那麼……昆沙他是調查的很清楚了。

「沒錯。」張蘇泉也不否認。

「參謀長！」孫斌喊了起來！他深知昆沙對於叛徒非常痛恨，如果有二心的話，一定直接槍殺。

「你承認了？」昆沙覺得心沉了下去。

「我的確是西南站的人，奉他們的命……來到你身邊。」張蘇泉緩緩的道，把祕密說出來之後，他如釋重負。

昆沙瞪大了眼睛，他走上前，把槍口指著張蘇泉的眉尖，食指微扣板機，把旁邊的三人看得心臟都要跳出來了！

「指揮官，別、別啊！」孫斌哭著喊著：「參謀長做了什麼？你應該知道，他雖然是從西南站過來的，但是……他為你、為了滿星疊做了多少事，你應該看得出來啊？」

是啊！張蘇泉為他做了多少事，昆沙自然知道，包括滿星疊的防守，大同中學的建立，他都費了很大的心力，說他是西南站派來攪亂的，要不是調查屬實，他也是不肯信的。

現在……張蘇泉都已經親口承認他是西南站的人，他接近他，別有目的，光這一點，就足以讓他死有餘辜。

而張蘇泉更是一言不發，連替自己辯解也沒有，這更讓昆沙氣得要死，如果他能夠為自己辯駁的話，說不定……他還可以信他一回……

孫斌又大聲喊著：「參謀長如果要背叛你，九年前你被抓走的時候，參謀長就不用救你了啊！」

昆沙緊握槍枝的手，突然變鬆了。

他當然還記得，一九六九年，他落入陷阱，被緬甸政府軍抓走，張蘇泉為了救他跟緬甸政府糾纏了許久，從一九六九年一直到一九七四年，想盡辦法營救他。

等回來之後，他才知道，在一九七三年時，張蘇泉綁架了兩名蘇聯醫生，讓國際砲轟蘇聯人道主義的政策，蘇聯與緬甸政府交涉未果，張蘇泉甚至想辦法請動了當時的泰國陸軍參謀長江薩，在江薩的斡旋下，救出了昆沙。

而張蘇泉又悄悄的將昆沙載回到金三角，甚至告訴他該怎麼做「生意」，讓這裡的農民，樂意和他合作，這樣的人……他隨時都有可能背叛，可是……

昆沙對著窗戶，擊了一槍！外面立刻跑進來一票人馬，手上都拿著槍。見到裡頭都是自己人，一臉疑惑，方才指揮官要他們在外面，聽到槍聲的話，就進來抓人，只是……要抓的是誰？

「把那兩個人關起來。」

「媽的！」小維踢著牆角，憤憤的大罵，他看著阿晃，怒叱：「早就跟你說過，不要攪這淌渾水，結果還把自己染髒了。」

阿晃坐在一旁，無話可說。

他當然也想不到，本來幫忙尋找昆沙，結果昆沙人是回來了，一回來就將他們兩人關起來，張蘇泉也被軟禁在自己的屋子，雖然昆沙沒殺他，不過……兩人之間不知道還有多少信任？

「指揮官跟美國打完仗之後，就跑去調查參謀長了……」阿晃思索著，想知道昆沙到底怎麼查到的？

「是不是他聽到什麼風聲，跑去調查參謀長了？他既然不信任張蘇泉的話，就直接把他殺了也痛快。」小維憤怒的道。

「參謀長要是死了，他也會很麻煩吧？外面這票革命軍，可是參謀長一手建立的呢！」

一九六九年，昆沙被捕的時候，張蘇泉雖然儼然成為領導人，不過並未取而代之，反而將底下的武裝力量命名為「撣邦革命軍」，等到昆沙回來之後，再把這個軍隊交給他。

這中間的情與義，還有情報員的身分，究竟如何拿捏？

也許，就像他自己說過的，想要當一個最好的情報員，就是把自己原來的名字，還有身分，全部都拋棄掉。如此一來，換上另外一個身分，卻又不能忘掉自己的任務，才是最偉大的情報員。

那麼……張蘇泉究竟有沒有忘掉？

門口有人在講話，緊接著，關押他們的門打開了，孫斌探進頭來。

「跟我來。」

兩人不知道現在又是什麼狀況？孫斌急著道：「快點！時間寶貴，想要離開這裡就快點。」

聽到這裡，兩個人起身，從羈押他們的牢籠走出去，現在是深夜，滿天都是星斗，他們跟著孫斌走著，一路上過了幾個哨口，孫斌出面應付，最後，孫斌指著一輛看起來很破舊的車子，說：「你們就躲在這裡面，天亮的時候，會有人來開出去，不論發生什麼事，都不要出來。」

「這是……」阿晃還來不及發問，就被孫斌塞了進去。

「別那麼多話，快進去！」孫斌將他們推上去，兩人只好聽話照做，藏在一堆破爛的東西當中，孫斌還拿了塊破布替他們兩人蓋好身子，小維忍不住問了：「這不怕被人發現嗎？」

「只要你們兩個不要動，就不至於被發現。這輛車會到泰國，參謀長說，這車子會開到接應你們的人那邊，所以你們兩人別亂動，自然會有人來找你們，聽話啊！」孫斌改不了校長的語氣。

「誰會來找我們？」

「有人來了。」孫斌將東西擺好，讓阿晃和小維兩個人看起來像是廢物，不易引人注意。

「校長，您怎麼在這裡？」阿晃聽到小崔的聲音。

「睡不著，出來走走。」

「那……校長，問個話，今天到底發生什麼事？我看指揮官發了好大的脾氣，像是在跟參謀長吵架。」

「這……小孩子不用問這些。」

「說啥呢？指揮官要是跟參謀長吵起來的話，倒霉的是我們啊！您想想，不管是美國，還是馬幫，還是泰國或中國，那些人都想要打倒我們滿星疊，這兩個人要是不和的話，我們會完蛋的！」小崔可憐兮兮的道。

「不會有那種事的！」

「我也不想有那種事啊！只是……」

「參謀長對指揮官一片赤膽，他又不是不知道，這兩人啊……沒話可說，要是沒有了參謀長，指揮官會心痛的。」

「那他們……我們要怎麼做？」

「好了！我們也別杵在這裡，先走走吧！」

方的呼吸。

小崔和孫斌的聲音越來越遠，而阿晃和小維兩個人挨得很近，近到都可以聽到對

兩人在車上待著，一直到天亮，車子開始移動，他們聽到聲音，士兵在檢查車子，兩人屏息不動，很快地，車子又開始前駛，這也太簡單了……就像是有人事先打點好了一切。

車子一直往前開，透過布後面朦朧的光，可以發現天色已大亮，阿晃悄悄的將布取下，他們在不熟悉的路上，只知道離滿星疊越來越遠。

為了避免被發現，兩人不敢亂動，也不知道開了多遠，都快睡著了，卻又不敢入睡，就怕睡著之後，又被槍桿叫醒。

「修車啊？」一記聲音在外面響起。

「是啊！車子老了，毛病多了，跟人一樣。」另外一個聲音說著，還笑呵呵的。

「交給我們吧！你要不要去前面逛一下，晚一點再過來取車？」

「好勒！」

阿晃聽這聲音，覺得耳熟，他悄聲問：「你有沒有覺得這人聲音好熟？」

小維還來不及回答，就有人上了他們這台車，車身搖晃了一下，兩個人有點緊張，直到布被取下，光線大明，一個人影出現在他們面前，阿晃的腦子像被雷打到，連小維都驚訝的說不出話來！

「還看著做什麼？等人發現嗎？快點下來！」陳哲吩咐著。

兩個人趕緊下了車，曾冠良也在車子旁邊，見到他們，急拉著他們往屋內走。

「快點！往這邊。」

兩個人躲到了工廠內，確定沒有其他人，阿晃才驚訝的問道：「你們……你們怎麼會在這裡？」

「不在這裡，也沒有地方可去，西南站都已經被破，再待在馬亢山也沒有用，我們移來泰國，等有機會再反攻回去。」陳哲回覆。

「聽說……你們跟耀中碰面了？」曾冠良忽然開口。

聽到這裡，小維突然變得不太開心，阿晃則悠悠的道：「是啊！我們見到他了，他跟著解放軍去北京了。」

「他……」曾冠良緊張起來，阿晃趕緊解釋：「他沒事，他去北京臥底了。」

「哇！他真的膽大，連這種險他也敢冒。」曾冠良連連驚呼。「這要去了，成了北京的人怎麼辦？」

陳哲知道他在指桑罵槐，說的是張蘇泉，忍不住道：「別忘了如果沒有老大哥的話，這兩個人也逃不出來啊！」

「啐！」

陳哲看到小維滿臉不悅，關心的問道：「身體不舒服嗎？」

「我只是想起小瑾……」提了這個名字之後，小維就再也沒有說什麼了。如果……小瑾知道耀中還活著，而且化名為阿年，還在從事情報活動的話，她就不會失去性命了吧？

想起小瑾在槍戰中犧牲性命，想起貫穿她胸口的那顆子彈，他的胸口就一陣發疼……

這一切都是為了那個不知下落的男人。

氣氛變得死寂，所有人都安靜下來，半晌，陳哲才道：「你們很累了吧？先休息一下，有什麼話，晚點再說吧！」

張蘇泉被關在自己的屋子裡，外面有人看著，而他的人，包括孫斌也都禁止與他接觸，他的貼身親信也進不來，就算進來了，也幫不上什麼忙，因為那些親信，連他在幹什麼都不知道。

打從他跟昆沙接觸之後，他的信念就開始動搖了。姑且不論昆沙，以他這樣的身分回到台灣，面對的是更複雜的世界，在這裡……單純多了。

他只要做好參謀長的本分，昆沙絕對不會虧待他，這是肯定的，更不用說他們曾經多次出生入死，有著一起面對敵人的革命情感。

當他已經把昆沙視為他世界裡的人，那身為情報員的這個身分，就連他自己都開始嫌惡了。

人非草木，孰能無情？

他躺在床上，翹著腳，聽到有人進來，那聲音……是昆沙。他走路方式十分特殊，沉穩有力而又霸氣，自己只要一聽，就知道他來了。昆沙也常笑著說，自己的背後，像是長了對眼睛，別人都不知道他來了，只有張蘇泉知道。

他望著那個進來的人，果然沒錯。

張蘇泉依舊躺在床上，沒有動靜，整個滿星疊也只有他敢這麼無視指揮官的存在。

「你……把那兩個人送出去了。」

看來，指揮官已經知道了，張蘇泉也不隱瞞。

「是啊！」

昆沙也沒有太大反應，他又道：「這麼多年，你不累嗎？」

張蘇泉明白他指的是他的雙重身分，不禁一陣鼻酸，最懂他的……其實是眼前這個人啊！

「怎麼不累？每次看到你時，我就想到自己究竟應該效忠國民黨盡本分呢，還是跟著你，一起壯大革命軍呢？」

昆沙拿起他屋子裡的茶水，喝了起來。

「你……可以簡單點說。」

「難啊……」他盯著他。

昆沙把杯子放了下來，又道：「你知道我最恨背叛我的人。」

「我知道。」

「你……還有什麼話要說？」

張蘇泉坐了起來，緩緩的道：「如果你真的認為我背叛你的話，就給我一個痛快吧！我的身分……我沒有否認，但這個身分到底代不代表我這個人？你應該也很清楚。」多說無益，張蘇泉已經不想解釋。

從跟張蘇泉接觸後的那些共同抵禦外敵、共同浴血的畫面全都湧上心頭，在這些血泊當中，他為他帶來了希望。

滿星疊大同中學是他提議的，這地點也是他找的，還有……這條命也是他救的。

如果他真的是國民黨的情報員，那他也偽裝的太好了……昆沙在離開之前，拋下了一句：「明天開始來找我，別讓人家以為我們鬧矛盾。」

望著那離開的身影，張蘇泉的嘴角浮起一絲微笑。

阿晃痛痛快快洗了個澡，在洗澡之前，他把一直藏在腹部，用防水的牛皮紙包裹住的地圖取下，等到洗好澡，身體乾淨了，他再將那份牛皮紙放回身上，若無其事的走出來。

這是阿年……不，是程耀中在叫他們去勍龍鎮時特別要求的，他交代這份手繪地圖務必要交給他的直屬上級龔將軍。只是……

龔將軍是哪個龔將軍？他不識得要怎麼交？可惜當時時間不夠，程耀中也沒多說，他只好記著他的話，在找到這份地圖時，沒看就藏在肚子，也因為東西貼身，才沒被美軍發現。

阿晃走出來，外頭已經備好一桌菜，曾冠良見到他喊著：「你是大姑娘在洗澡嗎？菜都涼了。」

「來了！」

阿晃坐到桌子邊，看著滿桌的菜色，雖然不是什麼精緻菜肴，但已足夠他和小維兩人大快朵頤一餐了。

小維吃得又急又快，曾冠良勸著：「欸！你吃慢一點，沒人跟你搶！」

小維不予理會，又塞了兩口豬肉進到嘴巴，滿足的呼出口氣。阿晃邊用餐邊問：「你們……還打算待在這裡嗎？」

「這是我們的任務。」陳哲推了推眼鏡。

阿晃知道他們身為情報員，任務沒有完成的話，是不可能回去的。而他們從一開始，任務就失敗了，自然也就沒留下來的必要。

他望著滿桌的菜，總覺得這樣安靜的吃飯，不太像是真的，他左右張望，引起其他人的注意。

「看什麼呢？」曾冠良好奇的問。

「這裡……是什麼地方？」

「這兒啊……是蘇泉兄臨時找的地方……」陳哲話還沒說完，就被曾冠良氣呼呼打岔：「提他做什麼？他都已經忘了自己是什麼人啦！」

「我們能在這裡，也是他的功勞。」

這一點，曾冠良不能否認，他只得恨恨地往地下吐了口唾液，宣告自己的不滿。

阿晃和小維兩人不予置評，關於張蘇泉……等蓋棺論定吧！

「你們呢？」陳哲問：「有什麼計畫？」

「我們要回台灣。」阿晃和小維兩人異口同聲，在發現對方也和自己的想法一樣時，不禁相視而笑。

「台灣啊……」曾冠良細細咀嚼這兩個字所代表的意思，台灣是國民政府撤退，他所效忠的地方，而他的家……在大陸那邊啊！有生之年，他還能夠回去看看娘親，看那才剛成婚，就再也無緣見到的妻子嗎？

想到這裡，他轉頭抹去眼角的淚。

「你怎麼了？」小維發現他的舉動。

「這辣椒太辣了。」他指著菜肴。

「這菜不是你炒的嗎？還被自己辣到？」

「你這小子，別總找我碴！」曾冠良也生氣了，那些悲傷很快就被拋開。

陳哲沒有跟他們一起添亂，他將肉塞進嘴裡，想了會，道：「我跟龔將軍提一下，看他能不能把你們弄回去？」

提到龔將軍，阿晃的耳朵豎了起來。

「哪個龔將軍啊？」

「現在情報局負責東南亞地區情報工作的副局長，也是程耀中的直屬上級，他人也在這裡了。」

「你說他可以把我們弄回去？」小維問。

「是啊！現在能夠把你們弄回去的，也只有他了吧！」曾冠良認真的道。

阿晃翻來覆去，難以入眠，三不五時就爬起來，看著外頭，夜涼如水，一片安寧。

這份祥和，是真的……還是假的？屢次經歷戰火，讓他忍不住懷疑這是夢還是現實？

他悄悄起身，來到門口，以為只有他醒著，沒想到小維也坐在修車廠門口，手上拿著煙，看著遠方，北方的那片蒼巒。那就是他們奔波了數月的地方嗎？

小維聽到聲響，也轉過頭。

「你也醒啦？」

阿晃到他旁邊坐了下來。「還有嗎？」阿晃做了個手勢詢問，小維又抽出根煙給他，阿晃借了火，問道：「這煙哪來的？」

「曾大爺給的。」

這個曾冠良看他總是跟小維鬥嘴，心腸倒挺好的，阿晃吁出口氣，道：「真的⋯⋯可以回去了嗎？」

小維也很難回答，他們一直在往回家的路上，如今終於可以踏上歸途，卻有種不切實際的感覺。

理智上，他們知道現在安全了，但身子還是警戒的，他們還沒回到台灣，還沒回到熟悉的土地，雖然處於泰國，但緊連的仍是烽火連天處。望著黑黝黝的夜色，深恐是不是還會有什麼洪水猛獸向他們撲過來？除了緬甸政府軍，還有老是對他們窮追不捨的解放軍，那個黃江海⋯⋯會隨時出現嗎？

那個黃江海⋯⋯回到北京後，等待他的是怎樣的命運？

異位而處，或許他也會做出和黃江海同樣的事情、同樣的選擇。然而，他們效忠的政府不一樣，黨派不一樣，身分和立場不一樣，這些都無可改變，便不免衝突。此刻他只想遠離這個地方，同樣是山林，他寧願回去自己的故鄉。

只是⋯⋯這夜怎麼這麼慢？他一直撐著沒睡，最後，只在門口打了個盹，一張開眼睛，發現已經是早上了。

受。

小維不在他身邊，他在車行門口發呆，能有這樣安全的空檔，他很珍惜，也很享受。

阿晃看到馬路的盡頭，有一輛車子往這邊駛來，為免節外生枝，阿晃準備躲進屋內，而陳哲看到那車，則攔住他，道：「龔將軍來了。」

阿晃往外一看，車子的副駕駛座走下一名男子，年紀約近六十歲，他看著那人，這便是程耀中提起的人嗎？

他往外走過去，陳哲已經跟龔將軍講了一會話，見到他過來，便道：「這個是阿晃，是我們遺落在叢林裡的突擊隊員……」

龔翊揚看著阿晃，露出溫和的微笑，他道：「你們辛苦了。」

小維也走了過來，龔翊揚拍了拍他們的肩，道：「你們的事情，我都知道了，我會安排你們回去，只是……不是現在。」

「什麼？」小維聽了大為不悅。

「我還有點事要辦，不過，我一定會盡速把你們送回去的。」龔翊揚看著陳哲，問：「有沒有他的消息？」

「沒有。」陳哲搖了搖頭。

「阿泉那邊呢？」

「最近被昆沙發現他是西南站的人，昆沙正在大發脾氣呢！」

「那他……」龔翊揚緊張起來。

「要殺的話，當下就殺了，不過都沒消息，還有人看到他們出沒，看來是沒事。」陳哲悠悠的道。他和泰北這邊的人，也都有些接觸，美斯樂這邊的人，有時候也會和他聯絡，陳哲可是情報通呢！

龔翊揚嘆了口氣，這些路……都是自己選的，有些人仍然堅持當初的選擇，有些人走著走著，就有了自己的方向。

他望著眼前這兩名從叢林中逃出來的年輕人，想起先前準備潛入北京的愛將程耀中，當初他志願要到西南情報站工作時，他曾警告過耀中會有高度的危險性，被程耀中反問過：「您能夠報效黨國，難道我就不能嗎？」他一時語塞，只得同意。

既然耀中選擇進入西南站，他阻止不了，只好轉而支持，面對許多次生離死別的危險，也不算意外。

在他有生之年，還能夠看到他的愛將嗎？

碧波蕩漾的大海，浪潮不斷拍打著岩岸，一波，再一波，像是無窮無盡，阿晃看著岸邊，他們終將遠離這個是非之地了嗎？

濕氣與鹹味籠罩著他們，頭上是藍天白雲，是個好天氣，適合偷渡呢！

當初他們一群突擊隊員並沒有透過正式管道抵達泰國，現在，想要回去也沒有身分，只能透過偷渡才能回到台灣。

為了任務，他們什麼都得拋棄……

小維坐在甲板上，阿晃則看著岸邊，這船就要開了，而龔翊揚並未同行，他乘飛機來的，要離開也要坐飛機回去。

時間差不多了，這時，阿晃突然跳回岸上，龔翊揚訝異的道：「就要開船了，還不趕快上去？」這是他透過自己的私人力量，想辦法跟當地的泰國軍方借了一艘船，不過，這船自然不是印上軍方的標誌，從外觀上，只是普通的船隻，不過船的內部性能可比漁船好多了。

阿晃看了一下左右，確認沒有人注意這邊，用自己的身子遮住了船上人的視線，他掀開上衣，將那個從勐龍鎮帶出來的地圖，交給了他。

「耀中要我把這個交給他的直屬上司，我想……就是您了。」他已經跟陳哲確認過，龔翊揚跟程耀中的關係。

龔翊揚驚訝的接了過來，他簡單的看了一下，這是金三角的地圖，上面的山川、河流，還有各國軍力常出現的地方，還有各山頭勢力的分佈，甚至還有解放軍會出沒的地點，上面的字跡是耀中親筆寫的無誤。

「這……」

「那我就告辭了。」阿晃轉身，回到船上，準備乘船回到台灣。龔翊揚看著船隻走遠，才重新看著那張地圖，這是耀中的心血，他在金三角待的這幾年，把這裡摸了個透徹，由於地理位置，各國的邊境模糊不清，加上各國政局混亂，士兵或百姓常常跑來跑去，有些民族乾脆揪眾成為地方勢力，而這些勢力也被耀中清楚的記載了下來。

望著那張地圖，龔翊揚覺得迷惑，這張地圖雖然重要，但阿晃這般謹慎，這地圖究竟藏了什麼……

他忽然想到了什麼，拿起地圖，就著陽光，似乎別有玄機，他小心翼翼，將地圖的邊緣撕開，發現這張地圖其實是兩張紙，而中間夾著一份文件。

龔翊揚望著那份文件，忽然笑了起來，在他的笑中，滲出了淚水。

他知道這個愛將掌握了不只美國，而是各方人馬、全世界的情報人員都在覬覦的文件，耀中是他所見過最稱職的情報員了。

那，他也不能負他所託，他得趕緊動身，回到台灣。

黃江海發現他所要押解回北京的兩位台灣突擊隊員，竟然被掉包成為兩位雲南軍政局所屬的解放軍士兵後，他冷靜的思考。

從在旺卡那裡意外逮捕到這兩位突擊隊員時開始想起，他想，如果沒有熟悉的人帶著他們，他們兩人哪敢假扮解放軍公然混進部隊裡，跟著他出任務，安然自若，不露馬腳，不露聲色？要不是被旺卡的部屬卡丁發現，他是絕對不會想到他們就在他的部隊裡。

他不禁想起卡丁在認出他們之後，還曾說過：「怎麼還少了一位？」甚至後來還發現了卡丁的屍體，看來是被滅口的。

他突然警覺……那個「第三人」還混在他的部隊裡。

殿師長曾經在電話裡提醒他一件事：「被我們破獲的台灣西南情報站負責人在追捕的過程中，趁機逃走了，你除了要捕捉台灣的突擊隊員，也要同時追捕這位重要的漏網之魚！兩項任務，你起碼得完成一樁。」

有此認知，黃江海立刻吩咐孫銘，要所有押解人犯的部隊下車集合，逐一盤查確認身分，他已經少了兩名特勤隊員，再怎麼說，他也得將那位可能仍然混跡其中的國民黨情報負責人逮捕到案。

當程耀中與其他所有解放軍部隊都被要求出示軍籍證明，黃江海再親自逐一檢查時，程耀中知道時間已到，他在劫難逃了。

黃江海來到了程耀中面前時，程耀中索性也不逃了，他抬頭挺胸，對著黃江海瀟灑的一笑，說：「黃少校，不打不相識，我們總算正式見面了！」

尾聲 I

一九七八年五月中旬，台北。

坐在行政院長辦公室的蔣經國，面色凝重的聽完國家安全局長王永澍的報告。

「這麼說，這次我們派去營救情報局西南工作站失事同志的突擊隊員一百三十名遭到災難性的狙殺，幾乎全軍覆沒。而海軍派遣的將近一千名陸戰隊員也傷亡殆盡，這是一個慘痛的教訓，我們一定要牢記在心，不可小覷共產黨的實力，甚至在他們內部面臨嚴重政治路線分歧、權力鬥爭激烈的時刻，他們的部隊仍然紀律嚴明，戰力絲毫不受影響，值得警惕呀！」

「不過，唯一慶幸的是，」蔣經國娓娓道來：「就是那位西南情報站站長頗為機智靈敏，在第一時間攜帶了重要的紅頭文件，突破包圍脫險，再歷經千辛萬苦，將這份重要文件交給我們倖存的突擊隊員，最後帶回了台北，總算讓這次任務還是有所收穫，不致完全落空，值得欣慰。」

站在一旁聽命的王永澍，一動也不動，保持立正的姿勢，看著這位甫當選中華民國第六任總統的最高領導，堅定的說了聲：「是！」

兩天後。

「院長！」

宋楚瑜跑了進來，位於辦公室正中央，臉孔方正，帶著眼鏡，看起來一副好好先生模樣的男人正在接電話，聽到聲音，他抬頭望著宋楚瑜，眉頭微蹙，臉色一凜，跟剛才的形象截然不同，散發出威嚴。

宋楚瑜發現自己的失態，趕緊道：「美國那邊的代表正在吵鬧呢！」

男人跟電話那頭的人說了幾句，掛斷電話，站了起來，朝會議室走過去，而宋楚瑜緊跟在他後面。

「發生什麼事？」

他只不過過來接了重要電話，會議就變天了？

「他們認為這次的事件，跟他們無關，企圖劃分界限，這樣的話，雙方還有必要合作嗎？」

「凡事要看長遠。」男人緩緩的道。

宋楚瑜本想再說些什麼，還是吞下聲音，畢竟，眼前的這個男人除了國民黨主席這個身分，還是行政院長，最近又被國民大會選舉為中華民國第六任總統當選人。這樣的人，思考層面跟他不一樣，宋楚瑜只好跟在蔣經國的後面，聽從他的吩咐。

蔣經國走進會議室，見到蔣經國到來，原本的爭執聲頓時安靜。蔣經國來到了中間的位置，坐了下來，不過金髮的美國將軍居高臨下，有些睥睨的望著眼前這位小個子。

「亞歷山大將軍，請坐。」蔣經國開口了。

亞歷山大將軍仍然紋風不動，他道：「蔣先生，您應該很清楚，這次任務的失敗，我方對外會一律否認參與了這次的行動。」

「這點我當然很清楚，亞歷山大將軍。」蔣經國跟他交談：「我們很感謝貴國對我們的支持，這點無庸置疑。貴國提供了很大的協助，我們非常感謝，這些人為國家執行任務，很清楚他們的使命。成功與否，那是其次。」蔣經國平靜的說：「只是……亞歷山大將軍，做事如果功虧一簣，不是很可惜？」

亞歷山大將軍盯著他，蔣經國繼續道：「事實上，我們並沒有完全失敗，我們想要的東西……已經在我方情報員的手裡了。」

亞歷山大將軍的眼睛都亮了。

「紅頭文件？」

「是的。就是我們一直在追的那份東西。」

亞歷山大將軍沉默了，這份紅頭文件不只對台灣，還有對美國也很重要。當初他們會決定協助台灣派出特種部隊前去金三角地區，營救失事的情報人員，還命威廉中將偷偷派潘迪出馬，也是因為這個原因，沒想到那份文件卻已經到手了。

「你們一開始就企圖隱瞞這個消息嗎？」亞歷山大將軍有點不悅。

「不，我們一直抱著誠意與貴國合作，在商請貴國協助救人時，還不知道這個消息。最近剛收到消息，才知道情報站並沒有完全被殲滅，重要的負責人員機警的躲了起來，並且把文件藏了起來，只是為了避免出差錯，我方情報員很謹慎，一直到剛才我才收到確認的消息。」蔣經國解釋著。

「這麼說……西南情報站還沒完全瓦解？」

「可以這麼說。」

亞歷山大將軍看著坐在他對面的陸軍副總司令，臉色不悅，看來剛才在跟他爭執的，就是這位副總司令了。兩人目光交視，還感受得到方才的劍拔弩張，如果不是蔣經國回來，局面可能會朝另外一個方向發展。

「我們不能再損失有限的軍力了。」國防部情報局的副局長龔將軍開口了，他是直接督導西南情報站工作的長官。雖然他很不滿亞歷山大將軍聽到失敗就翻臉不認人的態度，但如果為了這件事，再投入更多部隊的話，恐怕又會造成更大的損失。

「現在那份文件已經被我方取得，這件事是肯定的。而且……那份文件是由龔將軍親自從泰國帶回來的，可說功勞一件。」蔣經國在說這句話時，是看著龔將軍說的。

龔將軍並無喜悅之色，只是沉默的聽著，心情沉重。

他也很清楚，與其說西南情報站被大陸當局盯上，不如說他們盯上了程耀中。因為程耀中太突出了，照理說，他應該更低調些，但仍然讓中共發現了他的存在，甚至順藤摸瓜，追著他發現了西南情報站的存在。

但如果要把西南情報站的毀滅，都歸到程耀中的頭上，也說不過去，大陸當局從來沒有忽略台灣在西南邊區的實力與影響力。

「亞歷山大將軍，」蔣經國繼續道：「這份文件……對你們也很重要吧？」

亞歷山大沒有否認，畢竟，西南情報站能順利取得中共內部機密情報資料，不論在各方面都比他們中央情報局強的多了。況且，即使失敗，也不會算到美國頭上。他知道此刻卡特總統正在認真考慮要跟北京建立正式外交關係，如果能夠明白中共中央的最新政局發展，那麼，對美國未來的決策也很有幫助。

「哪個國家不需要它呢？」亞歷山大將軍沒有正面回答。

蔣經國知道亞歷山大軟化了，他道：「既然如此，我想……我們和貴國仍然是很好的朋友。」

「我們一直都是很好的朋友。」亞歷山大將軍站了起來，伸出手，和他雙手緊握。

蔣經國親自送走了亞歷山大，才慢慢地走回到自己的辦公室，宋楚瑜跟在他身邊，問：「主席，您真的相信亞歷山大將軍嗎？」

「相不相信是一回事，我們必須讓美國人還願意跟我們繼續合作下去。」

一九七八年三月二十日，中華民國國民大會在台北舉行總統選舉，蔣經國不負眾望，以高票當選新任總統。

不過，面對如麻的國事，蔣經國沒有高興的理由。大陸在毛澤東過世後，雖然內部政局不穩，可是卻展現了「亂中有序」的自制，與文革以前歷次政治運動都有明顯的不同，似乎表現了大局觀，也就是高層領導彼此再有意見不合，卻絕不可不顧大局，予人動亂的感覺。

華國鋒時任中共中央主席、國務院總理、中共中央軍委主席黨政軍最高領導身分，同年三月，鄧小平當選全國政協主席。

中共領導人的走向未定，撲朔迷離，不論是台灣，還是美國，甚至連蘇聯等國，都想知道中國的領導人究竟是誰能夠出線，一統天下。而中共當局對此也十分保密，不露聲色。

當時的華國鋒陷入膠著困境，他雖身居中共權力核心的高峰，不斷強調堅持毛澤東思想、堅持階段鬥爭，卻不可避免的與鄧小平形成分歧。當時，葉劍英、李先念、胡耀邦等人，都公開支持鄧小平的務實路線，而華國鋒和汪東興反成為黨內的少數派。

中共當局面對如此紛亂的政局，採取嚴密封鎖消息的措施，外界很難明白一場攸關全體中國人民利益與日後發展的路線鬥爭，正如火如荼的在北京權力圈內展開決戰。而世界各國亦想方設法，企圖窺探究竟，以便謀取自己在國際利益的最大化，卻一籌莫展，外國人看中國似乎永遠隔了一層紗。

既然打探不出中共內部權力佈局的真相，美國決定就自己長遠的利益打算，出人意料的全盤接受大陸當局提出與台灣斷交、撤軍、廢約的「建交三條件」，完全出賣了台灣，於一九七八年十二月與中華人民共和國簽署了「中美建交公報」。同時與中華民國斷絕正式外交關係，雙方在一九五四年簽署的「中美共同防禦條約」，也於一九七九年十二月三十一日終止，並撤出了在台灣所有的美國軍事設施與人員，包括美國中央情報局在台北的工作站與「西方公司」。

從此，台美之間的軍事合作劃下了句點，美國軍方與中央情報局都終止了與台灣長期合作的傳統，避免直接介入兩岸之間的事務。

使得一九七八年元月底台灣的突擊大陸行動，真正成為兩岸「最後的交火」！

尾聲 II

一九八七年九月，台灣南部山區。

這不該發生的。

阿晃低頭往下看，看到他的一雙腿懸在高空，此刻，他正處於近八百公尺的高空，腳碰不到地，背後有降落傘，而他在空中迎著氣流逐漸下降，而地面那幾十門大砲正發出如雷的火花，要阻止他落到地面。

他的身上有武器裝備，像是匕首和手槍，但是人還沒落地，手腳施展不開，就算身負槍枝與彈藥，也無用武之地。甚至，有些人在空中就被炸得四分五裂，連慘叫也來不及，身體化成碎片，拋散在空中。

他驚醒過來！看看左右，旁邊有人睡著，他悄悄站了起來，走到門口，打開門，外面……什麼也沒有。

「做什麼呢？」床上的妻子醒了過來。

阿晃看著不過七、八坪的房間，門外是客廳，見妻子詢問，他道：「沒、沒什麼，我出去上廁所。」

「臥房裡不就有廁所，還要去外面上？」妻子不解，他們這間房子三房兩廳，主臥有自己的浴室及廁所，哪還要特別跑到臥室外面去上？真是睡得迷糊了？

阿晃沒有回答，他來到外面，走進浴室，他看著自己的臉……已經老了啊……

九年前的那個經歷，讓他現在還是飽受困擾，晚上總是睡不好覺，現在也是，這些年來，他要靠安眠藥才能入眠，要不然老是惡夢連連，白天根本沒辦法做事。現在的他，在一間貿易公司擔任主管，同時也娶妻了。日子過得雖然單調，但安穩。

睡前忘了吃藥，那些事情又在夢境中翻攪出來，還好明天放假，要不然精神不濟，會被老闆白眼的。

他拿了安眠藥，吞了下去，回到了床邊，躺了下來，看著那張酷似烏雅的臉蛋，正睜大著眼睛看著他。

「怎麼了？」他輕聲詢問。

「等你睡覺呢！」妻子將手搭在他的腰際，然後閉上眼睛。

他躺下來，抱著妻子，感受著這溫暖的身子，還有她的呼吸、她的心跳，他所珍惜的人，終於在他身邊了。

他閉起眼睛，等著藥效發揮，等他醒來時，天色已經大明，妻子已不在身邊，而客廳傳來聲音，似乎有客人來？

他站了起來，簡單穿了件衣服，推開房門，小貞見到他，就笑著說：「表哥，你也睡太晚了，現在都幾點了？」

小貞已經是兩個孩子的媽了，三不五時就會過來串門子，舅舅跟舅媽去世之後，她憑著自己的努力，在台北開了間服飾店，後來認識了丈夫，現在過得幸福美滿。

「妳怎麼過來了？」

「我前幾天在整理東西的時候，發現這個東西，那是你在當兵的時候寄過來的，那一陣子我要跟你聯絡，都一直聯絡不到你。既然這個東西是你的，我想說拿過來還給你。」阿晃看著那台錄放音機，看來……真的有人看到他的那封信，將東西寄給小貞……

「對了，我剛過來的時候，外面有人一直盯著你們家瞧……」小貞的話還沒說完，阿晃就衝了出去，把她嚇了一跳！

阿晃跑到外面，看著馬路上來往的人群，還有車水馬龍，沒有看到任何人，這麼說來……不是他的錯覺，近幾年他老是覺得有人在盯著他，只是這事不好跟妻子講，他不想她擔心。

他還沒被放過嗎？

當年，他回來之後，同年年底台美就正式斷交，許多台灣人害怕沒有了與美國正式外交關係的保護，台灣前途未卜，只有選擇移民美國。約有一年多的時間，阿晃幾乎找不到工作，也在那個時候，他認識了現在的妻子，那張有著和烏雅酷似的臉龐，在他失意的時候，溫柔的給他慰藉，最後，他牽著她的手進入了婚姻的殿堂。

那段經歷，彷若隔世啊……

他準備進到屋子，卻見到一名老者，那名老者年紀雖大，背脊卻站的挺直，在人群當中，格外醒目。那名老者走了過來，最後，在他面前站住。

「中隊長？你怎麼會在這裡？」是陳薰呢！他回台灣之後，第一個聯繫的就是陳薰，陳薰協助他重新回到社會，回來之後，惡夢連連的那段日子也是被陳薰所照顧著。

「剛好經過，你……不錯、不錯。」看著阿晃身上的衣著，他也能夠知道他過得好不好。沒有多說什麼，陳薰就要從他身邊離開，阿晃急忙叫住他：「等等！」

陳薰轉過身，問：「怎麼了嗎？」

「你……你有小維的消息嗎？」

從他們回來之後，他還記得他跟小維被軍方的人員帶走，兩人就再也沒有見過面了。

當時，軍方人員問了他很多問題，他不知道那些是什麼人派來的，為了自保，一概稱不知，甚至有人質疑他能夠安全歸來，是跟共產黨掛勾，被派回來為大陸做工作的臥底共諜。就在軍方人員準備對他刑求時，龔翊揚出現了，他將他帶走，重新交給了陳薰，後來才知道在龔翊揚的介入下，軍方人員沒有再找他麻煩，只是……他再也看不到小維了。

陳薰沒有回答，只道：「你好好過好你的日子就好。」

「小維他……」

「才剛解嚴，你不要亂說話。」陳薰提醒。

阿晃閉嘴了。

一九四九年，國民政府遷到台灣，與大陸進入長期的對峙狀態，為了保護台澎金馬的安危，這條戒嚴令確切的執行，在這期間，固然有效破獲了許多潛伏在台灣的共諜案，可是不可避免的，因辦案人員求好心切，急功近利，也發生了很多冤、假、錯案，被稱為台灣「白色恐怖時期」，就連他們這些為了執行特殊任務，浴血歸來的忠貞人士，也被情治單位撤查，他不得不謹慎。

阿晃恢復平民生活，行事低調，這麼些年也都過去了。而兩個月前，也就是一九八七年七月十五日，政府正式廢除戒嚴法，陳薰才能夠出現在他眼前吧？

「那……當初洩漏我們機密任務的那個高層官員，到底查出來了沒有？」這件事他一直放在心上。一百多名突擊隊員的死亡，怎麼能夠就此不予追究？那個人一定權力很大，才讓他們赴機送死。

「查出來了。」

「那究竟是誰？」

「這事知道，對你也沒好處，那人被龔翊揚還有葉翔之捉到了，我只能告訴你這些。」

「還有……」

不待阿晃問完，陳薰就道：「什麼都不要問，好好過日子，還有人看著你呢！只要你好好的過現在的生活，他們不會為難你。」說完，就戴上燈芯絨帽，緩緩的離開。

難道……這不是巧遇？陳薰是特意過來警告他的？這麼多年了，他雖然褪去軍人身分，還是有人在注意他的一舉一動？剛剛小貞也說了，有人一直盯著他家在瞧……

一陣風吹來，他打了個顫。

尾聲 III

一九九八年五月，雲南昆明。

一九九八年五月，經過二十年的關押，程耀中終於重獲自由。走出位於雲南昆明郊外的監獄，沒有人來接他，也不見任何親人、家人在等他出來。

他的摯愛小瑾，早在二十年前就為了營救他，而犧牲了自己寶貴的生命。至今仍是他心中抹不去的一道傷痛。除了小瑾之外，這個世界上其他的人對程耀中來說，都是如此的無足輕重。有沒有人還關心他，或者有沒有人會來接他，毫無意義，也不重要。

二十年不是一個短時間，有如「換了人間」一樣，看到這一片乾坤大地，程耀中難免有「江山依舊，人事全非」的感慨。

對於自己的身分，他更有茫然的感覺。

國民黨、情報員、西南情報站站長，這些過去引以為榮的身分，都已成為過去，沒人在乎，連他自己也不在乎了。

然而，這二十年間，對大陸、對台灣都有著翻天覆地的改變。

大陸經過二十年的改革開放，已初見成效。思想解放了，經濟發展了，民生改善了，一掃當年一窮二白的困境，迎來一個欣欣向榮的新時代。

台灣也有很大的轉變，蔣經國過世已有十年，在繼任者李登輝的帶領下，廢止了動員戡亂時期，承認中華人民共和國對大陸地區的有效統治，放棄了「反攻大陸」的國策，甚至已顯露走向台獨與獨台的明顯傾向。兩岸從當年的互不往來、互相敵視，演變到可以彼此探親、訪友、交流、貿易、合作，一個嶄新的時代已然來到，轉機中也透露出危機。

而這一切，都在過去二十年中發生。對程耀中來說，真是情何以堪。他的思想、他的人生、甚至他的事業，都停格在當年他被捕的當下，他頗有被這個世界拋棄、遺忘的滄桑感。他知道過去的一切，均已隨風而逝，他必須面對現實，振作精神，重新融入這個陌生的社會。

看著路旁的巨幅看板：「發展是硬道理」，他不禁感到十分感慨。對年近六十的他而言，只有勇敢的面對現實，重新出發，重新開始。

他放棄了回台灣的念頭，當年所有的關係與認識的人，照歲月來算，應該都已退休的退休，離職的離職。或許也已不在人間了。尋找這些蛛絲片羽，又有什麼意義呢？他決定留在雲南，在這一片豐腴的大地上，隨著改革開放的腳步，讓自己接受時代的考驗，也要創造屬於自己的時代！

對黃江海來說，當年追捕台灣突擊隊員的那段經歷，彌足珍貴。

在滇、緬、泰、寮那一片三不管的金三角地區，翻山越嶺、不眠不休的日子，如今回想的確是不堪回首。他努力了，也付出了，結果卻未如人意。

雖然沒有抓回那兩個台灣突擊隊員，但是能將潛逃的西南情報站站長程耀中逮捕歸案，總算是大功一件，還是為上級領導所肯定。

最重要的是，從此長期存在西南邊區，國民黨情報工作佈建的網路，全面瓦解，解決了大陸當局長期的困擾。加上兩岸情勢的變化，這個三十年不得安寧的地區，終於回復了平靜。如今的西南邊境，成為大陸通往東南亞國家的重要口岸。經濟取代了一切政治意識形態的差異，大家明白了馬克思的共產主義，為什麼會提出「唯物」的核心價值。畢竟，「唯物」是現實的，是實在的，最符合中國人務實的人生觀。

黃江海的軍旅生涯，就在他自己的努力經營下，得以逐步發展。

一九七九年二月，他奉命隨雲南邊防部隊參加了「懲越自衛反擊戰」。在激烈的戰場上，他屢建戰功，官階也得到了拔升。從連長、營長、團長、師長到軍長，他成為解放軍有史以來最年輕的將軍。他以驍勇善戰聞名整個軍中，他帶軍以身作則，寬嚴並重，身先士卒，絕不含糊。

他想到他的出身，從一個孤兒到肩負重責的大將軍，他相信自己沒有辜負過早就結束生命的雙親，還有陳伯伯與諸多領導的厚愛與不次拔擢。

此刻，他坐鎮福建沿海，每日隔著海峽，遙望對面虛無縹緲的台灣。

他本來以為發生在一九七八年二月初的戰爭，會成為兩岸最後的交火。

尤其，在一九九〇年代以後，兩岸交往密切，看來兩岸的和平統一似乎不止只是一個口號而已。

不過，天有不測風雲，就在兩岸前途一片大好聲中，台灣的政治立場不斷的在鬆動改變。從對一個中國原則的堅持、堅定上，逐漸退後，引發了一九九六年年初的兩岸導彈危機，迫使美國政府派出了兩個航空母艦戰鬥群分別陳兵在台灣海峽的南北兩頭，以維護美國在台灣的利益。

從此，北京中央軍委痛下決心，唯有加強自己的實力，才能確保兩岸的統一。只有當中國也擁有具一定數量的航母戰鬥群，還有精準的導彈系統與快速的空中打擊力量，才能確保國家領土主權的完整，實現兩岸統一的目標。

因此，黃江海心裡不禁在想：「那場發生在一九七八年二月的兩岸突擊戰，真的會是兩岸最後的交火嗎？」

這個問題永遠沒有正確的答案，只在於兩岸人民與政府的選擇，是和是戰，存乎一心，也在一念之間。

冥冥之中，似乎有個自古皆然的餘音蕩漾在海峽之上：「問蒼茫大地，誰主沉浮？」

參考資料：《異域迷蹤——金三角國軍部隊大解密》，發行公司：沙鷗，發行時間：二〇一三年一月十九日。

Story 47

最後的交火：

毒梟、馬幫、美軍、解放軍、國軍，揭祕兩岸情報工作的最後一場激戰

作　　者　吳建國、梅洛琳
責任編輯　陳萱宇
主　　編　謝翠鈺
行銷企劃　陳玟利
封面設計　陳文德
地圖設計　蕭培彥
美術編輯　菩薩蠻數位文化有限公司

董 事 長　趙政岷
出 版 者　時報文化出版企業股份有限公司
108019台北市和平西路三段二四〇號七樓
發行專線　（〇二）二三〇六六八四二
讀者服務專線　〇八〇〇二三一七〇五
（〇二）二三〇四七一〇三
讀者服務傳真　（〇二）二三〇四六八五八
郵撥　一九三四四七二四時報文化出版公司
信箱　一〇八九九　台北華江橋郵局第九九信箱
時報悅讀網　http://www.readingtimes.com.tw
法律顧問　理律法律事務所 陳長文律師、李念祖律師
印　　刷　勁達印刷有限公司
初版一刷　二〇二二年五月二十日
初版二刷　二〇二二年八月二十二日
定　　價　新台幣四八〇元

時報文化出版公司成立於一九七五年，
並於一九九九年股票上櫃公開發行，於二〇〇八年脫離中時集團非屬旺中，
以「尊重智慧與創意的文化事業」為信念。

最後的交火：毒梟、馬幫、美軍、解放軍、國軍，揭祕兩岸情報工作的最後一場激戰／吳建國、梅洛琳著. -- 初版. -- 台北市：時報文化出版企業股份有限公司，2022.05
面；　公分. --（Story；47）
ISBN　978-626-335-278-0（平裝）

863.57　　111004731

Printed in Taiwan
ISBN 978-626-335-278-0